aufbau taschenbuch
AUFBAU VERLAGSGRUPPE

Carsten Frerk lebt als freier Autor in Hamburg und beschäftigt sich vor allem mit historischen Themen. Er ist viel herumgekommen und hat ein bewegtes Leben hinter sich. Er war Dozent, Drucker, Tourneefahrer, Werbetexter, Publizist …

Im Aufbau Taschenbuch Verlag erschien von ihm bisher: »Das geraubte Siegel«.

Hamburg im Jahr 1591. Laurentz, ein angesehener Kaufmann und Ratsherr, trifft Simon wieder, seinen alten Freund aus Kindertagen. Doch kaum ist Simon in der Stadt angekommen, wird er ermordet. Wer jedoch könnte ein Motiv haben, einen evangelischen Bischof, der aus dem fernen Norwegen angereist ist, zu töten? Noch rätselhafter wird die Sache, als einen Tag später eine Frau tot in der Badestube des Rates gefunden wird. Laurentz beginnt zu ermitteln – er kommt Geheimnissen auf die Spur, die ganz Hamburg erschüttern könnten.

Carsten Frerk

Der Sohn des Freibeuters

Roman

Aufbau Taschenbuch Verlag

ISBN 978-3-7466-2303-0

Aufbau Taschenbuch ist eine Marke der Aufbau Verlagsgruppe GmbH

1. Auflage 2007

Dieses Werk wurde vermittelt durch die
Literarische Agentur Thomas Schlück GmbH, 30827 Garbsen
Umschlaggestaltung: Preuße und Hülpüsch Grafik Design
unter Verwendung eines Gemäldes von Ferdinand Bol
Satz: KCS GmbH, Buchholz/Hamburg
Druck und Binden CPI Moravia Books, Pohorelice
Printed in Czech Republic

www.aufbau-taschenbuch.de

Für Katarina

20. S. Gertrudis
21. S. Jacobi Eccle.
22. Nosocomia.
23. Ecclesia Cathadralis.
24. S. Catherina
27 Der olde Kraen
A
Wandesburgu Arx. Nobiliss. viri Henrici Rancouij Gubernatoris Reg. Danici.
1 Anaschary Templum
2 Anaschary Porta
3 Ellera Porta
4 Aggeris Porta
5 Ælster Porta
6 Hospital Porta
7 Sann Porta
8 Wyserem Porta
9 Edilis Porta
10 Arica Edilis armentatium
11 Schip bauwer broeck
12 Pratri Porta
13 Der niew Kraen
14 Portas Inferior
15 Templum S. Spiritus
16 S. Maria Mag. Ecc. et Monast.
17 Ecclesia et cenobi: S. Johan
18 S. Petri. 25. S. Nicolai
19 Equile Senatus. 26 Borsa
Albis flu.

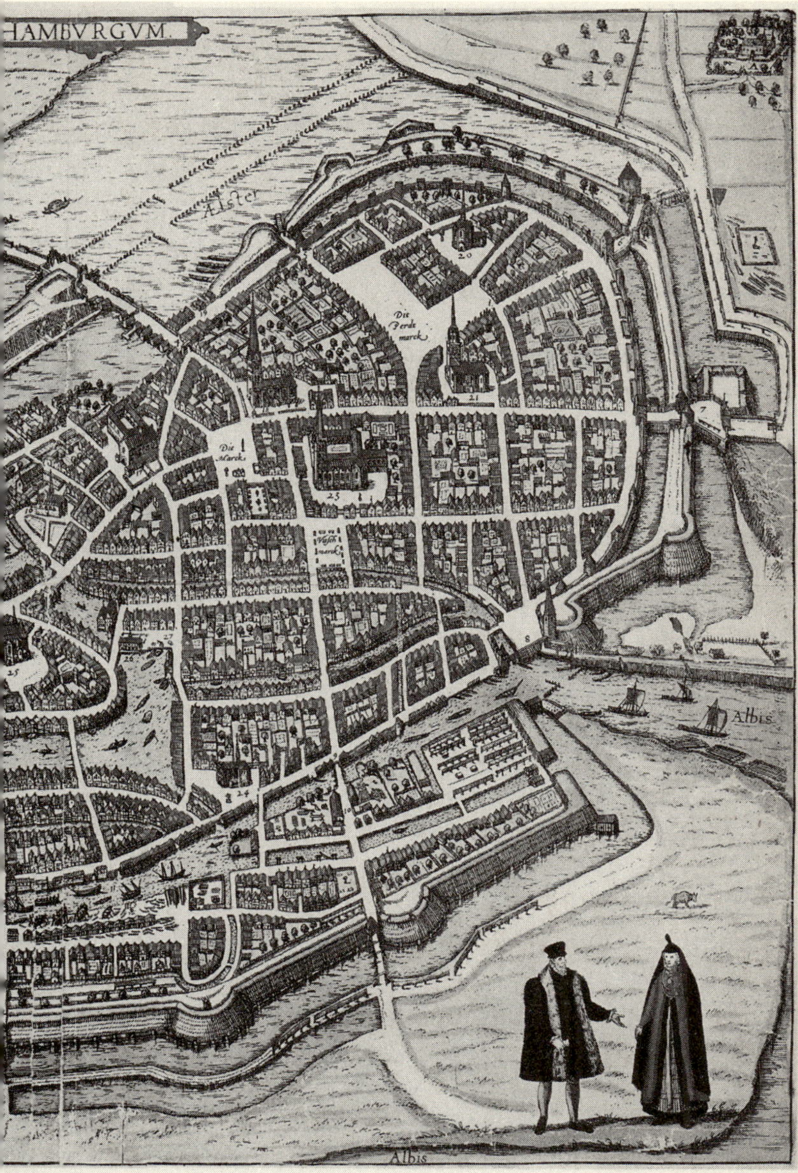

»Hamburgum«, aus dem Kartenwerk Braun/Hogenberg, 1589
(Staatsarchiv Hamburg)

Inhalt

Prolog

»Was bleibt? Von dem Leben eines Menschen, von dem Stein, den wir auf das Grab legen, den Inschriften, dem Holz? Der Stein, glatt, geschliffen vom Regen und Wind, ohne alles menschliche Handwerk und Tun, geht er zurück in den ursprünglichen Zustand seiner Natur, als ob ihn die Hände, die Werkzeuge des Menschen niemals berührt hätten?« Laurentz blickte auf die kleine Stadt mit ihren bunt gestrichenen Häusern aus nordischem Holz. Welch ein Gegensatz zu Hamburg: dort, wo der Körper des Bischofs dieser kleinen Stadt, nun unter einer schweren Steinplatte in der Erde begraben lag.

Marthe und Agathe waren zu sehr damit beschäftigt, die ersten Blumen des aufkeimenden Frühlings zu bewundern, als daß sie auf den nachsinnenden Laurentz geachtet hätten, der seine Gedanken schwermütig dahingleiten ließ von dem, was hinter ihm lag, zu dem, was ihm am kommenden Tag bevorstehen würde: Simon van Leydens Gemeinde, deren Hirte er gewesen war.

Nein, entschied er sich, es wäre nicht im Sinne Simons, sich selbst nicht ernst zu nehmen und mißmutig zu sein. Laurentz reckte sich und dachte an Simons Gewißheit, daß Gott die Menschen liebt.

Die Ankunft

Holzschnitt, 16. Jh.

Laurentz blickte aus dem Fenster und sah, wie die Marktfahne eingeholt wurde. Jetzt war der Markt auch für Zwischenhändler und Gaststättenbesitzer geöffnet. Gleichzeitig fiel die Haustür mit lautem Knall ins Schloß, und er hörte das harte Klacken schwerer Holzschuhe auf den Steinplatten des Hausflurs. Ein untrügliches Zeichen dafür, daß Marthe mit ihren Einkäufen vom Markt zurückgekehrt war.

Stets blieb sie bis zum Ende der bürgerlichen Einkaufszeit und – obwohl sie seiner Ansicht nach zuviel Zeit mit Tratschen vertat – war sie ihm eine wichtige Informationsquelle für die neuesten Gerüchte, die in der Stadt umhergingen.

Das laute, unüberhörbare Klacken ihrer Holzschuhe und ihre schlurfenden Schritte ließen ihn die Augen schließen. Seit fünf Jahren ertrug er das nun schon: Er würde es ihr nicht mehr abgewöhnen können. Auch wenn der Rat der Stadt sich schon seit zweihundert Jahren darum bemühte, die Gewässerverunreinigungen zu verhindern, und es mit immer schärferen Strafandrohungen durchgesetzt hatte, daß die Abfälle und der Mist nicht mehr in die Elbe und Fleete gekippt wurden – nicht einmal er, als Ratsherr, konnte seiner Wirtschafterin abgewöhnen, den Straßenschmutz in das Haus hineinzutragen. Wenn sie nicht eine so gute Köchin wäre – er hätte sie längst nach Bardowick zurückgeschickt. Besonders heute beherrschte er sich, sie mißbilligend zu begrüßen. Marthe sollte bei guter Laune bleiben und das beste Essen für Simons Ankunft zubereiten.

Leise seufzend beugte sich Laurentz wieder über die Frachtpapiere. »Anno Domini 1591. Hochgeehrte Herren. Hiermit senden wir im Namen und Geleit Gottes wohlconditioniert zehn Colli feinstes Ratsherrenbier …«

Als er die letzten Frachtbriefe der Fässer für Norwegen

zu prüfen begann, ließ ihn ein erneutes Klappen der Haustür aufhorchen: ein kurzes Kratzgeräusch auf dem eisernen Schmutzabstreifer – dann war Stille.

Laurentz blickte erwartungsvoll zur Tür: Das konnte nur sein ältester Enkelsohn sein. Er war als Beobachtungsposten zur Hohen Brücke ausgeschickt worden, die Nachricht zu vermelden, daß ihr Schiff aus Norwegen vor Anker gegangen war und sie sich auf den Weg machen mußten. Simon würde an Bord dieses Schiffes sein.

Ungestüm wurde die Tür zu seinem Arbeitszimmer aufgerissen. Der junge Albrecht stürzte schnaufend ins Zimmer. Er wischte sich eine seiner blonden Haarsträhnen aus dem Gesicht und sprudelte atemlos hervor: »Großvater, beeil dich. Die MARGARETA liegt auf Reede! Das Beiboot ist schon heruntergelassen worden!«

Hastig warf Laurentz die Schreibfeder auf das Papier, nicht darauf achtend, daß die sauber geschriebene Liste mit Tinte bespritzt wurde. Er stülpte sich aufgeregt den Hut auf den Kopf, raffte seinen Umhang von der Truhe hinter dem Schreibtisch auf, warf ihn sich über die Schultern und nahm seinen Enkelsohn bei der Hand. »Dann wollen wir uns beeilen. Sag Marthe, daß wir zum Hafen hinunter sind, und deiner Mutter, daß Simon van Leyden bald hier sein wird!«

Während Albrecht eilig im hinteren Teil des Hauses verschwand, um seine Aufträge zu erledigen, war Laurentz bereits zur Haustür hinaus. Die jungen Beine seines Enkelsohnes würden ihn sicher bald eingeholt haben. In seiner Aufregung war ihm nur wichtig, daß Simon angekommen war.

Albrecht würde es seiner Mutter Agathe und den anderen schon richtig übermitteln, daß sein Vater Harald bald wieder zu Hause sein würde: Er war der Kapitän des Moellendorffschen Schiffes aus Norwegen. Niemand anderem als seinem Sohn hätte der Handelsherr die ihm so kostbare Fracht anvertraut: das Leben seines Freundes und Milchbruders Simon.

Laurentz achtete nicht auf die neugierigen Blicke der Bauern an ihren Marktständen, als er sich seinen Weg über den Marktplatz vor St. Nikolai bahnte und hier und da einen verschlafenen Knecht zur Seite knuffte, um schneller voranzukommen. Wenn die Obrigkeit unterwegs war, stellte sich ihr niemand leichtfertig in den Weg. Und wenn ein Hamburger Ratsherr mit fliegendem Umhang über den Platz eilte, mußte es etwas sehr Wichtiges sein. Man würde sich umhören, ob einer der Gemüsebauern von den anderen Marktständen in Erfahrung bringen konnte, was einen der hohen Herren seine Würde vergessen ließ.

Keiner der Bauern versuchte, durch lautes Schreien das Interesse des Ratsherrn auf sich zu ziehen, um der Ehre teilhaftig zu werden, daß er seinen Waren mehr Aufmerksamkeit widmete als den anderen Marktständen. Herr Laurentz Moellendorff war dafür bekannt, sehr zornig zu werden, wenn man ihn ungebührlich belästigte.

Nachdem der junge Albrecht seinen Großvater eingeholt hatte – wie ein schmales, schnelles Beiboot im Kielwasser eines großen, langsameren Schiffes –, war den Bauern auf dem Markt klargeworden, daß der junge Mann der Überbringer einer Nachricht gewesen war, die den alten Moellendorff veranlaßt hatte, aus dem Haus zu stürmen. Also war es zumindest nichts Politisches – dann wäre ein Ratsdiener oder ein Stadtbüttel der Bote gewesen. Und außerdem waren beide in Richtung Hafen davongeeilt, was dafür sprach, daß ein Moellendorffsches Schiff eingelaufen war. Aber es mußte schon eine besondere Fracht geladen haben, wenn ein Handelsherr sich so sehr beeilte. Man würde es gewiß noch erfahren. Wenn nicht heute, dann die nächsten Tage.

Nun hatte Laurentz Mühe, das schnelle Tempo seines Enkels mitzuhalten. »Ist dir etwas Besonderes am Schiff aufgefallen?«

»Nein, Großvater. Keine sichtbaren Beschädigungen am Rumpf oder an der Takelage zu erkennen. Anscheinend war es eine gute Reise.«

Laurentz war erleichtert. Noch vor zwei Tagen hatten sich

Gerüchte in der Stadt verbreitet, englische Freibeuterschiffe kreuzten in der Elbmündung und sie würden hansische Schiffe aufbringen und plündern. Seit die englische Flotte unter Francis Drake vor drei Jahren die spanische ARMADA geschlagen hatte, wurden diese englischen Kaperschiffe zusehends frecher und wollten sich, unter stillschweigender Duldung ihrer Königin Elisabeth, als nächstes vermutlich mit der Hanse anlegen. Es hatte schon verlustreiche Seegefechte gegeben.

Die Nachforschungen des Rates hatten bisher noch nicht die Quelle dieser Gerüchte entdeckt. Daß sich jedoch in England manches gegen die Hanse zusammenbraute, das war bekannt. Sollte an diesen Gerüchten etwas Wahres sein, würde man es später klären. Jetzt war Laurentz erst einmal froh, daß sein Schiff heil in Hamburg angekommen war.

Tief atmend stand er an der Kaimauer beim Alten Kran und blickte auf das Fleet hinaus.

»Die MARGARETA liegt vor den Kajen gleich neben der MARIT«, berichtete Albrecht.

Laurentz nickte stumm. Die MARIT, mit der Albrecht vor einer Woche aus London angekommen war. Wie alle Schiffe der Moellendorffs trug auch die MAGARETA einen Frauennamen, der mit einem »M« begann: MALVINE, MARIT und MEYKEN waren ihre Schwesterschiffe. MARGARETA war das Schiff für die Handelsverbindung nach Bergen, dem Stützpunkt der Hanse in Norwegen. War Simon deshalb nach Bergen gegangen? Laurentz hatte ihn damals nicht weiter nach seinen Gründen gefragt. Er würde es nachholen.

Jetzt hielt er sich die Hand schützend über die Augen. Die tiefstehende Mittagssonne blendete ihn, und er konnte nicht genau erkennen, wer alles an Bord des allmählich näher kommenden Beibootes der MARGARETA war.

Drei Männer befanden sich im Heck des Bootes. Der eine war der Kapitän, sein Sohn Harald. Er war immer schon aus der Entfernung an seinem ungewöhnlichen grünen Dreispitzhut zu erkennen. Neben ihm stand der dicke Zahlmeister des Schiffes, der sicherlich die Handelsbriefe bei sich trug. Hinter den beiden, er konnte es noch nicht genau erkennen, denn das kleine Beiboot schaukelte unter den kräftigen Ruderschlägen der vier Matrosen auf dem Nikolaifleet in einer frische Brise, das mußte Simon sein.

Sein kurzgeschorenes, blondes Haar schien heller geworden zu sein. Noch war er von den beiden Männern verdeckt, die vor ihm standen. Nur wenn das Heck des Beibootes höher stieg, konnte er das hellblonde Haar gegen den wolkigen Märzhimmel erkennen. Laurentz war es egal, ob Leute ihm zusahen. Mit beiden Armen winkte er dem kleinen Boot entgegen. Nun stand auch der dritte Mann auf, und so, wie er dort stand – in aufrechter, gerader Haltung, die in keiner Weise anmaßend erschien und trotzdem signalisierte, daß ihn nichts umwerfen konnte –, so konnte nur ein einziger Mensch stehen: Simon.

Laurentz mußte sich Luft verschaffen und umarmte stürmisch seinen verdutzten Enkel, der solche Gefühlsausbrüche bei seinem Großvater bisher nicht erlebt hatte. Es hätte nur noch gefehlt, daß der Rats- und Handelsherr sich den ehrwürdigen samtenen Hut vom Kopf gerissen und damit herumgefuchtelt hätte.

Augenblicke später drückte sich das Boot zwischen einen Leichter und einen Ewer mit Salz aus Lüneburg. Das Holz des Rumpfes scheuerte knirschend neben der steinernen Treppe gegen die Kaimauer.

Kapitän und Zahlmeister sprangen auf das feste Land hinüber, kamen die Stufen hinauf und schüttelten Laurentz herzlich die Hand. Der nahm davon allerdings kaum Notiz, sein Blick blieb auf das Boot geheftet. Weder beachtete er, daß der Kapitän seinen Sohn Albrecht freudig in die Arme schloß, nachdem sie sich sechs Jahre nicht gesehen hatten, noch war ihm jetzt wichtig, daß der dicke Zahlmeister offensichtlich sehr gute Nachrichten mitbrachte und berichten wollte.

Mit schnellen Schritten ging Laurentz die Steinstufen hinunter und reichte Simon eine Hand, um ihm das Übersteigen aus dem schwankenden Boot zu erleichtern. Dann standen beide auf festem Boden.

Neun Jahre hatten sie sich nicht gesehen, und nun, als sie sich endlich wieder gegenüberstanden, voller Freude, Herzlichkeit und Neugier, waren ihre Empfindungen so stark, daß sie kein Wort herausbrachten und sich nur anschauten.

Das erste Schiff im Frühjahr, das nach der Winterpause den dürstenden Kehlen frisches Bier nach Norwegen brachte, sollte Simon auf der Rückfahrt mit nach Hamburg nehmen. Er wollte diesen Sommer in seiner Heimatstadt verbringen. Nun war es Mitte März, und er war angekommen.

Ein leises »Bruder! Willkommen!« brach den Bann, und endlich konnten sie sich in die Arme fallen, heftig auf die Schultern klopfen und sich so fest drücken, wie sie es vermochten.

Die drei Männer auf der Kaimauer hatten den beiden Älteren still zugesehen. Es war ihnen nur allzu deutlich, daß sie hier im Augenblick überflüssig waren. Das »Vater, wir gehen schon voraus!« des Kapitäns wurde nur mit einer kurzen, abwehrenden Handbewegung von Laurentz quittiert. Der Kapitän wandte sich verschmitzt an seinen Sohn und den erstaunten Zahlmeister: »Lassen wir die beiden Freunde jetzt allein, der Rest der Welt interessiert sie im Augenblick sowieso nicht. Komm Albrecht, du mußt mir viel erzählen. Wie war es in England? Was macht deine Ausbildung?«

Eingehakt gingen Vater und Sohn über den Hafenplatz. Der dicke Zahlmeister trottete enttäuscht nebenher. Er war mächtig stolz auf die guten Zahlen, die er mitbrachte, hätte er sonst gleich das erste Boot genommen? Achselzuckend flatschte er sich seine weiche Mütze wieder auf den Kopf, die er zur Begrüßung seines Herrn bereits abgenommen hatte.

Laurentz und Simon hielten sich gegenseitig fest an den Schultern und musterten sich. Für einen Unbeteiligten war nicht ersichtlich, was diese beiden Männer, die sich so freundschaftlich umarmten, gemeinsam hatten. Vom Äußeren her konnten sie kaum unterschiedlicher sein: der groß gewachsene Ratsherr, dessen Kleidung und Statur Reichtum demonstrierten, und der hagere Mönch, einen halben Kopf kleiner, aber so aufrecht stehend, daß er trotz seiner einfachen Kleidung gleichbedeutend schien.

Laurentz spürte unter seinen Händen die rauhe Wolle von Simons Mantel. Er nahm seine Hände von Simons Schultern und stupste ihm mit seinem Zeigefinger auf die Brust. »Bist du kein Bischof mehr?«

»Weil ich kein Bischofskreuz trage?«

»Ja! Kein Kreuz und keine Kleidung, die der Würde deines hohen Amtes entsprechen! Nur dieser einfache, graue, wollene Mönchsmantel!« Beinahe vorwurfsvoll zupfte Laurentz an der grauen Wolle.

Simon schüttelte unmerklich den Kopf. »Ein wahrer Christ trägt das Kreuz im Herzen und nicht wie Landsknechte eine militärische Auszeichnung protzend auf der Brust zur Schau. Und dort, wo ich herkomme, dort kennt man mich als Bischof des Wortes und als Diener meines Herrn – nicht als den Herrn meiner Diener.«

Laut lachend drückte Laurentz Simons Schultern. »Immer noch der wortgewandte Prediger? Du hast dich nicht verändert!«

»Ist es nicht das Privileg der Jugend zu verändern, und unsere Aufgabe, das was gut ist zu bewahren? Du müßtest es eigentlich wissen …«

»Ja, ja!« Laurentz brummte es knurrend. »Ich weiß es noch. Hast es mir ja oft genug vorgesagt. Im Anfang war das Wort, und das Wort war bei Gott, und Gott war das Wort!« Er schnaubte: »Deine Mutter hätte dich Johannes nennen sollen!«

Ein verstecktes Lächeln zuckte in Simons Mundwinkeln. Sofort waren sie beide wieder in ihre alten Streitgespräche über die Bibel und das Johannes-Evangelium verwickelt. Hatte er sich nicht vor neun Jahren mit dem gleichen Hinweis auf das Johannes-Wort von Laurentz verabschiedet, als dieser immer wieder wissen wollte, warum gerade er lutherischer Bischof werden sollte und nicht als Pastor in Aarhus blieb? Er hatte damals nur geantwortet: Um das Wort Gottes zu predigen.

Sein Lächeln verstärkte sich. »Nun, ich bin mit dem Namen, den meine Mutter mir gab, sehr zufrieden. Denn der Herr sagte zu Simon Petrus: ›Weide meine Schafe‹, und so bin ich ein Hirte geworden – mit einem Hirtenstab.«

»Du meinst damit nicht etwa deinen Bischofsstab?«

»Doch, den meine ich, auch wenn er nicht aus Holz geschnitzt wurde. Aber, lieber Freund, nun bin ich neugierig auf die Stadt, in der wir aufgewachsen sind. Vom Schiff aus sah ich schon, daß die Nikolaikirche eine neue Turmspitze erhält?«

Simon brauchte den stolzen Hamburger Hanseaten nicht zweimal zu fragen. Laurentz, der sich in theologischen Diskussionen immer schwer tat, nahm den Ball, den Simon ihm zugeworfen hatte, gerne auf.

»Ja! Die Turmspitze von St. Nikolai wird nach dem Vorbild der prachtvollen Oude Kerk in Amsterdam gestaltet. Sie wird, ebenso wie das neue Börsengebäude, von einem Holländer gebaut. Komm, ich zeig dir die Börse. Sie ist schon vor sieben Jahren fertig geworden.« Und damit zog er Simon die Treppenstufen zur Kaimauer hinauf.

»Obacht!« schrie eine Stimme vom Hafenbecken, als sie überraschend auf der Kaimauer auftauchten und über ihnen der mächtige Holzkran gerade mit einer Ladung Bierfässer ausschwenkte, um sie auf den Leichter zu heben, der unterhalb der Kaimauer festgezurrt dümpelte. Abrupt war Simon stehengeblieben. Nicht, um dem Kran auszuweichen, der zwar nah war, aber sie nicht gefährdete: So viele Menschen hatte er nicht erwartet.

Nicht nur die fünf Pferdefuhrwerke mit Bierfässern, die neben dem Kran standen, sondern auch dichtgedrängte, schreiende Händler, ausrufende Marktfrauen, Bauern, die mit flachen, polternden Karren ihr Gemüse über das Kopfsteinpflaster schoben und mehrere Stadtbüttel in bunter Uniform standen herum und beobachteten das Geschehen. Es war ein Lärmen und Gedränge von Menschen in Trachten, die er noch nie gesehen hatte – er konnte kaum glauben, was er alles sah und hörte. Das war nicht das Hamburg, wie er es verlassen hatte.

Irritiert schloß er die Augen, als würde alles wieder so sein, wie er es von früher her kannte, wenn er sie wieder öffnete. Laurentz war zwangsläufig auch stehengeblieben, um den Bischof nicht umzurennen und beobachtete amüsiert, wie Simon grimassierte, die Augen zusammenkniff und dann schloß.

»Du kannst die Augen ruhig wieder öffnen, Milchbrüderchen!« Er ahnte, was Simon bewegte. »Ja, Hamburg ist gewachsen! Ich kann es dir genau aufzählen: Dreißigtausend Einwohner hat die Stadt mittlerweile!«

Simon glaubte seinen Ohren nicht zu trauen. »Dreißigtausend?«

Laurentz hatte seinen Spaß, als er das erstaunte, fast entsetzte Gesicht des Freundes betrachtete. Dann wurde er wieder ernsthaft: »Gegenüber den dreitausend Einwohnern des sächsischen Dresden ist das sehr viel, das Zehnfache, aber im Vergleich zu London mit seinen einhundertachtzigtausend Menschen ist es wenig. Albrecht hat es mir gestern berichtet. Es sind die neuesten Zahlen.«

»Wenig? Dreißigtausend nennst du wenig?«

»Ja sicher, wenn man bedenkt, daß es gerade einmal ein Zehntel der Bewohner von Paris sind, die hier in Hamburg leben ...«

»Dreihunderttausend Menschen leben inzwischen in Paris? Laurentius, du willst mir ein X für ein U vormachen! Keine dreihunderttausend!«

»Bei Gott dem Allmächtigen, so ist es mir berichtet worden! Ach was soll ich reden! Ich kann dir den Brief zeigen, in dem davon die Rede ist. Dann hast du es schwarz auf weiß!« sprach die redliche Kaufmannsseele aus Laurentz Worten.

Simon schüttelte den Kopf. »Mein Gott, was sind diese Städte in den wenigen Jahren gewachsen!« Dann rümpfte er die

Nase. »Wenn es hier schon so gen Himmel stinkt, wie muß es dann erst in Paris sein?«

»In Paris? Man soll schon aus dreißig Meilen Entfernung riechen, wo die Stadt liegt. Wer die Wegsteine nicht zu lesen vermag, kann dennoch seinen Weg ganz einfach finden: Immer der Nase nach! Übrigens geben wir uns in Hamburg alle Mühe, den Geruch zu bändigen. Komm, ich zeige dir unsere schöne neue Börse.«

Damit zog er Simon weiter, der sich aus seiner Erstarrung löste und dennoch kaum den Blick wenden konnte von den verschiedenen bunten Bauerntrachten aus dem Hamburger Umland, den Marktfrauen, mal schlank, mal drall, und den niederländischen Trachten, die ihm ins Blickfeld kamen.

»Hamburg ist eine weltoffene Stadt, und wir haben nicht nur Portugiesen und die britischen merchant adventurers hier aufgenommen, sondern auch viele Holländer, die nach dem Fall von Antwerpen vor den Spaniern hierher geflüchtet sind. Sie haben sich der Stadt gegenüber entsprechend dankbar gezeigt. Da zum Beispiel!«

Laurentz war stehengeblieben und zeigte mit einer ausladenden Armbewegung auf ein seltsames Gebäude am Rand des Hafenplatzes: »Das Geschenk der Antwerpener Gewandschneider an die Stadt Hamburg. Als Dank, daß wir ihnen Zuflucht und Gewerbefreiheit gaben.«

Simon blieb stehen und wollte wieder kaum seinen Augen trauen. Er starrte unverwandt auf dieses Gebäude der niederländischen Gewandschneider. »Was ist das? Eine riesige Möbeltruhe aus Balken und Steinen?«

Überrascht ließ Laurentz seinen stolz hochgestreckten Arm sinken und kratzte sich nachdenklich am Hinterkopf. »Das haben andere auch schon gesagt.« Er war sichtbar entschlossen, sich nicht davon beeindrucken zu lassen. » Sei's drum, es ist ein prachtvolles Gebäude, unsere neue Börse.«

Nachdenklich kaute Simon auf den Lippen. »Das Handelszentrum. Ich habe es vor neun Jahren noch gesehen, als man anfing, es zu bauen, ohne alle diese prächtigen Verzierungen.«

Laurentz nickte stolz. »Siehst du die steinernen Löwen am Börsengehege mit den Wappenschilden? Die Wappen der Bergen-, Schonen, England- und der Flandernfahrer, die Schilde der Hansekontore in London und Brügge, die des Brauereigewerbes, der Schiffer und als Krönung die Wappen von Amsterdam und Hamburg!«

Simon schien davon nicht im mindesten beeindruckt zu sein. »Hamburg ist offensichtlich eine reiche Stadt geworden.«

Laurentz hob beschwichtigend beide Hände. »Das kann man so nicht sagen. Die Stadt hat viele arme Schlucker aufgenommen, und erst vor wenigen Jahren haben wir in der Spitaler Straße Gotteswohnungen für die Armen errichtet. Die Niederländer haben eine Armenkasse für ihre eigenen Landsleute einrichten müssen, da der Hamburger Gotteskasten kaum für unsere eigenen Armen ausreichend gefüllt ist. Und die Stadteinnahmen reichen nicht aus, den dringend notwendigen Bau der neuen Stadtbefestigung zu beginnen. Das kleine Dresden hat die Zeichen der Zeit schon lange erkannt, und seine neuen mächtigen Festungswerke sind bereits fertig.«

Eine steile Falte hatte sich zwischen den Augenbrauen des Ratsherrn gebildet. »Anscheinend fällt es einem Fürsten leichter, die notwendigen Steuergelder einzutreiben, als unserer Bürgerschaft – die alles haben, aber nichts dafür hergeben will. Hamburg ist hoch verschuldet und platzt dennoch aus allen Nähten.«

Mit spöttischem Gesichtsausdruck hatte Simon den abwehrenden Worten von Laurentz zugehört. »Und einige Kaufherren platzen wohl auch aus ihren Nähten?«

Laurentz betrachtete prüfend seinen Bauch und befand, daß er damit nicht gemeint sein konnte. »Nun ja, das Stapelrecht, die Elbhoheit und das Handelsmonopol auf Bier und Getreide läßt schon etwas Geld in der Stadt. Wir kommen als Kaufleute ganz gut zurecht.«

Simon befühlte den Umhang von Laurentz prüfend mit Zeigefinger und Daumen und befand: »Doch ja, du bist gut betucht.«

»Die niederländischen Tuchmacher weben es – entsprechend unserer Kleiderordnung – nur für die Ratsfamilien. Beste Qualität. Uns selber geht es gut, nur die Steuereinnahmen reichen nicht. Wir müssen dreimal soviel ausgeben, wie wir einnehmen. Und diese Kämmereibürger, die seit drei Jahrzehnten die Bücher der Stadt führen, sitzen dem Rat wie eine Laus im Pelz und piesacken uns mit ihren langen pingeligen Listen über Ausgaben und Einnahmen.« Er schnaufte. »Wahre Korinthenkacker, die uns ständig in Entscheidungen hineinreden, als ob die Politik ein Krämerladen sei!«

Wieder wurde der Ansatz des spöttischen Lächelns in Simons Mundwinkeln sichtbar. »Vielleicht hättet ihr euch lieber für die reformierte Kirche anstelle der Lutheraner entscheiden sollen!«

Erschreckt blickte Laurentz sich um, ob noch jemand anderes hatte hören können, was Simon gerade gesagt hatte. Doch der Marktlärm lag wie eine schützende Glocke über ihnen, und er beruhigte sich wieder, als er niemanden in ihrer nächsten Nähe entdeckte.

»Bist du des Teufels?«

»Nein, ich bin ein Mann Gottes. Und unter allen Bäumen, die zu Gottes Ehre blühen, wäre doch der calvinistische Zweig für euch am bequemsten: ›Gott gibt es den Seinen!‹ Und wenn ihr in dieser Welt mit Reichtum gesegnet seid, so ruht der Segen Gottes vielleicht nicht auf der Stadt – aber gewiß auf den Kaufleuten!«

Laurentz war sich nicht sicher, ob Simon ihn verspotten wollte, oder ob er es ernst meinte. Er holte tief Luft und flüsterte: »Simon, halte solche Worte bitte still bei dir. Denke sie noch nicht einmal. Du versündigst dich gegen die nordelbischen Lutheraner, für die Reformierte noch schlimmere Ketzer sind als die römischen Papisten. Wir haben diese Prinzipien kennengelernt, als wir die britischen merchant adventurers, obwohl Anglikaner, nicht nur auf Druck der Hanse, die gegen den freien Zwischenhandel ist, offiziell aus Hamburg ausweisen mußten, sondern auch auf Veranlassung der lutherischen Oberalten: Sie wollen keine Reformierten in dieser Stadt dulden.«

»Aber du hast doch gerade gesagt, ihr hättet sie bei euch aufgenommen?«

»Ja und nein.« Laurentz wandte sich ab. Wie sollte er einem norwegischen Bischof das Hamburger Handelsevangelium erklären?

»Neben den Grundsätzen Luthers, daß du dem Herrn geben sollst, was des Herrn ist, und der Obrigkeit, was das ihre ist, praktizieren wir noch einen dritten Grundsatz: Erhalte dem Handel, was dem Handel nützt. So sind die englischen Kaufleute offiziell nach Stade ausgewiesen worden – dennoch ist unsere Stadt weiterhin ihr Handelszentrum und wird es auch bleiben.«

Simon rieb sich die Hände. Lauthals spottete er: »Wie gut, daß Stade nur wenige Meilen von Hamburg entfernt liegt. Aber ich sagte es bereits: Ihr seid calvinistische Lutheraner!«

»Bitte, Simon, rede leiser! Und so stimmt es auch nicht. Wir tun es nicht, weil wir keine Lutheraner sind, sondern weil es uns eine Menge Geld gekostet hat, die merchant adventurers nach Hamburg zu holen. Auch andere Hansestädte wollten sie aufnehmen. Wir haben den Engländern Färbereien und Lagerräume auf Stadtkosten eingerichtet, damit sie hierher kamen. Meinst du, wir geben das so einfach wieder auf, nur weil die kirchlichen Oberalten in lutherische Bretter verbohrt sind?«

Simon sah sich nicht veranlaßt, leiser zu reden. In dem Land, aus dem er kam, hatten sie noch genügend damit zu tun, das Christentum zu verankern, als daß sie sich auf solche Zwistigkeiten unter Brüdern eingelassen hätten. Erst wenn es etwas zu verteilen gab, begannen offensichtlich die rechthaberischen Streitigkeiten unter Verwandten. Das war einer der Gründe, warum er als evangelischer Bischof gerne nach Norwegen gegangen war. Er war es leid gewesen und zornig über den Unglauben im Glauben. »Ihr handelt also nach dem Grundsatz: Lasse deine rechte Hand nicht wissen, was deine linke tut! Aber keine Angst, ich höre schon auf damit. Hier bin ich Gast, und so will ich mich auch nicht in etwas einmischen, was mich nichts angeht. Ihr müßt schon selber wissen, wie ihr eure Schiffe gegen den Wind der lutherischen Orthodoxie steuert.«

Simon war schließlich doch leiser geworden, als er es eigentlich gewollt hatte. Warum sollte er Laurentz in Schwierigkeiten bringen?

»Danke!« Laurentz atmete auf. Er verstand Simon ja, aber der verstand ihn offensichtlich nicht. Wie sollte er ihm näherbringen, daß nicht nur die Oberalten störrisch waren, sondern auch die Handwerkerzünfte auf ihren überholten Privilegien beharrten und die auswärtigen Handwerker und religiösen Minderheiten zunehmend außerhalb der Stadt im holsteinischen Altona und in Stade siedelten, das zu Dänemark gehörte. Der dänische König, selbsternannter Schutzherr Hamburgs, hatte Stade Zunftfreiheit und Religionstoleranz zugebilligt, und in Altona wurde es bereits ähnlich gelebt. Mit dem Abwandern der Neuankömmlinge dorthin gingen der Stadt auch Arbeitsfleiß und Kapital verloren. Er schnaufte und suchte nach einer Brücke, um sich seinem alten Freund verständlich zu machen.

»Erinnerst du noch die Jonglierbälle, die du mir anno 1554 gegeben hast und was du mir damals sagtest?« Spielerisch warf er imaginäre Bälle in die Luft.

Simons Zorn war wie weggewischt. »Die fünf Jonglierbälle! Hast du sie noch?«

»Ja, ich habe sie immer aufbewahrt.«

»Seid ihr beide einmal Gaukler gewesen?«

Simon und Laurentz zuckten zusammen, als wären sie bei einer Missetat erwischt worden. Der junge Albrecht stand plötzlich neben ihnen. Offensichtlich hatte er zumindest die letzten Sätze mitgehört.

Laurentz mußte sehr an sich halten, um in seiner Überraschung nicht zornig loszupoltern. »Wo kommst du denn her?«

»Von zu Hause. Und wenn ihr so nahe an der Kaimauer steht, kann man nur von dieser Seite kommen.«

»Du hättest dich wenigstens räuspern können, damit wir hören, daß du näher kommst.«

»So, wie ihr miteinander in das Gespräch vertieft wart, hättet ihr nicht einmal die Posaunen des Jüngsten Gerichtes gehört!«

Laurentz bemerkte aus den Augenwinkeln, wie Simon amüsiert ihren Disput verfolgte. »Darf ich dir meinen Enkelsohn Albrecht vorstellen!«

Simon mußte sich ein Lächeln verkneifen, so bärbeißig hatte Laurentz diese Vorstellung absolviert. Er reichte dem jungen Mann zur Begrüßung freundlich seine Hand.

»Das ist Simon van Leyden, der evangelische Bischof von Bergen«, tönte Laurentz.

Simon hatte die Hand des jungen Mannes festgehalten, der ihn interessiert betrachtete. »Ich habe es mir schon gedacht, daß du Albrecht sein müßtest.«

»Wieso?«

Herzlich legte Simon auch seine andere Hand auf Albrechts Hand. »Weil niemand anderer in deinem Alter es wagen würde, in einem derart despektierlichen Ton mit einem Hamburger Ratsherrn zu reden.«

So leicht war Albrecht nicht in Verlegenheit zu bringen.

»Er ist der Großvater. Ratsherr ist er nur im Rathaus!«

Seine Aufmerksamkeit wandte sich dem festen Handgriff von Simon zu, und er fragte verlegen: »Muß man dir nun die Hand küssen, Bischof?«

Simon wollte den Jungen nicht in Verlegenheit bringen. Sanft zog er seine Hand zurück. »Nein, Gott bewahre. Wir sind hier nicht in meiner Kirche, und wir Evangelischen mögen diese katholische Küsserei sowieso nicht. Hier bin ich nur der älteste Freund und Milchbruder deines Großvaters.«

Laurentz fühlte sich außer acht gelassen, und er wandte sich an seinen Enkelsohn: »Und warum bist du hier so plötzlich aufgetaucht?«

»Mutter schickt nach euch. Marthe würde laut mit ihren Töpfen in der Küche klappern, und wenn ihr noch in die Badestube des Rates wollt, um euch zu erfrischen, insbesondere Simon nach der langen Reise, dann sollt ihr euch sputen, du würdest Marthe schließlich kennen.«

»Marthe? Badestube des Rates?« Simon blickte Laurentz fragend an.

»Ich erklär's dir gleich, und du ...«, er wandte sich wieder Albrecht zu, »sag deiner Mutter, daß wir auf dem Weg seien und pünktlich zum Essen zu Hause sein werden.«

»Und das mit den Jonglierbällen ...?«

»Das erklären wir dir nach dem Essen. Nun geh.«

Folgsam nickte Albrecht und verschwand wieder so schnell, wie er gekommen war.

»Er ist dir wohlgeraten, dein Enkel«, hatte Simon seinen Spaß. »Und es gibt also nicht nur eine Frau Marthe, die das Regiment in deiner Küche führt, sondern auch eine besondere Badestube des Rates?«

»Es ist der Lauf der Zeit. Komm, ich erkläre es dir beim Baden«, und damit zog Laurentz den Freund fort vom Hafen.

Wohlig schloß Simon die Augen und streckte seine mageren Glieder in dem heißen Badewasser. Jetzt, wo die Wärme seinen Körper durchdrang, spürte er die kalten Märzwinde der Seefahrt stärker in seinen Knochen als während der vergangenen Tage auf dem Meer. Das Medaillon, das er an einer feinen Silberkette um den Hals trug, lag noch als kühler Punkt auf seiner nackten Haut. Laurentz erblickte das Medaillon zum ersten Mal und hatte bisher kein vergleichbares gesehen. Er würde Simon später fragen, welche Bewandtnis es damit hatte. Es schien die Darstellung eines Frauenkopfes zu sein.

»Möchte einer der Herren auch eine Reinigung des Blutes?«

Die Stimme ließ Simon wieder die Augen öffnen: Über dem Kopf von Laurentz, der ihm gegenüber im Badezuber saß, beugte sich eine junge Frau zu ihnen herunter und bot ihm einen offenherzigen Einblick auf ihren Busen.

Abwehrend hob Simon die Hände: »Nein danke, keinen Aderlaß!«

Auch Laurentz schüttelte den Kopf. »Danke, heut nicht, Marie.« Woraufhin die junge Frau sich wieder aufrichtete und weiterging.

»Auch wenn man bei ihrem köstlichen Anblick ins Schwitzen kommen könnte – es wundert mich, daß ihr an diesem Aderlaß festhaltet. Es gibt im Norden etwas sehr viel Angenehmeres, den Körper innerlich zu reinigen: Schwitzstuben.« Simon schmunzelte. »Sie geben dem Menschen schon auf Erden eine Vorahnung davon, wie es wohl in der Hölle aussehen wird! Ein enger, dunkler Raum, in dem viele Nackte schwitzend herumsitzen. Die Haut ihrer glänzenden Körper flackert in dem hellen Rot des glühenden Feuers, und sie schlagen sich die Haut mit Birkenzweigen, daß sie sich spannt und man meint, man könne es nicht mehr aushalten. Doch wenn du aufgehitzt anschließend in das kalte Wasser springst, fühlst du dich wie neugeboren.«

»Das hört sich aber sehr heidnisch an!«

»Ist alles, was dem Menschen gut tut, ein gottverdammter heidnischer Brauch?«

Offensichtlich hatte er keine Probleme damit, gottserbärmlich zu fluchen.

Nachdenklich sah Simon der Badefrau hinterher und schien über etwas nachzugrübeln. »Laurentz, gab es nicht früher eigene Badestuben für die Geistlichen in dieser Stadt …?«

Der Bauch von Laurentz brachte das Wasser im Zuber zum

Gluckern. »Die gibt es immer noch! Aber sage mir, was dir angenehmer ist, hier mit mir in einem Zuber voll mit heißem Wasser zu sitzen oder im eiskalten Wasser der geistlichen Badestube, wo dir junge Knechte rabiat den Rücken schrubben? Als Missionspriester, dachte ich mir, unterliegst du nicht den hiesigen Regeln.«

Bevor der überraschte Simon antworten konnte, hörte er eine glockenhelle Stimme hinter sich: »Auch noch Reinigung des Blutes gefällig?«

»Danke, Antje!« verneinte Laurentz.

Simon spürte den Hauch einer Handbewegung über dem großen Muttermal auf seinem rechten Schulterblatt.

Antje, wie Laurentz sie genannt hatte, ging weiter durch die doppelte Reihe der Badezuber, verharrte, blickte sich um, als suchte sie etwas, und dennoch hatte Simon das unerklärliche Empfinden, daß sie insbesondere ihn genauestens betrachtete. Den Männern in den anderen Zubern widmete sie keinen Blick. In der einen Hand die Schale mit den Blutegeln tat sie so, als wäre sie nur stehen geblieben, um sich den nassen Saum ihrer schmutzigen Schürze unter den Ledergürtel zu stopfen, während sie ihn musterte. Die warme, feuchte Luft des Badehauses hatte die verschwitzte Bluse an ihren Körper gepreßt, der nasse Stoff spannte sich über den schweren Brüsten und modellierte ihre Brustspitzen so aufreizend, als wäre sie nackt.

Simon sah nur ihren Gesichtsausdruck und fragte sich, warum sich diese Frau so intensiv für ihn interessierte. Er schob einen aufkeimenden, entfernten Gedanken beiseite und blickte wieder Laurentz an. »Du wolltest mir noch erzählen, wer Marthe ist und warum der Rat eine eigene Badestube hat, in der auch Missionspriester baden dürfen.«

Laurentz hatte gerade den Bierkrug auf dem Mittelbrett des Badezubers abgestellt und wischte sich den Schaum von der Oberlippe.

Er räusperte sich. »Auch wenn der Rat den Pächtern der Badehäuser empfindliche Strafen angedroht hat, falls sie weiterhin das gemeinsame Baden von Männern und Frauen in einem Zuber erlauben, können wir es nicht verhindern. Allerdings sind die Stadtbüttel auch nicht sehr energisch mit der Kontrolle dieser Anordnung, und von den Bürgern kommen auch keine Beschwerden, falls dem so ist.«

»Und da wollten die Ratsherren sich nicht mehr mit den Bürgern bei diesem ungesetzlichen Treiben gemein machen: Ihr habt euch abgesondert!« Auflachend beugte Simon sich nach hinten und stieß mit dem Kopf gegen die Kante des Holzzubers.

Laurentz hatte nichts davon bemerkt, er starrte nachdenklich auf die Oberfläche des Badewassers. »Simon! Lach bitte nicht so. Es ist zwar ein Körnchen Wahrheit in dem, was du sagst, aber der eigentliche Grund ist ein anderer. Manche der Kaufmannschaft haben sich schon zu Hause eine eigene, private Badestube eingerichtet, sofern sie dafür Räumlichkeiten hatten, denn es grassiert seit einigen Jahren eine Krankheit in der Stadt, für die es keine Erklärung gibt. Die Franzosen nennen sie die spanische Krankheit, wir hier nennen sie die französische, und im russischen Nowgorod soll sie, wie ich hörte, die deutsche Krankheit heißen.«

Simon war wieder ernsthaft geworden und rieb sich den Hinterkopf. Davon hatte er noch nichts gehört. »Und was hat diese Krankheit mit den Badehäusern zu tun?«

»Wenn die Leute dort nur badeten, wäre alles kein Problem. Ein italienischer Arzt hat diese Krankheit vor ein paar Jahren beschrieben und dabei ihre Verbreitungswege untersucht. Sie wird offensichtlich über die körperliche Vereinigung von Mann und Frau weitergegeben. Eine neue Geißel Gottes, wie manche sagen, um die Unzüchtigen zu strafen.«

»Nein, nicht wieder das alte Testament des strafenden Gottes der Papisten! Gott ist die Liebe!« Zornig hatte Simon auf die Spiegelfläche des Wassers geschlagen, das sofort nach allen Seiten wegspritzte. »Somit kann diese Krankheit nur ein Werk der Menschen oder des Teufels sein – was manchmal gleichbedeutend ist.«

Laurentz wischte sich die Tropfen des Spritzwassers aus dem Gesicht und zuckte mit den Schultern. »Ja, es ist wahrlich teuflisch. Anscheinend haben die Spanier sie aus Westindien mitgebracht. Aber niemand weiß, wie diese Krankheit entstanden ist und was man dagegen tun kann. Es hieß, daß ein besonderes Rezept hülfe: Zwei Unzen weißer Honig vermischt mit zwei Unzen getrockneter und zerstoßener roter Rosen und einer halben Unze rotes Präzipitat vom Quecksilber. Bei denjenigen, die diese Arznei überlebten, hat sie genausowenig vermocht wie die Versuche, die Krankheit auszubrennen. Wir sind machtlos.«

»Es kommt der alten Kirche sehr zupaß: Jahrhundertelang hat sie gegen Lucifer gekämpft, der dem Menschen das sündhafte Licht der Erkenntnis bringen würde. Und nun, da wir erkennen, neue Welten und Wissen entdecken, weigern sich die knöchernen Männer der alten Kirche, die dunkle Herrschaft Diabolos anzuerkennen und schreiben auch das Böse Gott zu.«

Zornig hatte Simon wieder auf das Badewasser geschlagen, um seine Worte zu unterstreichen.

»Halt ein!« Laurentz hatte schützend seine Hände über den Bierkrug gehalten. »Das Ratsherrenbier ist dicker als das Exportbier, und es wäre schade, wenn du es mir verwässerst!«

»Verzeih mir, Bruder.« Simon wischte sich auflachend die Wassertropfen aus dem schmalen Gesicht. »Ich bin es wohl nicht mehr gewohnt, solche hinterlistigen Zuweisungen zu hören, so daß mir die Galle aufsteigt und das Blut vergällt. Vielleicht sollte diese Antje mir doch einen Aderlaß geben, oder gib mir einen Schluck des Ratsherrenbieres, damit sich mein Blut wieder verdünnt.«

Mit einem »Bediene dich!« drehte Laurentz den Griff des Kruges zu Simon, der einen kräftigen Schluck nahm, behaglich rülpste und den Krug zurückstellte. »Sehr gut! Erinnere mich im Herbst daran, daß ich ein Faß davon für mich mit nach Norwegen nehme. Aber du wolltest mir noch von Marthe berichten.«

DESEMBARCACIO

Die Vergangenheit

Landung König Philipps II. in Lissabon.
Kupferstich von Joan Schorquens, 1622

Simon leckte sich genießerisch die Finger und wischte sich dann, wie alle anderen, die fettigen Hände und den Mund am Tischtuch ab. Marthe hatte ihr Bestes gegeben und Clara und Wilfriede, die beiden Küchenmägde, zu höchster Qualität gescheucht. Die Mitglieder des Moellendorffschen Haushaltes saßen noch am großen Holztisch, schwatzten miteinander, bis Laurentz die Tafel aufhob und die meisten sich zu ihren abendlichen Arbeiten zurückzogen.

Simon und Albrecht hatten sich gegenübergesessen, auf den Ehrenplätzen rechts und links von Laurentz. Albrecht hatte Simons Fragen beantwortet, und der Bischof wußte nun, daß der junge Herr frisch graduierter Doktor der Rechte des Kings College in London war und neben dem Deutschen und Latein, was selbstverständlich war, auch fließend Englisch und noch etwas Spanisch sprach.

»Sag mir, Albrecht«, dabei zwinkerte Simon dem aufmerksamen jungen Mann schmunzelnd zu: »Wie ist es zu erklären, daß eine schnelle Brigg von Hamburg durch den Kanal nach, sagen wir mal, Lissabon vierundzwanzig Tage braucht, für die gleiche Strecke zurück jedoch nur vier Tage?«

Laurentz blickte überrascht auf, und er hätte beinahe darüber nachgedacht, woher der Wind in der Biskaya wohl wehte, als ihm aufging, daß die Frage irgendwie anders gemeint war.

Albrecht schloß die Augen, um nachzudenken, öffnete dann ein Auge und fixierte Simon. »Das ist ganz einfach zu beantworten: Ein Evangelischer braucht eben längere Zeit, um einen Katholiken zu überzeugen, während die Katholiken damit sehr viel schneller am Ziel sind.«

»Klug geantwortet, Junge!«

Albrecht lächelte stolz, fühlte sich anerkannt und dem Bischof sehr verbunden.

»Was war denn daran klug?« brummte Laurentz. Er hatte weder den Sinn der Frage noch der Antwort verstanden.

»Willst du es Laurentz erklären?«

Albrecht nickte. »Die einfache Antwort wäre gewesen, daß die Brigg immer vierzehn Tage braucht, egal in welcher Richtung. Wenn sie am 5. April losfährt, ist sie am 19. April dort. Weil aber Papst Gregor vor ein paar Jahren den Katholiken zehn Tage aus dem Kalender gestrichen hat, damit das Frühjahrsäquinoktium wieder auf den 21. März fällt, ist in Lissabon statt des 19. bereits der 29. April, und das Schiff hat nach den Kalenderdaten vierundzwanzig Tage gebraucht. Fährt es am 1. Mai in Lissabon fort, ist es nach unserem Kalender am 5. Mai wieder in Hamburg. Es hat also nur vier Tage benötigt.«

»Habt ihr noch mehr davon auf Lager?« Laurentz schnaubte. Das hätte er auch gewußt. Nur die Fragestellung hatte ihn irritiert.

Simon betrachtete ihn nachdenklich. »Warum hast du Albrecht nicht in Wittenberg, hier an der Elbe, studieren lassen?«

Laurentz blickte ihn erstaunt an. »An der Kanzlei Gottes, wie diese Universität auch genannt wird? Gott bewahre. In dem gleichen Hort lutherischer Orthodoxie wie hier? Bloß nicht. Außerdem ist es ist eine alte Familientradition, die Söhne ins Ausland nach London zu schicken – so wie wir beide auch dort waren. Das macht den Geist offener, oder irre ich mich?«

Simon amüsierte sich über den Eifer, mit dem Laurentz auf seine Frage geantwortet hatte. »Nein, du irrst dich nicht. Vor nicht allzu langer Zeit hat sich Melanchthon noch bei seinen Freunden darüber beklagt, daß er in Wittenberg an die Grenze der Kultur gekommen sei und, ginge er noch ein wenig weiter in den Osten, in die Barbarei gelangen würde.«

Als der Großvater und der Bischof schwiegen, konnte Albrecht endlich seine Frage stellen: »Wie seid ihr beide damals nach England gekommen?«

Laurentz schickte Marthe Wein holen und begann: »Ja, das war so eine Geschichte. Es war nach Petri anno 1535, als die Winterpause der Schiffahrt beendet war und mein Vater – dein Urgroßvater – seine Schiffe, die den Winter über im Hafen festgelegen hatten, wieder hinausschickte. Ende Februar, nach Cathedra Petri, hatten sich die Bootsleute und die Steuermänner in Hamburg eingefunden. Die Decksleute waren bereits unter Vertrag genommen, und wir beide warteten ungeduldig darauf, welches Schiff uns mitnehmen würde.

Die Wolken des kommenden Krieges deutscher Nationen zeigten sich schon am Horizont. Das Reichskammergericht hatte Hamburg verurteilt, dem katholischen Domkapitel seine Kirche und die enteigneten Güter zurückzugeben, was der Rat jedoch keineswegs zu tun beabsichtigte. Im Gegenteil. Der Rat erwog die Frage, unter welchen Bedingungen die Stadt dem Schmalkaldischen Bund der protestantischen Fürsten und Städte beitreten sollte, um wohlverstanden seine eigenen Rechte zu bewahren. Kaiser Karl war in diesen Fragen unnachgiebig. Alle rechtlichen Mittel und politischen Möglichkeiten waren ausgeschöpft. Hamburg zahlte also einhundertzehntausend Pfund bestes Silber in die Kriegskasse des Schmalkaldischen Bundes, und der klärende Krieg war nur noch eine Frage der Zeit. Vorsorglich wollte mein Vater uns schon zwei Jahre vor der normalen Zeit, wir waren beide erst zehn Jahre alt, von Hamburg weg in Sicherheit verbringen: zu seinem Bruder, dem damaligen Vorsteher des Hansekontors in London – zum Hansegrafen, wie wir ihn nannten.

Endlich, im Sommer, hatte unser Warten ein Ende, und das Schiff nach England nahm uns beide als Passagiere mit an Bord. Simon und ich hatten uns gleich neben den Steuermann gestellt. Von seinem Platz aus hatten wir die beste Aussicht auf den Fluß und über das Schiff. Der Steuermann Hinnerk hatte die bauchigen, windgeblähten Segel betrachtet und uns angelacht: ›Nun, junge Herren, ihr bringt uns wohl Glück! Es ist selten, daß wir zu dieser Jahreszeit auf der Elbe einen so kräftigen Wind aus Südosten haben. Das bringt uns heute gut voran!‹

Er hielt das große Steuerrad mit beiden Händen fest gepackt und hatte seine Füße breit auseinandergestellt, um besseren Halt mit den Beinen zu haben, dem Druck der Strömung gegen das Steuerruder standzuhalten. Unsere Ausflüge auf der Elbe waren bisher nur ein paar Meilen stromaufwärts bis nach Zollenspieker gegangen, wenn wir meinen Vater begleiteten, der sich dort an der Elbfähre mit Lüneburger Ratsherren zu Verhandlungen traf. Jetzt sollte uns eine große Fahrt nach London bringen.

Simon hatte sich in eine bunte Zeichnung vertieft, während ich mich auf dem Schiff umsah. Meine Blicke streiften die Hamburger Flagge im stolzen Rot-Weiß der Hanse und darunter die Kontorflagge mit unserem Familienwappen am Hauptmast, bis meine Augen oben am Besanmast verharrten.

›Warum haben wir drei Wimpel am Besan?‹

Ohne auch nur hinaufzublicken fragte mich der Steuermann: ›Welche Farben haben denn diese drei Tuchstreifen dort oben?‹

Ich kniff die Augen zusammen und versuchte, die von Wind und Regen verblichenen Farben zu erkennen.

›Ein grüner, ein weiß-gelber und ein roter!‹

›Richtig.‹

›Und was sollen die Farben bedeuten?‹

›Mmh.‹ Der Steuermann hatte die Lippen geschürzt, als wollte er nicht mit der Sprache heraus.

›Aah, ich weiß es schon! Es sind die Farben der Hoffnung, der Zuversicht und des Blutes! Die Farben der Dreieinigkeit!‹

›Ja, das könnte man so sagen. Das ist eine schöne Erklärung.‹

Doch sein Unterton bedeutete mir, daß meine Annahme nicht richtig war.

›Und was haben die Farben tatsächlich zu bedeuten?‹

Ich betrachtete die langen Wimpel, die der Wind bugwärts flattern ließ, als wollten sie uns das Ziel zeigen, bis der Steuermann brummte: ›Das mit der Dreieinigkeit ist schon ganz recht. Nur …‹

›Aber das habe ich doch gesagt!‹

›Ja, schon, aber es ist eine andere, als die, die Ihr gemeint habt.‹

Was gab es denn für eine andere Dreieinigkeit, als die, die ich kannte? Da ich ihn nur fragend ansah, fuhr er bedächtig fort: ›Den grünen habe ich in Palermo von einem islamischen Sarazenen bekommen, den weiß-gelben in Lissabon von einem katholischen Portugiesen und den roten vom lutherischen Prediger des Kirchspiels Wyk auf Föhr, wo ich zu Hause bin. Heute wären die drei sich wohl nicht einig, was sie von dem Glauben der anderen halten sollten – aber meine drei Tuchstreifen sind sich stets einig gewesen und flattern immer miteinander in derselben Richtung.‹

Nun blickte auch er zu den Wimpeln hinauf, als wolle er sich überzeugen, daß es tatsächlich so war, und lachte: ›Meine Mutter hat immer gesagt, doppelt genäht, das hält besser, und so dachte ich mir, dreifach genäht, das hält noch besser.‹

Ich hatte das ungute Gefühl, daß er mir ein Rätsel aufgegeben hatte, obwohl es offensichtlich war, daß die drei Wimpel in einer Richtung flatterten. Doch bevor ich den Steuermann fragen konnte, ob es einen Wind gäbe, der sie in unterschiedlichen Richtungen wehen ließe, blickte Simon von der Landkarte auf.

›Wie lange wird es dauern, bis wir an der Mündung der Lühe sind?‹

›Wohl so bald.‹

Erstaunt blickte ich auf Simon. ›Was ist die Lühe?‹

›Ein Fluß, der von Süden her in die Elbe fließt.‹

›Woher weißt du das?‹

Er hielt mir das feste Papier entgegen, das er auf seinen Knien ausgebreitet betrachtet hatte, und zeigte mit einem Finger auf einen Strich, der mit blauer Tinte auf das Pergament aufgemalt war.

›Das soll ein Fluß sein?‹

›Ja, so steht es dort geschrieben.‹ Und damit zeigte er auf den unteren Rand des Pergaments.

›Deshalb ist es aber kein Fluß, Bruderherz, nur weil es dort geschrieben steht. Wo ist denn das Wasser?‹

Nun mischte sich der Steuermann in unseren aufkeimenden Streit ein. Laut übertönte er mit seiner rauhen Stimme unser helles Gezwitscher: ›Die jungen Herren haben beide recht.‹

Ungläubig verstummten wir. Das konnte nicht und es durfte nicht sein! Ließen wir in der Schule des Kirchspiels von St. Nikolai derartiges verlauten, hätte es Prügel gegeben, um eindeutig zu bezeugen, daß es nur ein einziges Recht und nur eine allumfassende Wahrheit gebe. Den Steuermann schüttelte ein tiefes Lachen, als er unsere verwundert aufgerissenen Augen bemerkte. ›Dort drüben, da ist das Flüßchen Lühe, schaut hin!‹ Wir reckten beide unsere Hälse, um über die Reling zu schauen. ›Und dort, auf der Karte, das ist auch der Fluß.‹

›Aber wie …?‹

›Es ist eine Art von Fluß, ein Papierfluß, ein verkleinertes Abbild von dem richtigen.‹

›Aber woher weiß ich denn, daß dieser blaue Strich tatsächlich mit dem richtigen Fluß übereinstimmt? Vielleicht hat sich der Mensch, der das Pergament gezeichnet hat, dabei geirrt?‹

Nachdenklich blickte der Steuermann in die aufgeblähten Segel. ›Das könnte natürlich sein. Ich merke das aber, falls es nicht stimmt, und außerdem hat er seinen Namen draufgeschrieben. Ich weiß, daß der Mann zuverlässig zeichnet und ich mich darauf verlassen kann.‹

›Und wenn du merkst, daß es nicht stimmt?‹

›Tja, junger Herr!‹ Nun ließ der Steuermann das Rad mit einer Hand doch los und kratzte sich am Schädelknochen.

›Dann merke ich mir das und bitte jemanden, der Schreibzeug hat, die Karte so zu ändern, wie es richtig ist.‹

›Aber die anderen Karten bleiben dann doch alle falsch!‹ Das wollte mir nicht in den Kopf.

›Na, Hinnerk, immer noch auf richtigem Kurs?‹ Ohne daß wir es bemerkt hatten, war mein Oheim, der Kapitän, auf die Brücke gekommen und hatte mich unterbrochen.

›Ay, ay, Captain! Die Hamburger Tonne vor dem Twielenflethsand ist schon backbord voraus zu sehen!‹

›In Ordnung. Und die beiden Jungens, sie stören dich nicht?‹

›Nee, Herr Captain. Abgesehen davon, daß der junge Herr Laurentz mir Löcher in den Bauch fragt, machen wir gute Fahrt.‹

Zur Überraschung des Steuermanns war ich mit zwei Schritten neben ihm und hatte seinen wollenen Rock über den breiten Ledergürtel hochgeschoben. Ich erbleichte. Er hatte tatsächlich Löcher im Bauch.

›Entschuldigt, ich habe nicht gewußt ...‹

Mein Stammeln erstarb in lautem Gelächter. Fragend blickte ich auf. Was hatte ich denn so lustiges gesagt?

›Na, schönen Dank man für die Entschuldigung, aber das wäre nicht nötig gewesen. Die Löcher, die der junge Herr gesehen hat, die habe ich schon seit gut zwanzig Jahren in meinem Bauch, die kommen nicht von Euren Fragen.‹

›Das ist gemein!‹

Wütend stampfte ich auf die Schiffsplanken. Es kam den anderen nicht zu, mich auszulachen. Auch wenn ich manchmal begriffsstutzig war – es kam ihnen nicht zu, mich, einen erbgesessenen Kaufmannsherrensohn, auszulachen.

›Ooch, so schlimm war das nun auch wieder nicht. Ich hatte damals bei den Holländern in Amsterdam auf einem Walfänger angeheuert. Als einer der baskischen Seeleute die Friesen beleidigte, haben wir das mit unseren Messern klären müssen. Daher die Löcher in meinem Bauch. Sind aber alle gut verheilt!‹ Und wieder durchschüttelte ein tiefes Lachen seinen kräftigen Körper.

›Hinnerk, spinn nicht zu dickes Seemannsgarn. Sonst glauben dir die beiden das noch!‹ Damit war mein Oheim von der Brücke verschwunden und ließ uns drei wieder allein.

Hinnerk betrachtete uns beide. ›Euer Bruder hat kaum eine Ähnlichkeit mit Euch, Herr.‹

›Kann er auch nicht. Sein Vater ist nicht mein Vater, und meine Mutter ist nicht seine Mutter.‹

Hinnerk runzelte die Augenbrauen, das sollte jemand verstehen! ›Wie kann er dann Euer Bruder sein?‹

Ich hatte meinen Spaß, den treuherzigen Hinnerk zu verwirren, und erklärte ihm: ›Mein Vater ist durchaus auch sein Vater, und seine Mutter ist durchaus auch meine Mutter!‹

Der Steuermann musterte mich prüfend und ließ es dabei bewenden: ›Aha! Durchaus!‹

Laurentz hatte eine trockene Kehle vom Erzählen bekommen und trank einen Schluck des spanischen Rotweins, der dunkel im Becher schimmerte.

Albrecht, der neben dem Kaminfeuer saß, blickte seinen Großvater an. »Wie lange wart ihr nach London unterwegs?«

»Damals, vor fünfzig Jahren, hatte mein Vater noch die kleineren Kraweelen, das war kein Vergleich zu den heutigen Großseglern. Wir brauchten etwa zehn bis vierzehn Tage. Je nachdem, wie günstig der Wind uns im Kanal gesonnen war.«

»Vierzehn Tage! Bei Gott, war das langsam. Wir sind die Strecke jetzt in fünf Tagen gesegelt!«

Laurentz schmunzelte. Natürlich wußte er, wie viele Tage seine Schiffe heute brauchten. Die Zeiten änderten sich: Die Schiffe wurden größer und schneller, die Frachten kostspieliger und damit auch das Risiko größer. Die Profite allerdings auch.

Simon, der bisher schweigend zugehört hatte, nahm nun den Faden auf: »Allerdings hätte die Reise damals ruhig noch länger dauern können, hätten wir gewußt, was uns in London erwartete. Der Weg die Themse hinauf schien nicht enden zu wollen. Vermutlich war es auch unsere Ungeduld, endlich die Stadt zu erblicken, von der uns schon so vieles berichtet worden war. Bei drei Glasen der zweiten Wache rief der Ausguck: ›London in Sicht!‹ Wir rannten auf das Hauptdeck an die Reling, um als erste das bunte Gedränge in den Straßen sehen zu können.

Die Häuser sahen wir zwar, aber wir sahen keine Menschen auf den Straßen. Auf dem Schiff war plötzlich kein Laut mehr zu hören. Die Decksleute verharrten in ihrer Arbeit und blickten wie wir über die Reling. Nur die Rahen knarrten im Wind. Diese ächzende Stille war allen aufgefallen und hatte sich auf die Mannschaft übertragen. Laurentz und ich waren wieder auf die Steuermannsbrücke gelaufen und starrten auf die Ufer. Als wir langsam die Stadtmauern passierten, meinte ich, in der Stille den Klang einer Trommel zu hören, und die Trommel wurde immer lauter, so daß ich sie körperlich spüren konnte.

›Hörst du das auch?‹ Ich hatte mich dicht neben Laurentz gestellt. Auch er schien meine Nähe zu suchen.

›Die Trommel?‹ Er flüsterte ebenfalls.

Auch auf den Werften war keine Menschenseele zu sehen. Erst jetzt fiel mir auf, daß uns schon den ganzen Tag auf der Themse kein Schiff entgegengekommen war.

Der Klang der Trommel schien näher zu kommen. Mir lief ein Schauer über den Rücken. Ein derartiges Schlagen einer Trommel hatte ich noch nie gehört. Ein einzelner Schlag, dann war Stille, dann wieder ein einzelner Schlag, dann wieder Stille. Es war nicht der fröhliche Trommelklang, den wir von den Stadtpfeifern her kannten, wenn sie mit Trommeln und Schalmeien aufzogen. Es war gerade dieses Fehlen anderer Klänge, die Stille zwischen den einzelnen Schlägen, die so bedrohlich zu uns herüberklang.

Auch Hinnerk, dem Steuermann, schien nicht wohl in seiner Haut zu sein. Er hatte die Augen zusammengekniffen und musterte das vorübergleitende Ufer: ›Der Tower von London!‹ Seine Hand wies auf einen weißen Turm, der über einer Hügelkette vor uns aufragte. Und jetzt sahen wir auch die Menschen, dicht gedrängt am Ufer. Sie standen so dicht auf der Straße, daß wir sie als einzelne kaum zu unterscheiden vermochten. Und dennoch hörten wir keinen anderen Laut, als immer wieder diese trostlosen, einzelnen Schläge einer Trommel.

›Nun hat das Schicksal wohl doch anders entschieden‹, murmelte der Steuermann.

Laurentz und ich hatten uns furchtsam an den Händen gefaßt und waren zu Hinnerk ans Steuer gegangen, als könne uns der große, kräftige Mann vor der Bedrohung schützen. Unser Drängen war nur allzu deutlich, als daß wir ihn hätten fragen müssen.

›Es wird wohl eine Hinrichtung im Tower von London sein. Und es spricht alles dafür, daß der hohe Herr Sir Thomas Morus heute dem Henker sein *Gott vergelt es dir* sagen wird.‹

Das Schlagen der Trommel wurde lauter, und als wir um die Biegung der Themse herum waren, lag der Tower in seiner ganzen Größe vor uns. Dicht gedrängt standen die Menschen, und es wollte beinahe scheinen, als ob der weiße Fels der Burg aus einem Blütenmeer von bunten Kleidern trutzig emporragte. Die Menschentrauben standen unbewegt, nur die Arme der Soldaten, in langer Reihe am Tower, bewegten sich mit dem Schlegel, der diesen entsetzlichen hundertfachen, einzelnen Trommellaut in der Stille erzeugte.

›Sir Thomas Morus war der vorherige Lordkanzler seiner britischen Majestät. Vor drei Jahren hat er sein Amt niedergelegt, als König Heinrich sich von Rom lossagte und seine eigene Nationalkirche begründete. Seitdem haben diese anglikanischen Rechtsverdreher versucht, ihm einen Hochverrat am König anzuhängen. Wir waren uns alle sicher, daß der gelehrte Herr es schaffen würde, sein Leben zu retten. Doch nun hat das Schicksal offensichtlich anders entschieden.‹

Er spuckte mit Abscheu über die Bordwand. ›Diese sogenannten Anglikaner sind im Grunde ihres Herzens bigotte, papistische Katholiken geblieben, auch wenn der König nun das Oberhaupt ihrer Kirche ist!‹

Wir fuhren zusammen, als er plötzlich über das Deck schrie: ›Hannes, verdammt! Die Leute sollen keine Maulaffen feilhalten! Klar zum Anlegen!‹ und gleichzeitig der dumpfe Trommelschlag in einen andauernden, ohrenbetäubenden Trommelwirbel überging. Mit einem ›Nun fällt die Rübe!‹ versetzte Hinnerk dem Steuerrad einen heftigen Stoß, und das Schiff drehte langsam zum Ufer. ›Sir Thomas hatte nur darum gebeten, schweigen zu dürfen.‹«

Nun übernahm Laurentz wieder den Faden: »Ich war unter dem plötzlichen Geprassel der Trommelschläge und dem gleichzeitigen tausendfachen Aufschrei entlang des Ufers ohnmächtig geworden und kam erst wieder zu mir, als unsere Reisekisten von Bord getragen wurden. Damit trennten sich unsere Wege: Simon kam auf eine gute Privatschule, ich wurde Schüler in der Prinzenschule.«

»Gab es denn damals noch keine kirchlichen Schulen, auf die ihr zusammen hättet gehen können?«

»Nein, der Grund war, daß ich auf die beste Schule gehen sollte. Deine Urgroßmutter war zwar eine Baroneß von Stocktonwood, und mein Vater hatte immer hingenommen, daß wir uns als Brüder betrachteten – das Schulgeld für die teure Prinzenschule wollte er aber für Simon, den Sohn meiner Amme, nicht bezahlen.«

»Deshalb nennt ihr euch Milchbrüder?«

Simon, der den jungen Albrecht sehr genau betrachtet hatte, mischte sich nun ein: »Wir sind nicht nur Milchbrüder, wir sind auch Blutsbrüder. Hier …«, er schob seinen linken Ärmel eine Handbreit am Arm hinauf, »du kannst die Narbe heute noch sehen.«

Überrascht betrachtete Albrecht den feinen weißen Strich der Narbe und blickte vorwurfsvoll zu seinem Großvater: »Du hast mir nie davon erzählt!«

Laurentz schüttelte bedächtig den Kopf: »Warum hätte ich dir davon erzählen sollen? Es war unser kindlicher Glaube, daß Blut mehr bedeutete als Milch.«

Simon war aufgestanden und ging umher: »Was bedeutet

schon eine Blutsverwandtschaft? Waren die Blutsbande innerhalb einer Familie jemals eine Gewähr dafür, daß Eltern, Brüder und Schwestern in Frieden miteinander lebten? Im Gegenteil! Familiäre Blutsbande sind oft eher eine Fessel, eine Last, der sich die ihnen Unterworfenen mit den blutrünstigsten Verbrechen zu entledigen suchen – so wie Kain seinen leiblichen Bruder Abel, sein eigenes Blut, erschlug. Also hüte dich davor, wenn jemand das Wort Blut verwendet und damit nicht den Körpersaft meint, sondern eine innere Verbundenheit. Diese Sehnsucht der inneren Zugehörigkeit zu einer Gruppe von Menschen wird früher oder später so enden, wie sie sich selbst versteht: auf Blut begründet – dem eigenen oder dem anderer Menschen.«

Damit verabschiedete er sich. »Erlaubt mir, daß ich mich zurückziehe, die Reise war anstrengend.«

»Und du willst wirklich wieder in der Gesindekammer schlafen? Hier im Vorderhaus habe ich …«

Simon schüttelte nur stumm den Kopf, und ein melancholisches Lächeln überflog sein ernstes Gesicht. Auch wenn Laurentz wußte, daß er das Gesindezimmer seiner Mutter als sein Zuhause betrachtete – es war ihm auch über alle Jahre erhalten geblieben –, wollte er ihn immer dazu bewegen, in das vordere Haus der Moellendorffschen Familie umzuziehen, in dem die Zimmer des ersten und des dritten Sohnes schon seit Jahren leerstanden.

»Erzähle Albrecht lieber von deiner ersten Reise nach Lissabon. Er hat mich vorhin gefragt, was wir gemacht haben, als wir mit unserer Ausbildung fertig waren. Er weiß noch nicht, was er jetzt tun soll.« Damit ging er.

Laurentz sah seinen Enkel fragend an. »Meine erste Reise nach Lissabon? Nun gut. Ich zählte neunzehn Lenze, ja so alt, wie du heute bist, und mein Vater hatte mich zum ersten Mal auf eine Handelsreise in die Ferne mitgenommen. Er war in der Stadt unterwegs, und ich wartete in der deutschen Herberge auf ihn.«

Laurentz nippte an dem Rotweinbecher und hatte die Augen halb geschlossen, um über die Brücke seiner Erinnerungen zu gehen.

»Ich wartete ungeduldig, als mich der Klang von Trommelwirbeln in der Herberge aufhorchen ließ. Ich hatte noch die Trommelwirbel am Londoner Tower in meinen Ohren und eilte auf die Gasse, um nachzusehen, was sich dort abspielte. Waren es wieder die Trommeln des Todes, wie ich sie seinerzeit mit Simon in London gehört hatte? Eine aufwallende Panik schnürte meinen Hals zusammen: Mein Vater hatte mir erzählt, daß am Tag meiner Geburt in Hamburg der Seeräuber Claus Kniephof auf dem Grasbrook durch das Schwert des Hamburger Henkers hingerichtet worden war – auch damals hatten die Trommeln geschlagen.

Sollte meine Ankunft an einem Ort immer mit dem Tod anderer verbunden sein? Erst in Hamburg, dann in London, jetzt in Lissabon? Immer wieder dieser Klang der Todestrommeln und das erstarrte Schweigen der Gaffer?

Aber aus der Nebenstraße hörte ich dieses Mal die lauten Stimmen vieler Menschen. Fuhr der Henkerskarren mit den Delinquenten zur Richtstätte und schütteten die Menschen hier ihren Spott, ihren Hohn und Unrat über die armen Sünder aus? War ihr lautes Lärmen Ausdruck der Angst, selbst eines Tages dort auf dem Karren stehen zu können? Ausdruck der Erleichterung, bisher nicht von den Bütteln erwischt worden zu sein bei Glücksspiel, Diebstahl oder den täglichen kleinen notwendigen Gaunereien des Überlebens?

Ich beeilte mich: Die Trommelwirbel wurden leiser, und eine beunruhigende Stille breitete sich in den Straßen aus, für die ich keine Begründung wußte. Beinahe wäre ich über eine Reihe kniender Menschen gestolpert und der Länge nach hingeschlagen, als ich eilends in die Hauptstraße einbog, überrascht, so viele Menschen auf der offenen Straße knien zu sehen. Nur das leise scharrende Geräusch einer Prozession und das unterdrückte, schweratmige Schnaufen der Lastenträger waren noch zu hören.

Fahnen, Männer in hellblauen Umhängen mit goldenem Kreuz auf Brust und Rücken säumten die sonnendurchflutete Straße, in der die Prozessionsreihen langsam vorwärts schritten. Voran eine Doppelreihe von jeweils vier Trommlern, die ihre Schlegel über das Lederrund ihrer Landsknechtstrommeln gekreuzt hielten. Hinter ihnen, eine Reihe rechts, eine Reihe links, Soldaten in den Rockfarben der königlichen Garde, die Lanzen aufgerichtet, mit bloßem Haupthaar, den eisernen Helm in der Armbeuge, ausdruckslos geradeaus blickend. Dann kamen die Lastenträger, jeweils acht auf beiden Seiten trugen die schwere Lade, auf der sich eine blumengeschmückte Marienstatue über die Menschen erhob. Die schwere hölzerne Lade schwankte auf den Schultern der ächzenden Männer wie ein Schiff auf bewegter See. Nur Maria stand aufrecht, unberührt durch das Schwanken der Menschen.

Die Schönheit ihres weichen Gesichtes zog mich in ihren Bann. Mit wehmütigen Augen und lächelndem Mund betrachtete sie ihr Kind, voll der Ahnung von Leid und Glorie, die diesem kleinen Balg in seinem Leben widerfahren sollten, als mich plötzlich ein fürchterlicher Schlag in den Kniekehlen traf, begleitet von einem herrischen: ›De joelhos!‹

Ich hatte die Worte nicht verstanden, doch ihre Bedeutung und der Schlag waren eindeutig gewesen: Ich kniete bereits, wie alle anderen vor und neben mir. Schmerzerfüllt blickte ich hinter mich. Dort stand einer dieser Männer mit dem goldenen Kreuz auf seinem hellblauen Überwurf, ein Glaubenswächter. Auf seinen schweren Knüppel gestützt, betrachtete er mich gleichgültig, als wolle er sich vergewissern, ob der eine Schlag ausgereicht hatte, den Ochsen in die Knie zu zwingen. In zornigem Impuls wollte ich aufspringen, doch meine Knie versagten mir vor Schmerz.

Warum kniete dieser Büttel nicht? Warum zwang er andere

zu knien und tat es selber nicht? Haben denn diejenigen, die andere auf die Knie zwingen, selber keine Demut? Ich versuchte mich aufzustützen, auf die Beine zu kommen, als sich eine Hand auf meinen rechten Arm legte: ›Seja silencioso!‹ flüsterte der Mensch neben mir. Die Hand tastete sich behutsam herab und drückte meinen Handrücken: ›Tenha paciência!‹ wurde die Stimme eindringlicher.

Die Finger umschlossen meine Hand, verstärkten den festen Druck, und ich schloß die Augen, meine Wut zu bezähmen. Die fremde Hand, sie hielt mich, gab mir die Kraft, bei mir zu bleiben, den unsinnigen Gedanken, mein kurzes Schwert aus dem Futteral zu zerren, beiseite zu schieben. Der Druck der aufeinandergepreßten Hände erwärmte unsere Haut. Ich spürte die lebendige Kraft und ihre Zartheit: Der Mensch neben mir mußte eine Frau sein. Neugierig drehte ich den Kopf zur Seite, um sie zu betrachten, als die Trommelwirbel wieder einsetzten: Wie auf ein Kommando standen alle Menschen auf.

Nur ich kniete noch: ein gefällter Ochse, dem die schmerzenden Knie ihren Dienst versagten. Ich schnaubte vor Wut, daß ich den Eindruck erwecken mußte, ich sei ein besonders Gläubiger, ein zutiefst Ergriffener, dessen Verzückung ihn länger als alle anderen in Demut mit gebeugten Knien verharren ließ.«

Laurentz hörte auf zu sprechen. Er blickte zu seinem Enkelsohn hinüber, der an seinen Lippen hing. Unwillkürlich mußte Laurentz lachen, als er den Blick des Jüngeren bemerkte, der vor lauter Fragen bis an die Vorderkante der Kaminbank gerutscht war.

»Ja, das war meine erste Begegnung mit den Glaubenswächtern des heiligen Offiziums. Als Hamburger Evangelischer kannte ich zwar die Anmaßungen der heimischen Gotteskastenverwalter in den vier Kirchspielen der Stadt, hatte aber noch keine Vorstellung davon, welch unerbittliches Regiment diese heilige Inquisition in Portugal führte!«

»Und Evora?«

Müde winkte Laurentz ab. »Morgen.«

Er trank einen kräftigen Schluck von seinem Rotwein, und Albrecht trollte sich, wohlwissend, daß er seinen Großvater vergeblich bedrängt hätte: Wenn der morgen sagte, dann meinte er auch morgen.

Laurentz war wieder in Gedanken versunken, bemerkte nicht, wie sein Enkel leise aufstand und ihn alleine ließ. Er hatte in seinen Gedanken den Faden wieder aufgenommen, um das Band der Erinnerungen weiterzuflechten.

Wie er seinen Kopf zur Seite und die Augen nach oben gewandt hatte und über einem Kleid aus blauem Samt die dunklen Augen einer Frau auf ihn herabgeblickt hatten …

Sie lächelte und schien zugleich sein Gesicht und seine Kleidung zu mustern. So, wie sie seine Hand hielt, hätte er ein Krüppel sein können, den eine wohltätige Schwester zur Prozession geleitet hatte.

»Alemão?« Der spöttische Unterton in ihrer melodischen Stimme war nicht zu überhören.

Das verstand er. Über der Herberge hatte er gelesen »Pousada Alemão«, Herberge der Deutschen, und so, wie er vor ihr auf den Knien lag, war er wahrhaftig ein Bild des Spottes. Zumindest für sie und für ihn. Er konnte nicht ahnen, daß es ihm später eine Lust sein würde, zu ihren Füßen zu sitzen, und daß dieses Knien zu diesem Zeitpunkt zwar nicht angemessen, aber durchaus folgerichtig war. So nickte er nur als Antwort.

»Du, aufstehen!« und ihre Hand, mit der sie ihn noch immer hielt, gab ihm die Kraft, sich unter Stöhnen aufzurichten.

»Alemão estupido!« sagte sie leise und strich ihm behutsam eine Haarsträhne aus der Stirn.

Laurentz lachte noch im nachhinein, in der Erinnerung, jetzt, nach mehr als bald fünfzig Jahren. Sein Portugiesisch hatte damals nicht ausgereicht, um zu verstehen, daß Magdalena ihn gerade »deutscher Dummkopf« genannt hatte – aber was waren ihre Worte, was immer sie damit gemeint hatte, gegen den Klang ihrer Stimme und die Art, wie sie es gesagt hatte, gegen die zärtliche Geste, mit der sie ihm die Haarlocke aus dem Gesicht strich, um ihm in die Augen zu sehen?

Im Nachhinein, im Abstand des Verzeihens, dankte er diesem unbekannten, goldbekreuzten Büttel für den Schlag, der ihn auf die Knie gezwungen und Magdalena dazu gebracht hatte, ihn zu stützen, so daß er ihr nah sein, sie berühren konnte – und alles hatte seine unschuldige Begründung.

»Pousada Alemão?«

Er hatte genickt.

»Weit. Ich nah.« Sie führte ihn in ein Haus, das nur wenige Schritte entfernt stand.

Simon betrachtete seinen Milchbruder, der vor dem Kaminfeuer im Lehnstuhl schlief. Seine eigenen Versuche, einzuschlafen, waren ihm mißlungen, zuviel ging ihm durch den Sinn. Still stand er neben dem blakenden Kamin.

»Alter Freund! Du hast dich sehr verändert«, murmelte er leise, in die Betrachtung des Hausherrn versunken. Damit meinte er nicht nur, daß Laurentz einen Bauch bekommen hatte, so wie es sich für einen wohlhabenden erbgesessenen Bürger gehörte. Wozu hatte man schließlich den Wohlstand, wenn man ihn nicht zeigte? Auch wenn die Hamburger Ratsfamilien in ihrer Kleiderpracht zurückhaltend waren und sich an dem strengen Stil der schwarzen spanischen Hofkleidung orientierten – im Essen und Trinken hielten sie nichts von Strenge oder Bescheidenheit.

»Magdalena!« Laurentz hatte sich im Schlaf aufgebäumt und riß jetzt die Augen auf. »Sitzt du schon lange hier?« fragte er Simon grollend.

»Nur ein paar Minuten, und dennoch …«, ein feines Lächeln umspielte seine Mundwinkel, »habe ich dich durch die Jahre deiner Träume begleitet.«

»Ha?« Noch schlaftrunken richtete sich Laurentz in seinem

Lehnstuhl auf, rieb sich mit den Handrücken über die Augen und griff nach dem Becher mit Rotwein.

»Hast du Magdalena jemals wiedergesehen?« fragte Simon.

Er wußte um die große Liebe seines Freundes zu dieser Portugiesin, die er gern als Kebse an seiner Seite gehabt hätte – doch die Hamburger Standesregeln erlaubten keine Nebenfrauen. Und wenn es schon stillschweigend toleriert wurde, dann mußte sie ehrbar und durfte keine Hure gewesen sein. Auch wenn Magdalena weit weg gewesen war: Die Handelsverbindungen waren auch die Kanäle für Nachrichten jeder Art, und schon allein das Gerücht hätte ausgereicht, das Arrangement unmöglich zu machen. Es wäre nicht auszudenken gewesen, wenn Laurentz darauf bestanden hätte, sie an seiner Seite zu behalten und einer der Seeleute, die sich in einem Lissabonner Bordell verlustiert hatten, sie dann in Hamburg wiedererkannt hätte. So mußte Laurentz sich entscheiden. Er entschied sich, wenn auch schweren Herzens, für die Tradition.

Laurentz lehnte sich wieder zurück, betrachtete Simon nachdenklich und brummte: »Könntest du dich bitte hinsetzen? Wenn du so stehst, komme ich mir vor wie ein alter Mann, der gebrechlich im Lehnstuhl schläft.«

Simon setzte sich auf die Kaminbank. Sie waren doch alte Männer, älter als die meisten ihrer Zeitgenossen. War das sein Problem, die Wahrheit?

»Woher wußtest du, daß ich von Magdalena geträumt habe?«

Laurentz hatte nicht aufgeblickt. Simon konnte die leise Frage gerade noch verstehen.

»Bruder, du hast im Schlaf gesprochen.«

»Dann ist es gut.« Nun blickte er Simon an: »Ich hatte gedacht, du könntest meine Gedanken lesen, und …«

»Du traust uns Geistlichen aber allerhand zu! Und wäre das schlimm? Was hättest du zu befürchten?«

»Gott und die Welt. Von außen wird man meinen, wir wären sehr mächtig, aber du ahnst vielleicht nicht, wie sehr unsere tatsächliche Macht an den dünnen Fäden einer Fassade hängt, die wir alle voreinander aufgebaut haben, und wie wir uns hüten müssen, niemanden dahinterschauen zu lassen.«

»Gott brauchst du nicht zu fürchten. Wenn du mit ›Welt‹ deine Mitbürger meinst, das kann ich wohl verstehen: ›Homo homini lupus‹ – der Mensch ist des Menschen Wolf.«

»Tja. Nimm dir auch einen Becher, und ich werde dir von Magdalena erzählen: Ja, ich habe sie wiedergesehen.«

Während Simon einen Becher vom Kaminbrett nahm und sich vom Wein eingoß, versenkte sich Laurentz in die Betrachtung seines Rotweins.

Nachsinnend blickte er wieder auf. »Ich war Jahre später in die Fußstapfen meines Vaters getreten und unternahm meine Antrittsreise zu unseren Niederlassungen. Nach Lissabon hatte ich anno 1563 auch Christian mitgenommen, meinen Erstgeborenen, der damals gerade achtzehn war. Natürlich – wirst du es mir verdenken? – ...«, Simon schüttelte den Kopf, »... suchte ich auch das Haus auf, in dem ich mit Magdalena so glücklich gewesen war. Im Erdgeschoß kam uns eine junge Frau entgegen, vielleicht vierzehn Jahre alt, und ich schaute sie an wie eine Erscheinung.

Ich murmelte: ›Ma ...?‹ Sie lachte und ergänzte: ›...ria. Ich bin die Tochter der Herrin dieses Hauses, und ich weiß, daß ich wie ihr Ebenbild aussehe.‹

Geschäftig trug sie eine Kanne Wein in den Gastraum, während sich meine Gedanken überschlugen. Bevor ich meine Gedanken geordnet beisammen hatte, öffnete sich die Tür zur Gaststube wieder, und nach einem kurzen Blick der Vergewisserung stürzte sich Magdalena mit einem Jubelruf ›Laurentz!‹ auf mich. Wäre der Gang nicht so eng gewesen, wir wären unter ihrem Ansturm beide der Länge nach hingeschlagen. Christian, der erstaunt daneben stand, fand das alles sehr interessant.

Magdalena war wie eine Rose zu ihrer vollen Schönheit erblüht, so daß ich kaum meinen Blick von ihr wenden konnte.

Ihr schien es ähnlich zu gehen. Ich hatte damals noch keinen Bauch.« Laurentz nahm einen Schluck Wein und strich sich lächelnd über seinen Leib.

»Wir haben den ganzen Tag und den Abend zusammengesessen: Magdalena, Maria, Christian und ich. Magdalena war die Besitzerin des Hauses geworden, und es gab so vieles zu erzählen, daß es Nacht wurde. Sie ließ keine Begründung gelten, bestand darauf, daß wir in ihrem Hause übernachteten. Christian und ich bekamen unsere Zimmer zugewiesen, und ich muß dann eingeschlafen sein, träumte von den Tagen und Wochen meiner Jugend mit Magdalena. Sie war wieder die Rosenknospe, nur ich selbst war inzwischen erfahrener und ruhiger als in meiner ungestümen Burschenzeit der Vergangenheit: Alles war von intensiverer Lust als in meiner Erinnerung.

Am Morgen weckten mich die warmen Strahlen der aufgehenden Sonne und die zärtlichen Küsse von Magdalena, die neben mir lag. Wir nahmen einander in die Arme, und ich flüsterte ihr zu: ›Ich habe heute Nacht von uns geträumt.‹

›Hat dir dein Traum gefallen?‹

›Oh, ja.‹

Sie drehte mich auf den Rücken und schaute mir in die Augen: ›Dein Traum der Nacht: das war Maria.‹

Ich wollte mich aufrichten, doch sie drückte mich in die Kissen und legte mir einen Finger auf den Mund: ›Ich hätte Maria schon vor zwei Jahren verheiraten können – Anträge gab es genug! Sie wollte nicht. Sie wird heute volljährig, und wir wollten beide, sie und ich, daß sie an diesem Tag auch zur Frau wird. Wir hatten schon überlegt, welcher Mann dafür in Frage kommen würde. Er mußte erfahren sein, verständig, und sie sollte ihn gerne haben: Wenn man seinen Lehrmeister sympathisch findet, hat man keine Vorbehalte. Wie wir gestern so zusammensaßen, erzählten, lachten, scherzten und uns alle so vertraut waren – hast du da die Blicke zwischen Maria und deinem Christian bemerkt?‹

Ich nickte, und Magdalena lachte: ›Ich verstehe es ja auch

sehr gut, er ist so ganz nach dir geraten. Dann, nachdem ihr auf eure Zimmer gegangen seid, hat sie mir ihren Wunsch verraten, daß du es sein solltest, der ihr den Weg zur Frau eröffnen sollte. Leichten Herzens habe ich ihrem Wunsch zugestimmt!‹

›Und du?‹

Magdalena lachte und küßte mich: ›Ich habe den gleichen Traum geträumt wie du.‹

›Christian?‹

›Ja. Hast du nicht bemerkt, wie er mir ständig auf den Busen schaute?‹

›Ja!‹ brummte ich und war hin und her gerissen zwischen verstehen und mißbilligen.

Magdalena sah mich streng an: ›Wenn wir wollen, daß unsere Kinder eine glückliche Zeit erleben, dann sollten sie gute Lehrer haben, die sie durch die Verwirrungen ihrer jugendlichen Unschuld und Selbstzweifel führen.‹«

Laurentz stand noch auf der Schwelle zur Vergangenheit: »Sie hatte ja recht, und wir ließen die Sonne unsere Körper wärmen – unsere Liebe brauchte sie nicht zu entfachen. Es wurden noch einmal wunderbare Tage irdischen Glücks.«

»Du hast mir nie davon erzählt.«

Laurentz war wieder in der Gegenwart angekommen: »Ich habe es nicht verborgen – du hast mich nie danach gefragt –, und es gab keinen Grund, von mir aus davon zu erzählen. Vielleicht, wenn Christian weitergelebt hätte? Wer weiß! So behielt ich es bei mir.«

Simon betrachtete seinen Bruder voller Mitgefühl. »Deshalb hat dich der Tod von Christian so betroffen.«

»Ja. Er war mit Maria nach Hamburg zurückgekommen. Auch wenn diese verdammte Pest, zwei Jahre später, unter den sechstausend Toten nicht nur meine liebe Frau, sondern auch sie beide, Christian und Maria, hinweggerafft hat und ich ihre jungen Körper in einem gemeinsamen Grab beerdigt habe, für mich sind sie nicht gestorben. Sie leben immer noch ein gutes Leben in meiner Erinnerung – in ihrer Liebe füreinander.«

Simon konnte ihn gut verstehen: Auch sein liebster Mensch war damals von der gnadenlosen Pest getötet worden. »Unsere guten Geister, die uns begleiten, so lange wir leben. Nur wir selbst und unsere Feinde werden zu den bösen Geistern, die uns verfolgen.«

Er nippte an seinem Becher und blickte auf. »Was ist mit deinem drittgeborenen Sohn? Ist er noch immer unterwegs?«

»Karl? Gott wird wissen, ob er noch lebt und wo er jetzt gerade ist. Es ist so, wie du es eben selber sagtest: Er ist immer noch unterwegs. Vor sieben Jahren hat er Albrecht nach London begleitet, sich dort von ihm verabschiedet, und seitdem habe ich kein Lebenszeichen mehr von ihm bekommen. Er ist ein ruheloser Geist und sagte, er werde erst wiederkommen, wenn er bleiben wird.«

Laurentz hatte den letzten Schluck aus seinem Becher getrunken und wurde wieder müde. »Konntest du nicht schlafen, oder warum bist du aufgestanden?«

Simon gähnte: »Das kleine Zimmer war so ausgefüllt mit meinen Erinnerungen und all den Menschen, die mir darin begegnet sind, daß es mir zu eng wurde. Unsere Erzählungen haben so vieles wieder in mir aufgeweckt, woran ich im fernen Norwegen nur selten denke. Doch nun werde ich schlafen können: Die guten Geister der Liebe werden mich begleiten.«

»Gute Nacht, Bruder.«

Simon hatte sich am Morgen entschieden, die Gotteskastenverwalter aufzusuchen, um mit ihnen zu reden: Er wollte herausfinden, warum diese Hamburger evangelischen Oberalten immer noch so engstirnig waren.

Albrecht war am Tisch sitzen geblieben und wartete, ob sein Großvater auch aufstehen würde.

Offensichtlich hatte Laurentz diesen Morgen keine Eile: Das Schiff aus Norwegen wurde entladen, die Waren verzollt – sein

Sohn Harald kümmerte sich um alles – die Frachtpapiere für die neue Ladung lagen bereit. Er hatte sich Zeit für Simon genommen. Unschlüssig drehte er an seinem großen Becher mit dem Frühstücksbier, als Albrecht ihn leise ansprach: »Du wolltest mir noch von Evora erzählen?!«

»Ich?« Laurentz war aus seinen Gedanken aufgeschreckt. »Ach, ja. Nun gut, ich habe es dir versprochen.«

Er trank einen großen Schluck Bier, um seine Kehle anzufeuchten, blinzelte seinen wißbegierigen Enkelsohn an, und begann: »Südlich der Stadtmauern von Lissabon breitet sich der Fluß Tejo aus. Wir waren damals in der Dämmerung angekommen und hatten damit zu tun gehabt, unseren Platz zu finden, auf der Reede zu ankern.

Neben unserem Schiff ankerten die mächtigen Galeonen, die erst vor wenigen Tagen von großer Fahrt zurückgekommen waren. Admiral Pinto, der Befehlshaber dieser Überseeschiffe, die mehrere hundert Tonnen tragen konnten, hatte ein Land östlich von Indien entdeckt – Japan sollte es später genannt werden –, und die Stadt war voller Spekulationen und schwirrender Gerüchte, ob es so viel Gold und Gewürze bedeutete, wie die portugiesischen Besitzungen in Amerika, Afrika und Indien.

Nun setzte uns die Schaluppe über den Tejo hinüber, dorthin, wo die königliche Kutsche darauf wartete, uns als Passagiere aufzunehmen. Voller Ehrfurcht und Neugier blickte ich wieder zu den großen Galeonen hinüber, deren riesige Flaggen mit dem gefußten portugiesischen Kreuz sich träge in der Brise bewegten. Diese Schiffe hatten den Weltmeeren getrotzt und Stürme überstanden, denen die kleinen Hamburger Kraweelen hilflos ausgeliefert gewesen wären.

Allerdings würden diese Schiffe niemals in den Hamburger Hafen einlaufen können, da der Blankeneser Sand ihnen nicht die nötige Fahrrinne gewährte. Schon weit vor Hamburg würden sie ankern müssen, um dann mit den flachen Schaluppen überzusetzen. Damals verstand ich zum ersten Mal, worum es bei dem Streit um die Elbvertiefung in Hamburg eigentlich ging. Während die Handelsherren eine Vertiefung der Elbe forderten, um ihre Schiffe schon im Hafen voll beladen zu können und ihre Waren nicht immer mit Leichtern weit hinausbringen zu müssen, sahen die Zünfte die vorhandene geringe Elbtiefe und den Blankeneser Sand als natürliche Fortsetzung der Stadtbefestigung an: als Schutzwall gegen tiefergehende große Kriegsschiffe, die von ihren Ankerplätzen aus, weit vor dem Hafen, Hamburg auch mit ihren schweren Schiffsgeschützen nicht erreichen konnten. Mein Vater lenkte meinen Blick zurück auf die hinter uns liegende Stadt am Tejo: ›Siehst du nun, warum Lissabon das moderne Rom genannt wird?‹

Mein Blick und meine Gedanken waren noch bei den Schiffen der portugiesischen Flotte, bei den Schiffen, die Gewürze, Gold und Silber nach Europa brachten.

›Weil es die Hauptstadt eines größeren Imperiums als das Romanum ist?‹

›Laurentz, blick hin, bevor du sprichst!‹

Er hatte bemerkt, daß ich noch zu den Schiffen hinüber schaute. Also drehte ich mich um und blickte auf Lissabon: ›Weil die Stadt so groß ist wie Rom?‹

Vater lachte über meine offensichtliche Dummheit. Woher hätte ich damals wissen sollen, daß Rom viel größer gewesen war? Er faßte mich an der Schulter und drehte mich noch mehr zur Stadt: ›Nein, mein Sohn, weil es wie Rom auf sieben Hügeln erbaut ist.‹

Nun, wo er es mir gesagt hatte, konnte ich es auch erkennen. Ich hatte nur auf die Alfama geblickt.

Mein Vater war nachdenklich geworden. ›Der römische Name dieser Stadt war *Felicitas Julia*. Aber der König vermeidet es, in dieser glücklichen Stadt zu sein, wie die Römer sie nannten. Warum geht er in dieses *Liberalitas Julia,* wie Evora früher genannt wurde? Findet er dort tatsächlich seine Freiheit? Im Alentejo, auf dem Land?‹

Der Hansegraf in Lissabon, der uns begleitete, unterbrach

ihn: ›Herr Moellendorff, sie werden es selber erleben: Evora ist die vornehmste Stadt Portugals, und sie ist der Sitz des *Officium inquisitionis*, einer Einrichtung, die König Joao mit großem Eifer unterstützt. Er sucht nicht die Nähe seines Volkes, er bevorzugt das Gespräch mit seinem Erzbischof und den Aufenthalt im Bergschloß oberhalb von Evora.‹

Vaters Stirnader wurde sichtbar. Ein untrügliches Zeichen dafür, daß diese Erläuterung ihm zutiefst mißfiel: ›Dann ist es kein Wunder, wenn er nicht bemerkt, welchen Schaden er seinem Lande mit der Vertreibung der Juden und der Mauren zugefügt hat! Habt ihr die vielen zerlumpten Armen und Kranken in Lissabon gesehen, die halb verhungert auf der Straße betteln und herumlungern müssen, weil sie kein Dach mehr über dem Kopf haben? Dieser König ist dabei, das Land zu entvölkern und zu ruinieren!‹

Der Hansegraf blickte über den Fluß und fragte sich: Wie konnte er diesem zornigen hanseatischen Patrizier erklären, daß die Gedanken einer apostolischen Majestät sich nicht unbedingt mit dem Glück der Menschen auf dieser Erde beschäftigten, sondern eher darauf ausgerichtet waren, nicht nur in Evora, sondern auch im Jenseits zur Rechten Gottes zu sitzen?

Er bezweifelte es. Einem hanseatischen Kaufmann würden die Fundamente einer katholischen Spiritualität immer verborgen bleiben. Er fürchtete nicht um sein Seelenheil und ging nicht davon aus, daß das Leben nach dem Tode länger dauern würde als unser kurzes irdisches Dasein, sondern für ihn war Religion nur Mittel zum Zweck.

Währenddessen näherte sich die Schaluppe dem anderen Ufer des Tejos. Neben den Pfahlbauten der Fischer am Uferrand kam die königliche Zollstation näher, und ich konnte schon das Wappen an der Kutsche erkennen, die dort auf uns wartete.

Auch mein Vater schien den unausgesprochenen Vorwurf des Hansegrafen zu empfinden, daß er Entscheidungen bewertete, die er nur respektieren konnte und nicht zu beurteilen hatte.

Ich sollte erst später, als ich selber Ratsherr geworden war, verstehen lernen, daß man eine Verantwortung stets mit sich trägt und nicht zu Hause wohlverwahrt im Schrank zurücklassen kann.

Damals griff mein Vater in die Seitentasche seines Rockes und warf lachend eine Münze zu mir herüber.

›Fang gut, Laurentz, es sind zehn Dukaten!‹

Geschickt hatte ich die Münze aufgefangen und betrachtete beide Seiten. Auf der einen Seite war ein Männerkopf abgebildet, und beim Drehen der Münzen konnte ich es lesen: Rei Joao III. Die andere Seite trug das gefußte Kreuz, das ich schon auf den Flaggen der portugiesischen Schiffe gesehen hatte. ›Wieso zehn Dukaten? Es ist doch nur eine einzige Münze.‹

Das Lachen meines Vaters schien ihm im Hals stecken zu bleiben. Verwundert blickte er mich an: ›Was hat man dir in London beigebracht? Wie viele Kreutzer hat ein Reichstaler?‹

›Zweiundsiebzig Kreutzer sind ein Reichstaler.‹

›Und wie viele Kreutzer sind ein Batzen?‹

›Vier Kreutzer ergeben einen Batzen. Und bevor du weiter fragst, fünfzehn Batzen ergeben einen Gulden. Deshalb bleibt ein Gulden aber ein Gulden und ist nicht fünfzehn Batzen. Er hat den Wert davon, aber …‹

Mein Vater lachte nun wieder: ›Aha, es kommt mir vor, als hörte ich Simon mit deiner Zunge reden, der jedes Wort auf die Goldwaage legt! Aber du hast recht, diese Münze in deiner Hand, ist ein Portugaleser, sie hat den Wert von zehn Dukaten. Zufrieden?‹

Bevor ich zustimmend nicken konnte, wurde unsere Aufmerksamkeit durch das ›Cautela!‹ des Fährmannes auf das Landemanöver gelenkt. Der abgeflachte Bug der Schaluppe schnarrte in den festen Kies der Anlegestelle, und hätte der Fährmann nicht sein ›Vorsicht!‹ gerufen, wir wären durch den abrupten Stoß, der das Boot zum Stillstand brachte, umgeworfen worden. So konnten wir uns an dem flachen Steg festhalten, der neben dem Boot in den Fluß hinausragte.

Während der Hansegraf bereits zu der wartenden Kutsche

eilte, unsere Ankunft zu melden, griffen sich die Bootsleute der Fähre unsere schwere Reisekiste, wuchteten sie auf den Steg und ächzten damit zur Kutsche, um sie zu verladen.

Wir hatten Estremadura verlassen und waren im Alentejo angekommen. Gegen Abend würden wir Evora erreichen, meinte der Hansegraf zuversichtlich. Auf der breiten Königsstraße gäbe es nur selten Überfälle, und falls es dennoch jemanden danach gelüstete: Das königliche Wappen an der Kutsche würde uns beschützen.

So lehnten wir uns in die gepolsterten Bänke zurück und dösten vor uns hin, so gut es eben ging. Die Unebenheit der Landstraße schüttelte die Kutsche immer wieder so stark durch, daß nicht nur die Scharniere der Kutsche laut quietschten, auch unsere Körper wurden durchgerüttelt, so daß an eine Unterhaltung oder an Schlafen noch nicht einmal zu denken gewesen wäre.

Mein Blick glitt über die Ebenen des Alentejo: Sie erinnerten mich an die weit geschwungenen Parklandschaften Englands. Es mußte hier auch Schafe geben, das Gras war so flach und gleichmäßig in der Höhe, wie es der Mensch auch mit einer scharfen Sense nicht schneiden konnte.

Nein, sagte ich mir dann, es ist weder wie in England, noch kann es hier Schafe geben: Eukalyptusbäume und Ginster wechselten sich ab, und die grünen Wiesen veränderten sich zu dichten Blütenteppichen, aus denen dunkle, dicke Korkeichen herausragten. Es gab gelbe Blütenteppiche, dann wieder weiße, lilafarbene und rote und blau-lila gemischte und wieder gelbe.

Es war mir eine Wonne, mich in Gedanken auf diese Wiesen zu legen, in den blauen Himmel zu schauen und die Wolkenbilder zu enträtseln. Dann kam ein gelber Blütenteppich, und er erinnerte mich an meine vergangenen Jahre in England, als Master Johnson mich unterrichtet hatte.

Bei einer Wanderung hatten wir vor einer ähnlichen Blumenwiese gestanden, allerdings war in England die Wiese nur mit gelbem Löwenzahn gesprenkelt gewesen, und Master Johnson war sinnierend stehen geblieben. Dann hatte er sich zu mir gewandt: ›Lawrence, seien Sie bitte so freundlich und suchen Sie mir die schönste Blume heraus.‹

Sofort hatte ich eifrig losrennen wollen, als mich die Stimme von Master Johnson stoppte: ›Lawrence!‹

Und mit wenigen Schritten stand er neben mir.

›Wollen Sie die schönsten Blüten zertreten, wenn Sie so loseilen und nicht auf ihre Füße achten?‹

›Aber wie?‹ Die Stimme versagte sich mir, und Tränen waren mir in die Augen geschossen.

›Sie wollen wissen, wie Sie die schönste Blüte finden sollen, wenn Sie die Wiese nicht betreten sollen?‹

Wortlos hatte ich genickt.

Master Johnson stand am Rand der Wiese, und er hatte die Hände hinter seinen Rockschößen verschränkt. ›Ich habe nur davon gesprochen, daß Sie nicht so unbedacht loseilen sollen.‹

Ich war erleichtert gewesen und dann langsam, auf meine Füße achtend, in die Wiese gegangen.

›Lawrence!‹

Wieder war ich stehengeblieben und hatte zu Master Johnson zurückgeblickt, nicht wagend, meine Füße zu drehen.

›Wie wollen Sie mir die schönste Blüte zeigen, wenn ich hier stehen bleibe?‹

Ich hatte ihn fröhlich angelacht: ›Ich werde sie pflücken und sie hierher zu Ihnen bringen.‹

Mister Johnson machte ein trauriges Gesicht: ›Dann wird es bald nicht mehr die Schönste sein.‹

Das war in England gewesen – jetzt wanderten meine Gedanken wieder zu den Wolkenbildern über dem Alentejo.

Ich mußte mich dann doch an das Rütteln und Ruckeln der Kutsche gewöhnt haben und eingeschlafen sein – ein Knuff in die Seite ließ mich aufschrecken: Die Landschaft war welliger geworden, und vor uns, auf einem ansteigenden Hügel sahen wir die Stadtmauern, die den breit auslaufenden Hügel umkrönten: Evora!«

Das harte Klacken der Holzschuhe Marthes auf dem Flur übertönte die Stimme von Laurentz, der überrascht aufblickte: »Wo Simon wohl bleibt? Er wollte zu Mittag wieder hier sein. Magst du ihm wohl entgegengehen?«

Albrecht nickte.

»Du wirst ihn vermutlich in St. Petri finden.«

Der Tod

Albrecht Dürer: Melancholie (um 1514)

Die Kirche St. Petri war nur wenige Straßenzüge entfernt. Albrecht brauchte sich nicht zu beeilen. Schon nach einigen Metern verharrte er: In der Straßenbiegung zum Großen Burstah sah er eine Menschentraube stehen, die sich um etwas zusammengefunden hatten, das dort anscheinend auf dem Boden lag.

Neugierig ging er weiter , um nachzusehen, was dort geschehen war. Schon bald konnte er zwischen den Beinen der Menschenansammlung hindurch die Konturen eines menschlichen Körpers erkennen, der dort im Straßenschmutz ausgestreckt lag. Dann stutzte er: Der Umhang dieses Menschen hatte das gleiche Grau wie der, den Simon trug.

Sofort beschleunigte er seine Schritte, eine üble Ahnung stieg in ihm auf, er lief, bahnte sich einen Weg, indem er die Herumstehenden beiseite drängte, und blickte wie erstarrt auf den Mann, der röchelnd auf dem Boden lag: Simon!

Das konnte nicht sein – es durfte nicht sein!

Bestürzt packte er gleichzeitig zwei der gaffenden Männer an der Weste, schrie den einen an: »Du holst einen Wundarzt!«, und zu dem anderen: »Du holst den Ratsherrn Moellendorff, dort, im Haus ›Zum goldenen Schiff‹!« Dann gab er beiden einen heftigen Stoß, um sie zur Eile anzutreiben, kniete sich neben Simon und griff nach seiner Hand.

Über das blasse Gesicht des Bischofs bahnte sich ein feines rotes Blutrinnsal seinen Weg: Es lief aus den hellblonden Haaren über die weiße Stirn, an den Augenbrauen seitwärts über die Wange hinunter und tropfte in den Sand. Ein flatterndes Zucken überflog die Augenlider. Simon öffnete die Augen, als er die Hand von Albrecht spürte.

»Wer?« stieß Albrecht hervor.

Simon bewegte nur den Kopf zur Seite, schloß wieder die Augenlider, und Albrecht beugte sich näher zu seinen Lippen.

»Böse Geister ...«, hörte er Simon flüstern, »Albrecht ... danke Laurentz, ... sage ihm ...«

Albrecht wurde hart zur Seite gestoßen: Der Ratsherr Moellendorff war neben ihm auf die Knie gefallen und hatte Simon behutsam in den Arm genommen.

Simon öffnete die Augen und, als er Laurentz erkannte, überflog ein wehmütiges Lächeln sein Gesicht: »Bruder! ... Vater!« Blicklos starrte er Laurentz an.

Kein Mordsgeschrei hatte sich erhoben bei der Entdeckung des Sterbenden und sich durch die Straßen fortgepflanzt, was die Stadtwache alarmiert hätte, alle hatten nur neugierig nachgeschaut, ob sie den Fremden schon einmal gesehen hatten. Die gaffenden Herumstehenden zogen sich in stiller Achtung und Furcht zurück. Sie hatten noch keinen der mächtigen Ratsherren weinen sehen und wußten nicht, ob es nicht irgendwann einmal von Nachteil sein konnte, wenn sie den hohen Herrn in seinem Schmerz gesehen hatten und er sie später wiedererkennen würde.

Marthe war mit einem Wolltuch herbeigeeilt. Der unfreiwillige Bote hatte es gleich jedem erzählt, der ihm im Haus begegnete. Still stand sie jetzt neben Laurentz. Schließlich strich sie ihm voller Mitgefühl zärtlich durch die grauen Haare. Der Wundarzt war schließlich angekommen und hatte noch zwei Stadtbüttel mitgebracht, die ihm auf seinem Weg begegnet waren.

Laurentz hatte Simon behutsam auf den Boden zurückgleiten lassen, ihm die starren Augen zugedrückt, sich bekreuzigt und war dann ächzend aufgestanden. Er nahm das große Wolltuch, das Marthe ihm gereicht hatte und gab es den beiden Bütteln: »Bettet den Körper hier hinein, und tragt ihn zu meinem Haus.« Marthe und Albrecht mußten ihn auf dem kurzen Weg bis zum Haus ›Zum goldenen Schiff‹ stützen.

Seit Stunden lag der Leichnam Simon van Leydens bereits auf dem großen Tisch des Moellendorff'schen Hauses. Laurentz saß im Lehnstuhl neben dem Kamin und starrte unverwandt auf den leblosen Körper. Im Haus war es totenstill: Niemand wagte, den Hausherren durch ein Geräusch zu stören.

Als die Büttel Simons Körper auf das Wolltuch hoben, hatten sie alle die große Blutlache gesehen, die sich unter seinem Körper ausgebreitet hatte. Er hatte so viel Blut verloren, daß noch nicht alles im Straßensand versickert war. Inzwischen hatte sich wieder eine Menge Neugieriger versammelt, die alle einen Blick auf den Leichnam werfen wollten. Ein beginnendes Gemurmel hatte Laurentz mit einem einzigen Aufblicken beendet, und stillschweigend war den Bütteln eine Gasse geöffnet worden, als sie den Leichnam Simons davontrugen.

Im Haus war Simons Körper entkleidet worden. Der Wundarzt – der sich als Dr. Rodrigo de Castro vorstellte und vermutete, daß er geholt worden war, weil er ganz in der Nähe am St. Nikolai Kirchhof wohnte – erklärte nach kurzer Untersuchung, daß Simon durch einen tiefen Stich in den Rücken und einen Schlag auf den Kopf getötet worden war. Beides alleine hätte ausgereicht, ihn vom Leben zum Tod zu bringen.

»Es müssen zwei kräftige Männer gewesen sein, die Euren Gast getötet haben. Frauen hätten kaum die Kraft gehabt, diesen Stich und solchen Schlag zu führen. Und …«, er schien nachzudenken, »es gibt eine feine blutige Linie in seinem Nacken, als ob er eine dünne Kette um den Hals getragen hat, die ihm weggerissen wurde.« Niemand schien darüber etwas zu wissen, und so verstummte der Wundarzt.

Laurentz hatte die ganze Zeit im Lehnstuhl gesessen und nur starr auf Simons Körper geblickt. Er sah weder den Arzt, noch schien er zu bemerken, wie die beiden Mägde nach den Anweisungen seiner Schwiegertochter Agathe das Wollgewand auftrennten und den erstarrenden Körper Simons wuschen, Marthe dann nach Agathes Hinweis aus der Kleidertruhe Simons das beste Gewand heraussuchte und sein Bischofskreuz mitbrachte. Still und umsichtig kleideten sie Simon neu ein, legten seine Finger behutsam übereinander und schoben ihm das Bischofskreuz unter die Hände. Abschließend schob Agathe Simon ein kleines Kissen unter den Kopf.

Alles geschah, ohne daß Laurentz es zu bemerken schien. Nicht einmal die Frage des Warum konnte in sein Bewußtsein vordringen.

Albrecht hatte dem Wundarzt zugehört und seine Schlüsse daraus gezogen. Nach kurzer, geflüsterter Beratung mit seinem Vater war er zur Stadtwache gelaufen. Eine Stunde später waren bereits vier Ausrufer der uniformierten Stadtwache unterwegs, schlugen ihre Trommeln und schrien ihre Verlautbarung unter die Menschen in der ganzen Stadt: »Zu Mittag wurde der Besuch des Ratsherrn Moellendorff am Großen Burstah von zwei Männern ermordet. Wer dem Ratsherrn Nachrichten über diese beiden Männer mitteilen kann, wird mit fünfzig Mark belohnt werden!«

Fünfzig Mark! Sofort durchwisperten die verschiedensten Gerüchte die Straßen und Häuser: Für fünfzig Mark konnte ein armer Mann fünf Jahre lang für seine Familie Brot kaufen oder achthundert Pfund vom besten Kalbfleisch.

Auch wenn erst am 1. Februar Cilie Cruse gehenkt worden war und am 1. März der Henker zwei Fremden den Strick um Hals und Gurgel festgezurrt hatte: Für fünfzig Mark sollten sich die beiden Gesuchten leicht finden lassen.

Dann kam die weitere Neuigkeit, daß der Tote ein Pastor gewesen sei, und die Wogen der Denunziationsbegierden glätteten sich. Auch die Lutheraner zögerten nicht, den Scheiterhaufen anzuzünden, und falls Hexerei in der Sache eine Rolle spielte, würde dem Feuer vom 18. Januar, als Metje Rolffs als Hexer verbrannt worden war, bald ein weiteres, größeres Feuerspektakel folgen.

Als dann noch in den Spelunken die Vermutung die Runde machte, daß es ein katholischer Priester gewesen sei, zumindest trug er ein Mönchsgewand, wurde nur noch eifrig über die

Frage geredet, was denn der Moellendorff neuerdings mit den Papisten am Hute habe? Erst dieser katholische Priester in seinem Haus und dann dieser neu angekommene Wundarzt – schon allein sein Name: Rodrigo de Castro –, der sich als katholischer Portugiese ausgab, obwohl durchaus schon Vermutungen geäußert worden waren, er sei ein Marrane.

Albrecht hatte nach der Stadtwache die Druckerei am Hafen aufgesucht. Der Meister war gegen ein kleines Entgeld von drei Schillingen sofort bereit, die benötigten Buchstaben aus seinen Kästen herauszusuchen und umgehend die Verlautbarung zu drucken, die von den uniformierten Bütteln in der Stadt bereits ausgerufen wurde.

Eine Stunde später schon war Albrecht zu Pferd unterwegs und durchquerte die Stadttore, um die Mitteilung in Altona, in Wandsbek und in den anderen Vorstädten anzuschlagen.

Erschöpft kam er am frühen Abend zurück. Sein Pferd war naßgeschwitzt, der Bauch des Hengstes und Albrechts Stiefel und Hosen über und über mit Straßendreck bespritzt. Er übergab das Pferd dem verwunderten Stallknecht – so schmutzig hatten Pferd und Reiter noch niemals ausgesehen.

»Gib ihm eine Extraportion Hafer und eine Kanne Bier: Er hat sein Bestes gegeben.« Damit klopfte Albrecht dem aufschnaubenden Hengst dankbar und anerkennend auf den Rist. Müde zerrte er sich im Hausflur die Stiefel von den Beinen und lehnte sich erschöpft gegen die Wand. Im Haus war es immer noch totenstill. Leise öffnete er die Tür zum großen Raum im Erdgeschoß. Zwei Kerzen tauchten das blasse Gesicht von Simon in warmen Lichtschein. Der Lehnstuhl war leer.

Auf der Kaminbank saß seine Mutter Agathe und hielt die Totenwache. Sie kam ihm entgegen und umarmte ihn. »Marthe hat dir eine kräftige Suppe gekocht. Sie meinte, du würdest sie brauchen, wenn du zurück bist.«

Sie zog ihn in die Küche, und Albrecht ließ sich auf die Sitzbank plumpsen. Seine Mutter füllte aus dem Topf, der am

Herdrand warm gehalten wurde, eine Schale für ihren Sohn und brach etwas Brot. Hungrig griff Albrecht nach dem Löffel und aß ein paar Bissen. Dann hielt er inne. »Was ist mit Großvater?«

»Marthe und dein Vater haben ihn in sein Bett getragen. Marthe wärmt ihn nun mit ihrem Körper.«

Erstaunt blickte Albrecht von seiner Schale auf und runzelte fragend die Augenbrauen.

Seine Mutter sah es, lachte leise und griff nach seiner Hand: »Auch wenn du es noch nicht wußtest, Marthe ist schon seit zwei Jahren seine Bettgenossin und die Sonne seines Alters. Der Arzt war hier und ist besorgt. Gerade jetzt wird dein Großvater Marthes Wärme besonders brauchen. Wenn es überhaupt jemandem gelingen kann, ihn aus seiner erschreckenden Starre wieder ins Leben zurückzubringen, dann wird sie es sein.«

Albrecht nickte erleichtert: Dann war es gut so.

Mechanisch hob er den Löffel an den Mund und merkte gar nicht, daß ihm Tränen über die Wangen liefen. Jetzt, wo er zur Ruhe kam, sah er wieder das blasse, durchgeistigte Gesicht von Simon vor sich, wie er sterbend auf der Straße lag. Er hätte noch so gerne mit ihm gesprochen, noch mehr von ihm erfahren: Von seinem Wissen, seiner Klugheit, seiner Menschlichkeit und seinem Leben.

Die ersten, wenigen Eindrücke seit seiner Ankunft hatten schon ausgereicht, daß Albrecht sich auf die kommenden Monate gefreut hatte, auf die lange Zeit, die Simon in Hamburg bleiben würde und in der sie beide über so vieles hätten miteinander reden können.

Er hatte noch so viele Fragen auf dem Herzen, auf die Simon, dem er sich geistig so nah gefühlt hatte, ihm vielleicht eine Antwort hätte geben können.

Doch nun spürte er, wie bitter es ist, wenn es heißt, jemand sei für immer gegangen.

In der vom Rauch geschwärzten Küche eines geduckten Hauses an der Hohen Brücke krachte eine irdene Schüssel gegen die Wand. Der Mann, den sie hatte treffen sollen, riß die Arme hoch, um sein Gesicht vor den umherfliegenden Scherben zu schützen. Antje, die Aufwartefrau aus der Badestube des Rates, hatte mit der Schüssel ihren Mann, den Gerichtsschreiber Franz Lütjehann, treffen wollen, mit dem sie normalerweise friedlich Tisch und Bett teilte. Jetzt hatte sie ihre Arme wütend auf die Hüften gestützt und blitzte den Gerichtsschreiber zornig an: »Was soll die dumme Frage, wer den Gast des Moellendorff getötet hat?«

Als wollte er nicht glauben, was er nun annehmen mußte, schluckte Lütjehann trocken und räusperte sich: »Willst du damit etwa sagen, daß du …«

»Ja, das will ich damit sagen, Dummkopf!« Der scharfe Klang einer Verstimmung veränderte ihre glockenhelle Stimme zu einem hämischen Crescendo.

Alles durfte man zu Franz Lütjehann sagen, nur nicht Dummkopf. Auch wenn er einen großen Kopf hatte wie ein Esel: Er konnte immerhin lesen und schreiben! Lesen konnten durchaus schon einige Menschen, aber schreiben, das konnten nur die wenigsten – zumindest von denen, die er kannte. »Wenn Gott bei der Verteilung der Schönheit nicht nur alles deinem Körper gegeben hätte, sondern auch deiner Seele etwas davon hätte zugute kommen lassen …!«

»Ich wußte nicht, daß dir diese Verteilung bisher nicht gefallen hat! Gehst du mit meiner Seele ins Bett oder mit meinem Körper?« unterbrach ihn seine Frau gehässig.

Der Gerichtsschreiber ließ sich nicht in diese Falle locken: »Es war nicht eindeutig genug! Wieso konntest du dir sicher sein?«

»Hast du mir nicht das einzigartige Muttermal auf seiner Schulter beschrieben? Und das Alter war auch richtig!«

»Du hättest dich vergewissern müssen!«

»Du bist hier nicht vor Gericht, und als elendiger Schreiber hast du dort sowieso nichts zu vermelden. Also schweige auch hier und laß mich machen, wie ich es für richtig erachte!«

»Nichtsnutzige Dirne! Der Mann war anscheinend der Bruder des Ratsherrn Moellendorff! Menschen wie ich, die nur das kleine Bürgerrecht besitzen, müssen einen langen Löffel haben, um mit einem Ratsherrn von einem Teller zu essen. Und du kannst es schon gar nicht.«

Antje grinste breit über das schöne Gesicht und zog den Rotz in der Nase hoch: Männer! Sie wußte, daß die Kerle mit geilen Blicken hinter ihr herglotzten, und auch die Ratsherren machten dabei keine Ausnahme. Warum hätte sie also einen dieser Herren fürchten sollen, die genauso geile Böcke waren wie alle anderen – und wenn sie im Badehaus nackt aus den Zubern stiegen, waren sie alles andere als mächtig! Sie drückte mit der Hand ihre schwere Brust im eng gebundenen Mieder stolz nach oben und langte nach dem Bierkrug, der neben dem Herd stand.

Lütjehann hatte den verächtlichen Blick sehr wohl bemerkt, der ihn gestreift hatte, bevor ihr Gesicht vom Bierkrug verdeckt wurde. Er stand auf, wohl darauf achtend, daß er nicht mit dem Kopf gegen die Balken der Holzdecke stieß: Lütjehann war ganz im Gegensatz zu seinem Geburtsnamen ein großgewachsener Kerl, auch wenn er das Gemüt einer Maus hatte. Wenn er mit dem Kopf gegen einen der Trägerbalken stieß, würde Antje entweder höhnisch wie eine Ratte auflachen oder ihn gehässig fragen, wann sie denn endlich in ein größeres Haus mit höheren Decken umziehen würden. Nach beidem stand ihm jetzt nicht der Sinn.

»Wenn es der Bruder ist, so war es falsch. Von einem Moellendorff ist in dem Legat mit keinem Wort die Rede. Außerdem sind sie als erbgesessene Familie in der Stadt bekannt und hätten nicht erst gesucht werden müssen!«

Antje hatte den Krug abgesetzt, wischte sich mit dem Handrücken das Bier von der Oberlippe und zuckte schnippisch mit den Mundwinkeln.

»Das große Muttermal auf der rechten Schulter war eindeutig: ein Halbmond im Sonnengeflecht. Das Lebensalter stimmte, und ich habe ihn zum ersten Mal hier in der Stadt gesehen.«

»Auch durch Wiederholung werden aus Behauptungen keine Beweise, und bei Kaufmannsfamilien sind die Brüder häufig lange Jahre nicht …«

»Brüder! Was gibt es nicht alles für Brüder und Kumpane: Sangesbrüder, Betbrüder, Glaubensbrüder, Zechkumpane! Du wirst doch klären können, wie der tote Fremde hieß, wenn bei Gericht eine Akte über seinen Tod angelegt wird.«

Lütjehann schwieg. Seine Frau hatte recht. Es war müßig, jetzt zu streiten – außerdem: Was hatte er mit dem Tod dieses Fremden zu tun, wenn es der Falsche war?

»Gib mir achtzig Pfennige aus der Truhe.« Antjes Stimme hatte einen ungewohnt weichen Ton, und sie zupfte wie geistesabwesend an den Bändern ihres Mieders. Normalerweise reichte der freundliche Ton, um Franz Lütjehann zu bewegen, die Truhe mit dem Geld zu öffnen, manchmal mußte sie auch erst das Mieder öffnen und sich gefällig zeigen, bevor er das Geld herausrückte.

»Laß gut sein!« brummte der Gerichtsschreiber. Der gehässige Blick war ihm noch zu gegenwärtig, als daß er jetzt Lust auf ihren Körper gehabt hätte. Er schloß die eisenbeschlagene Truhe auf, griff hinein und schüttete aus einem Lederbeutel klimpernde Münzen auf den Tisch. Geschwind zählte er achtzig Stück davon ab und schob die restlichen Kupferstücke über die Tischkante in den Geldbeutel zurück, den er sofort wieder in der Truhe verschwinden ließ.

»Hier, nimm!«

Er brauchte es Antje nicht zweimal zu sagen, damit sie die glänzenden Münzen vom Tisch zusammenraffte, in ein gestreiftes Tuch hineinknotete und es sich an den Gürtel band. Sie warf Lütjehann eine Kußhand zu und nahm eine Lampe vom Haken. Lütjehann hatte verwundert zugeschaut. »Du willst heute abend noch hinausgehen?«

»Ja, ja. Es ist in besagter Angelegenheit noch etwas zu erledigen. Doch ich bin bald zurück. Es ist nur ein kurzer Weg bis zur Badestube des Rates.«

Sie hatte bereits mit einem brennenden Span aus dem Herdfeuer die Lampe angezündet und war zur Tür hinaus, während Lütjehann noch darüber nachgrübelte, warum Antje in der Nacht in die Badestube wollte und wozu sie das Geld erbeten hatte.

Schließlich löste er sich aus dem Grübeln. Er ging zum Herd hinüber, klappte den Deckel des Bierkruges zurück und trank einen tiefen Schluck. Wohlig spürte er das Bier die Kehle hinunterrinnen und sich in seinem Magen ansammeln. Behaglich rülpste Lütjehann und nahm noch einen zweiten langen Schluck. Sollte Antje doch sehen, woher sie noch etwas bekam, wenn sie denn schon fortging und ihn alleine ließ.

Sinnierend stand er so mit dem Krug in der Hand, als sein umherschweifender Blick auf der Truhe verharrte. Brummend stellte er den Krug zurück – Antje sollte also doch noch etwas bekommen – und ging zur Truhe hinüber. Er fingerte wieder seinen Schlüsselbund hervor, schloß die Truhe an diesem Abend zum zweiten Mal auf und nahm ein schweres viereckiges Paket heraus, das er auf den Tisch legte. Seufzend setzte er sich auf die Holzbank, zog behutsam die Stoffumhüllung des Paketes auf und betrachte die vergoldeten Buchstaben auf dem Ledereinband. »Das Neue Testament.«

Mit sicherem Griff suchten seine Finger die Delle im hinteren Teil des schweren Buches – die Seiten, die er schon so oft gelesen hatte, aus der Offenbarung des Johannes: »Komm ich will dir zeigen das Gericht über die große Hure, die an vielen Wassern sitzt, mit welcher Unzucht getrieben haben die Könige auf Erden; und die da wohnen auf Erden sind trunken geworden von dem Wein ihrer Unzucht.«

Sein Finger glitt ein paar Zeilen tiefer: »Und ich sah das Weib trunken von dem Blut der Heiligen und von dem Blut des Zeugen Jesu. Und der Engel sprach zu mir: Warum verwunderst du dich? Ich will dir sagen das Geheimnis des Weibes und des Tieres, das sie trägt und hat sieben Häupter und zehn Hörner. Das Tier, das du gesehen hast, ist gewesen und ist nicht und wird wieder emporsteigen aus dem Abgrund und wird fahren in die Verdammnis, und es werden sich verwundern, die auf Erden wohnen, deren Namen nicht geschrieben stehen vom Anfang der Welt in dem Buch des Lebens, wenn sie sehen das Tier, daß es gewesen ist und nicht ist und wieder sein wird.«

Lütjehann hatte die Augen geschlossen, und während sein Finger auf den letzten Buchstaben verweilte, flüsterte er: »Du sollst sie mit einem eisernen Zepter zerschlagen, wie Töpfe sollst du sie zerschmeißen.«

Lütjehann lächelte, schließlich kannte auch er die Psalmen des Alten Testamentes. Er war ein gebildeter Mann, der nicht nur die Evangelien kannte. Er öffnete wieder die Augen, schnippte gleichgültig eine Scherbe der zerschmetterten Schüssel von der Tischplatte und klappte das Neue Testament zu.

Nachdem er das Buch wieder in der Truhe geborgen hatte, legte er sich schlafen.

Heute würde er nicht auf seine Frau warten.

Schweigend hatten alle in der Küche ihr Frühstück verzehrt und saßen noch unentschlossen und still am Tisch. Agathe, die als Hausherrin jeden Morgen die Aufgaben des Tages an die Mägde und Knechte verteilte und sich mit Marthe besprach, zögerte, die eingetretene Stille zu durchbrechen. Auch wenn Laurentz am Morgen mit am Tisch saß – es war für jeden offensichtlich, daß er noch mit sich selbst zu tun hatte, daß er weder selbst reden noch angesprochen werden wollte.

Marthe hatte auf die ratlosen Blicke der Familie und des Gesindes nur hilflos die Schultern hochgezogen und dabei ein fröhliches und gleichzeitig unglückliches Gesicht gemacht, um diese nebeneinander bestehenden Empfindungen zu verdeutlichen. Die lebendige Wärme ihres Körpers hatte die Starre seiner Muskeln lösen können – nur: Seine Seele hatte sie anscheinend nicht erreicht.

Albrecht beobachtete seinen Großvater verwundert. Die Luft um ihn herum schien stillzustehen – ein durchsichtiger Panzer, den nichts von außen durchdringen konnte. Der Blick seiner Augen war vollkommen nach innen gerichtet, als ob sie nichts erblicken würden – und dennoch war jeder Handgriff nach dem Becher, dem Brot, dem Messer wie gewohnt direkt und ohne Zögern.

Mit dem ersten Glockenschlag von St. Nikolai stand Laurentz ohne weitere Bemerkung abrupt auf, griff sich schweigend seinen kurzen Mantel und war im Hausflur verschwunden. Seinen Hut hatte er vergessen. Alle blickten genauso wortlos hinter ihm her, bis dann urplötzlich, als sie die Haustür ins Schloß fallen hörten, nach Sekunden der Stille, ein mehrstimmiger Wortschwall losbrach: »Man könnte meinen, er sei sein eigener Geist!« – »Gottlob ist er wieder auf den Beinen!« – »Weiß jemand, wo er jetzt hingegangen ist?« – »Er wird zu Sankt Nikolai hinüber sein.« – »Seit wann besucht er in der Woche den Frühgottesdienst?«.

Verwundert über das plötzliche Geschrei schüttelte Albrecht den Kopf. Mit dem letzten Bissen des Brotes in seiner Hand stippte er die Lache der Biersuppe in seinem Teller auf und kaute nachdenklich auf dem eingeweichten Brotkanten herum. Laurentz, sein Großvater, der eigentlich ein Vater für ihn war: anwesend, eingreifend, autoritär und verständnisvoll – ihm war er immer näher gewesen als seinem eigentlichen Vater, der als Kapitän zu selten zu Hause war, als daß er ihn besser hätte kennenlernen können.

Er nickte seinen Eltern zu: »Entschuldigt mich. Er hat seinen Hut vergessen. Werde sehen, wo unser Vater hingegangen ist und ob er Hilfe braucht. Mir ist auch unwohl, wenn er alleine auf der Straße geht, solange die Mörder von Simon nicht gefangen sind.«

Sein Vater legte seiner Frau beruhigend eine Hand auf den Arm, da sie anscheinend ihren Sohn zurückhalten wollte, und ließ ihn gewähren: »Geh nur, und paß auf dich auf. Vielleicht solltest du einen der Knechte mitnehmen und dir zur Seite stellen.«

»Nein danke, es reicht schon, wenn man auf sich selber achten muß.«

Er verließ sich nur auf seine eigene Kraft, und von einem Knecht nahm er an, daß der eher fortlaufen als ihm helfen würde, wenn wirklich Not am Manne wäre. Für Unannehmlichkeiten trug er außerdem einen kurzen Degen am Gürtel an seiner Seite. Vor der Haustür wollte er sich gerade beeilen, als er Laurentz am Großen Burstah stehen sah, an der Stelle, wo sie Simon gestern gefunden hatten.

Die Nachricht hatte sich anscheinend schon in der ganzen Stadt herumgesprochen. Nicht nur der übliche Weg der Neuigkeiten auf den Märkten, in den Kneipen und Kaschemmen, auch die Ausrufer der Stadtwache hatten für die schnelle Verbreitung gesorgt. Respektvoll machten die Passanten einen großen Bogen um Laurentz, als wäre er der Fels auf einer Sandbank, an der sich das Flußbett verengt und das Wasser genötigt wird, im Bogen darum herumzufließen.

Ein lauter werdendes Lärmen ließ Albrecht den Kopf wenden und in die Richtung schauen, aus der das Getöse erklang. Zwei Männer, an einen Karren gekettet, waren um die Häuserecke gebogen, und nicht nur die eisenbeschlagenen Räder des Karrens polterten auf dem Kopfsteinpflaster des Kleinen Burstah, auch die Schellen, die an ihren Schultern befestigt waren, verbreiteten bei jedem ihrer Schritte ein ohrenbetäubendes Gebimmel.

Albrecht wollte sich schon freuen, daß man die gesuchten Mörder so schnell gefangen und in Ketten gelegt hatte – als er sich erinnerte, wie Laurentz ihm vorgestern davon erzählt hatte, daß der Rat neuerdings dem Dreckvogt die verurteilten Diebe übergeben würde. Anstelle der Todesstrafe wurden sie gezwungen, die Straßen der Stadt zu reinigen. Und jede dieser über die Schultern gehängten Schellen stand für ein Jahr ihrer Sühne.

Der eine der beiden an den Karren geketteten Männer trug sieben dieser lärmenden Schellen über der Schulter, sein Karrengenosse noch fünf. Diese dreizehn Schellen reichten aus, um jeden Bürger frühzeitig zu warnen, übertönten jede normale Unterhaltung und forderten die Mägde auf, die Dreckeimer aus dem Haus herauszutragen, die sie noch nicht auf die Straße geschüttet hatten.

Einen Augenblick kehrte Stille ein, als die beiden mit ihrem Karren vor dem nächsten Misthaufen stehenblieben, aber dann hoben sie wieder lärmend ihre Schaufeln aus dem Karren und begannen, den Mist von der Straße in den Karren zu werfen.

Als Albrecht endlich seinen Blick von diesen seltsamen Schellenträgern löste, konnte er Laurentz nirgendwo mehr erblicken. Er beeilte sich, den Weg nach St. Nikolai zu gehen, immer darauf achtend, daß er nicht in den stinkenden Unrat auf der Straße trat, der abseits des gereinigten Marktplatzes überall lag.

In London hatte der Magistrat durchgesetzt, daß jeder vor seiner eigenen Tür zu kehren hatte. Warum ließ der Hamburger Rat die Bürger ihre Abfälle einfach auf die Straßen kippen, wo sie vergammelten und verrotteten, bis der zum Himmel stinkende Unrat endlich von den Dreckkarren der Kettensträflinge abgefahren wurde? Waren den erbgesessenen Kaufmannsherren des Rates, die so pingelig auf die Sauberkeit der Fleete und des Flusses achteten, nur diese Wirtschaftswege wichtig, die Straßen aber egal?

Albrecht schnaubte. Es hieß, immer, wenn der Kaiser in eine Stadt kam, wurden dort vorher alle Straßen gereinigt. Nur war der Kaiser bisher nicht nach Hamburg gekommen.

Auf dem Kirchplatz vor St. Nikolai sah er seinen Großvater: Wieder stand er so starr und aufrecht wie am Großen Burstah, mit dem Unterschied, daß er jetzt den Kopf hoch erhoben hatte und auf die Kirche blickte. Bevor Albrecht ihn erreicht hatte, drehte er sich abrupt herum, daß sein kurzer Mantel sich aufbauschte, stutzte, als er seinen Enkel erkannte und kam ihm entgegen: »Danke für den Hut! Komm! Wir müssen einen Sarg für Simon zimmern lassen!«

Damit war er schon an Albrecht vorbei, der Mühe hatte, dem schnellen Schritt seines Großvaters zu folgen, nicht mehr darauf achtend, wohin er trat. Zwei Straßen weiter bog Laurentz in den Hof eines Tischlers ein, ging zügig an den rechts und links aufgetürmten Bretterstapeln vorbei und schnurstracks auf die Werkstatt zu, aus der Meister Christian bereits herausgetreten kam, als er den Ratsherrn erkannte.

»Mein Beileid, Herr Rat«, verbeugte sich der Handwerksmeister. »Ich hörte vom Tode Eures Gastes.«

Laurentz hatte nur kurz genickt und hob abwehrend die Hand, um deutlich zu zeigen, daß er das Thema nicht vertiefen wollte: »Guten Tag, Meister Christian, Ihr müßt einen Sarg für meinen Bruder zimmern.«

Der Meister hielt den Atem an: Das hatte er nicht gewußt, und niemand hatte ihm bisher davon berichtet. Er konnte sich auch nicht daran erinnern, daß beim Ratsherrn Moellendorff jemals von einem Bruder die Rede gewesen wäre – aber bei diesen weit gereisten Kaufmannsherren wußte man ja nie, wo sie noch weitere Zweige ihrer vielverästelten Familienstammbäume hatten sprießen lassen. Er deutete auf die überdachte Seite des Hofes, wo mehrere Särge aufgestapelt standen: »Wenn es Euch beliebt, ich hätte dort …«

»Nein. Ich will einen Sarg aus dem Holz, auf dem mein Bruder jetzt bereits liegt. In einer Stunde erwarte ich Euch im Haus ›Zum goldenen Schiff‹, daß Ihr die Maße nehmen könnt. Bringt einen Wagen und zwei Gesellen mit. Ihr wißt, der Sarg muß bis morgen Nachmittag fertig geschreinert sein.« Damit hatte er sich auf dem Fuß umgedreht und den verdutzten Tischler inmitten seiner Bretterstapel stehen lassen.

Auf der Straße konnte Albrecht sich nicht enthalten, seinen

Großvater zu fragen: »Warum hast du es so eilig, Simon unter die Erde zu bringen?«

Laurentz schüttelte den Kopf: »Nicht ich habe es eilig. Der Rat der Stadt hat schon vor Jahren angeordnet, daß alle Toten innerhalb von drei Tagen beerdigt werden müssen. Das war nach der großen Pestepidemie. Und so will ich es wohl selber halten, wenn wir es von den Bürgern auch verlangen.«

Tischlermeister Christian war mit seinen beiden Gesellen zeitig erschienen. Kopfschüttelnd ging er um den großen Eßtisch herum, auf dem Simon noch aufgebahrt lag. Kritisch prüfte er die stabile, dicke Holzplatte des Tisches aus bester Eiche und blickte den Ratsherren skeptisch an: »Das wird kein Sarg, Herr Rat, das wird ein Schiff!«

Laurentz schien nicht im geringsten überrascht: »So soll es sein, Meister Christian. Ein solide gezimmertes, stabiles Schiff, um einen guten Menschen unbeschadet über den Totenfluß hinwegzutragen.«

»Bis morgen?« Nicht nur die Frage, auch Christians Gesichtsausdruck machten überaus deutlich, daß die Zeit dafür zu kurz bemessen war.

»Bis morgen zum Mittag. Und berechnet Euren Lohn nur großzügig so, wie es sich für eine gute Arbeit gehört.« Unbeeindruckt von dem noch immer skeptischen Gesicht des Tischlers wies Laurentz nun auf die Stirnseite des Tisches, an der er und Simon gesessen hatten: »Und nehmt von dieser Seite ein Stück vom Holz für einen kleinen Tisch, den Ihr mir daraus zimmern sollt.«

Die unbeirrbare Stimme des Ratsherrn, und der in Aussicht stehende gute Lohn, hatten den Meister in der Zwischenzeit sich in sein Schicksal fügen lassen: »Dann soll es wohl so sein.«

Er wandte sich an den einen seiner beiden Gesellen: »Tilman, hol mir eins der schmalen Bretter, die wir auf dem Wagen liegen haben.«

Während der Geselle auf die Straße ging, erfaßte Meister Christian mit Händespannen die Körperlänge und die Schulterbreite von Simon, um das passende Maß zu haben. Mit vereinten Kräften schoben sie dann das hereingebrachte Totenbrett unter Simons Körper, hoben den Leichnam darauf vom Tisch und legten ihn auf die gesinterten Fliesen des Fußbodens. Albrecht, sein Vater Harald und der Stallknecht mußten mit anpacken, um den Eßtisch anzuheben, durch den Flur zu bugsieren und auf den Wagen des Meisters Christian zu heben.

Der große Familienraum im Erdgeschoß sah ungewohnt leer aus: Eine Empfindung, die durch das schmale Brett noch verstärkt wurde, auf dem nun Simons Körper einsam auf den Fliesen lag.

»Hol ein paar Balken!« wies Laurentz den Stallburschen an. »Wir wollen ihn höher betten, nicht so blank auf dem Boden.«

Immer noch blickte er wie geistesabwesend durch die Angesprochenen hindurch, als fixierte er etwas, das hinter den Menschen und ihren Gesichtern lag. »So, wie er in seinem Kirchenschiff von der Kanzel herab den Leuten im Schiff die Richtung angab, so wird nun sein eigenes Totenschiff von Charon über den großen Fluß gesteuert.« Geistesabwesend wischte er sich eine Träne aus den Augenwinkeln. »Simon durfte von seiner Kanzel herabsteigen – er kann jetzt einem anderen das Steuer überlassen.«

Der Stallknecht war gestolpert, und in die Stille des großen Raumes hinein polterten die Holzbalken über den Boden. Albrecht, der einen lauten Zornesausbruch erwartet hatte, blickte verwundert auf den gelassenen Laurentz, der dem verschreckten Knecht nachsichtig mit einem Fingerzeig bedeutete, die Hölzer wieder aufzuheben.

Albrecht kam es vor, als wäre Simon nicht gestorben, sondern ein Teil von Laurentz geworden. Er und sein Vater hoben das schmale Totenbrett in die Höhe. Simons Körper war nicht sehr schwer. Laurentz kniete sich nieder, schob die Balken unter das Brett und richtete sich ächzend wieder auf.

Die Tür zur Küche öffnete sich, Marthe kam mit einem großen Korb herein und stellte sich an die Seite von Laurentz. Überrascht blickte er in den Korb. Melancholisch lächelnd nickte er mehrmals, griff mit beiden Händen hinein und streute Rosmarin, Minze, Dost, Majoran, Lavendel und Salbei um das Totenbrett herum auf den steinigen Untergrund: Nun lag Simon auf einem der bunten Blütenteppiche des Südens, von denen Laurentz erst gestern erzählt hatte.

Der Duft der Kräuter entfaltete sich, füllte den großen Raum, als wolle er dem Tod keinen Raum mehr lassen. Laurentz hatte sich suchend umgeblickt, nahm dann einen der gestickten Wandteppiche von den Haken und breitete ihn über Simons leblosen Körper, der jetzt aussah, als wäre er auf einer bunten Sommerwiese nur kurz eingeschlafen.

Ein Bild des Friedens und der Liebe.

Das Schlagen der Haustür knallte in die andächtige Stille. Ein Ratsdiener stürmte durch die Tür: »Herr Rat! Im Badehaus …! Ihr sollt sofort kommen!«

Unwillig hatte Laurentz über die plötzliche, unwillkommene Störung die Stirn gerunzelt. Der abgehetzte Ratsdiener, der nur die wenigen Worte hervorgestoßen hatte, war bereits wieder zur Tür hinaus, und es war niemand mehr da, dem Laurentz sich hätte verweigern können. Dankbar nickte er Albrecht zu, der ihm bereits einen von zwei Umhängen reichte. »Gut, dann begleite mich.«

Vor dem Haus sprangen zwei zerlumpte Bettler aus dem Weg, denn es war nur allzu deutlich, daß sie statt der erwarteten Kupfermünzen in ihre ausgestreckten Hände nur harte Knüffe oder Schlimmeres bekommen hätten. Sie waren erst am Morgen in die Stadt gekommen und konnten noch nicht wissen, vor wessen Haus sie standen.

»Laß uns weitergehen«, knurrte der eine böse, während sie Laurentz und Albrecht nachblickten, »von diesen Patriziern kannst du eher einen Streich mit der Klinge als ein Kupferstück erwarten.« Er schnaufte. »Wie soll'n die uns auch Pfennige aus Kupfer geben, wenn sie nur Gold und Silber kennen!«

Schweigend gingen die beiden Moellendorffs den Weg, den Laurentz und Simon erst vor zwei Tagen frisch gebadet und fröhlich in umgekehrter Richtung gekommen waren. Zwei bettelnde Kinder mit dem Abzeichen der städtischen Bettler an der zerrissenen Kleidung stellten sich ihnen in den Weg. Laurentz gab beiden eine Kupfermünze, die er dafür in der Tasche seiner Weste stets bei sich trug.

Vor dem Eingang zur Badestube des Rates standen zwei uniformierte Büttel der Stadtwache, die den Neugierigen jeden Zutritt verwehrten, aber jetzt zur Seite traten, um Laurentz und Albrecht durchzulassen. Vor der Tür zum Raum mit den Badezubern stand der Bademeister, der unablässig seine Hände in der umgebundenen Schürze abtrocknete, obwohl keine der Badefrauen mit den heißen Wassereimern von der Küche über den Gang zu den großen Badezubern lief. Der große Raum war leer, bis auf wenige Männer in dunkler Kleidung, vier Ratsdiener und fünf Mägde, Badefrauen, die neben einem der Holzbottiche standen.

Aus dem Badezuber ragten zwei nackte Füße heraus.

Laurentz erkannte in den zwei Schwarzgekleideten die Gerichtsverwalter des Rates, von denen einer ihm jetzt entgegen kam.

»Entschuldigt, Kollege Moellendorff, wenn wir Euch in Eurer Trauer stören ließen. Es schien uns jedoch, als könnte der Tod Eures Gastes etwas mit dem zu tun haben, was hier geschehen ist. Wie uns berichtet wurde, habt Ihr erst vor zwei Tagen mit Eurem Gast in eben diesem Zuber dort gesessen …«

Abwehrend unterbrach Laurentz die Rede des Gerichtsherren und zeigte auf die herausragenden Füße: »Wer ist es?«

»Wir wissen es noch nicht genau. Es scheint eine Frau zu sein. Das Wasser ist zu blutig …«

»Hauruck!« tönte es vom Badezuber herüber, und mit vereinten Kräften zerrten die vier Ratsdiener den Körper aus dem Wasser. Zwei zogen an den Füßen, die beiden anderen hatten sich in den Zuber hineingebeugt, um tiefer anzufassen. Die Oberschenkel tauchten auf, und dann war es eindeutig: eine Frau. Das nasse Dreieck der Schamhaare und dann der lange Rock, der noch den Oberkörper umhüllend verdeckte und aus dem jetzt das rot gefärbte Badewasser in einem Schwall auf den Boden platterte.

Die vier Ratsdiener legten den Leichnam behutsam auf die Dielen, während zwei der Badefrauen den triefenden Rock nach unten zerrten, um die Blöße der Frau zu bedecken. »Antje!« schrie die eine auf, als sie das Gesicht erblickte.

Laurentz und Albrecht traten in den Kreis, der sich sofort um die Tote gebildet hatte. Es war tatsächlich Frau Antje. Das nasse lange blonde Haar schlängelte sich angeklatscht über ihr immer noch schönes Gesicht, aus dem zwei blicklose Augen gegen die Decke starrten. Das Mieder war an einer Stelle aufgerissen, und der Wundarzt Dr. Castro, der die Umherstehenden kurzerhand beiseite geschoben hatte, kniete bereits neben ihr. Er betrachtete sorgfältig den Riß im Mieder, der sich unterhalb der linken Brust befand, kramte aus seiner Tasche eine Schere heraus und schnitt den Stoff weiter auf. Alle sahen den blutigen Schnitt in der zum Vorschein gekommenen, aufgequollenen Haut. Dann drehte er den Kopf der Toten langsam, hob ihn im Nacken etwas an, damit er den Schädel besser betrachten konnte, und ließ ihn wieder auf den Boden sinken. Dr. Castro richtete sich auf, wischte sich das blutige Wasser von der Hose und erklärte: »Ein tödlicher Stich, ein tödlicher Schlag. Es werden wohl dieselben Männer gewesen sein, die gestern auch den Bischof getötet haben. Sie wollten sich dieses Mal anscheinend noch sicherer sein, daß ihnen ihre Tat gelingt, indem sie die bereits Sterbende auch noch ertränkten.«

Der kreidebleiche Lütjehann, den eine dunkle Ahnung hierher getrieben und der die letzten Worte noch gehört hatte, kniete sich neben seine tote Frau – seine geheimsten Hoffnungen, seine schlimmsten Befürchtungen hatten sich bewahrheitet. Auch wenn sie manchmal kein gutes Gemüt hatte, das hatte sie nicht verdient, wie eine Ratte ersäuft zu werden.

Er strich ihr die nassen Haare aus dem wachsbleichen Gesicht und küßte sie auf die kalten Lippen. Als es ihm nicht gelingen wollte, die starren Augen zu schließen, knotete er sein Halstuch auf und legte es ihr behutsam über das Gesicht. Er hielt ihre leblose Hand mit beiden Händen umklammert und schluchzte: »Sie ist gestern abend noch fortgegangen … wollte in die Badestube des Rates … hatte sich noch achtzig Pfennige geben lassen …« Abrupt hörte sein Schluchzen auf, und er ließ ihre Hand los, die schlaff auf den Boden plumpste.

Hastig zerrte er mit beiden Händen Antjes nassen Rock so weit nach unten, daß er den Gürtel sehen konnte. Er tastete mit zitternden Händen das Leder entlang, dann noch ihre Hüften ab – es war kein eingeknotetes Tuch mehr am Gürtel befestigt. Hilfesuchend sagte er zu den Umstehenden: »Das Geld ist fort.«

Eine der Badefrauen, Marie, nickte: »Es stimmt. Sie trug gestern abend noch ein zusammengeknotetes Tuch am Gürtel.«

»Was war gestern abend?« Der Gerichtsherr Mönckebronn hatte offensichtlich die Untersuchung übernommen. Er war einen Schritt vorgetreten und blickte Marie fragend an.

»Nichts, Herr. Nichts Besonderes. Wir waren gerade dabei, die Badestube wie jeden Abend zu säubern, als plötzlich Antje hereintrat und fröhlich sagte, sie würde es zu Ende führen, wir könnten schon nach Hause gehen. Uns war es recht. Das hatte sie schon manchmal so gemacht.«

»Wo war der Bademeister?«

Marie schlug die Augen nieder und wollte offensichtlich nicht darauf antworten. Mönckebronn blickte sich um und winkte den Bademeister herbei, der immer noch händeringend an der Tür stand.

»Wo warst du gestern abend, als die Frauen die Badestube säuberten?«

»Muß ich das sagen, Herr?«

Mönckebronn zog die Augenbrauen zusammen: »Du scheinst dir nicht darüber im klaren zu sein, daß hier eine gerichtliche Untersuchung stattfindet. Wenn du jetzt nicht reden willst, gibt es andere Mittel, dir das Reden zu erleichtern!«

Der erschreckte Bademeister ließ seine Schürze los und stammelte: »Ich war im Wirtshaus, Herr.«

»Und geht das jeden Abend so?«

»Nein, Herr.« Er griff wieder händeringend nach seiner Schürze und blickte kurz auf. Nach dem prüfenden Gesichtsausdruck des Gerichtsherrn zu urteilen, erschien es ihm sinnvoller, gleich fortzufahren, als auf eine weitere Androhung der peinlichen Befragung zu warten. »Nur an manchen Tagen, wenn Antje darum bat, hier noch allein zu sein, dann ...«

»Sie hat darum gebeten?«

»Nun, ja: Sie gab mir fünf Pfennige fürs Wirtshaus.«

»Damit sie hier allein sein konnte?«

»Nein, nicht doch, Herr. Sie traf sich hier ...«, ein scheuer Seitenblick zu Lütjehann, »... mit dem einen oder anderen Herren.«

Der Gerichtsherr Mönckebronn kniff die Augen zusammen: »Willst du damit sagen, du hast erlaubt, daß sie aus der Badestube des Rates ein Hurenhaus machte?«

Zwei Büttel hielten Lütjehann umklammert, der sich mit geballten Fäusten auf den Bademeister stürzen wollte. »Er lügt, um seine Sauferei zu leugnen! Sie hatte selber Geld bei sich, und seit wann bringen Huren das Geld mit? Im Gegenteil, sie bekommen es ja erst durch ihren Hurenbock!«

Der Gerichtsherr Mönckebronn kratzte sich hinter seinem steifen Kragen. »Da hat unser Gerichtsschreiber wohl recht.«

Er war zu sehr mit dem Bademeister beschäftigt, als daß er das kichernde Getuschel der Badefrauen hinter sich bemerkte.

Nun winkte er die beiden anderen Büttel heran: »Bringt den Bademeister zum Niedergericht. Er wird seine Nachlässigkeit zu verantworten haben.«

Während die Büttel den immer noch händeringenden Bademeister griffen und hinausführten, wandte Mönckebronn sich wieder zu Lütjehann: »Wozu hatte Eure Frau das Geld bei sich?«

»Ich weiß es nicht. Nicht so genau.«

Mönckebronn schürzte nachdenklich die Lippen. »Ihr wißt es also nicht genau? War es ihr eigenes Geld?«

»Nein, es war mein Geld. Sie wollte sich ein neues Mieder kaufen. Ein Händler, sagte sie, sei in der Stadt, aus Flandern, der heute morgen weiterreisen wollte …«

»Lütjehann. Ihr kennt doch sicherlich die Bursprake, die dieses Recht allein der Zunft der Schneider zugesteht. Vermutlich habt Ihr sie selber aufgeschrieben!«

Der scharfe Ton in der Stimme des Gerichtsherrn ließ das breite Lächeln in Lütjehanns Gesicht unsicherer werden. »Deshalb wollte sie wohl auch noch so spät hinaus. Habt Ihr Eurer Frau schon einmal etwas abschlagen können, was sie sich in den Kopf gesetzt hatte?«

Mönckebronn starrte seinen Gerichtsschreiber an, und sein Kragen schien ihm etwas eng zu sein. Nervös fuhr er sich mehrmals mit dem Finger zwischen Hals und gestärkten Hemdkragen, schloß dann resigniert die Augen und murmelte: »Wir werden noch darüber sprechen, Lütjehann. Nicht hier.«

»Braucht Ihr mich noch?« Der Wundarzt hatte seine Utensilien zusammengepackt und wollte gehen.

»Nein, heute nicht. Kommt morgen zum Gericht und gebt Euren Befund zu den Akten.«

Mönckebronn hatte dem Wundarzt zugenickt und sich dann zu Laurentz gewandt: »Anscheinend habe ich Euch umsonst bemüht.«

»Das weiß man immer erst hinterher. Darf ich Euch meinen Enkel Albrecht für diese Untersuchung zugesellen? Falls es tatsächlich dieselben Männer waren … Albrecht ist Doktor Juris und könnte Euch eine Hilfe sein.«

Mönckebronn betrachtete Albrecht interessiert. »Ich erinnere mich an Euch. Ihr seid für ein paar Jahre fort gewesen?«

Albrecht ergriff die angebotene Hand des Gerichtsherrn und nickte: »Ich habe in London am Kings College studiert und bin auch im deutschen Recht bewandert.«

»Mir soll es recht sein. Wir brauchen heute jeden guten Juristen, nicht nur für diese Untersuchung. Ganze Aktenberge drohen, uns schier unter sich zu begraben.«

Laurentz nickte. »Dann werde ich jetzt gehen. Albrecht kann mir berichten.« Damit drehte er sich um und ging hinaus.

Die beiden Stadtbüttel hatten Lütjehann inzwischen wieder losgelassen und wurden nun fortgeschickt, um einen Karren zu besorgen, auf dem der Körper von Frau Antje fortgebracht werden sollte.

Die Badefrauen erhielten den Auftrag, den blutigen Zuber zu säubern und anschließend die Badestube abzuschließen. Den Schlüssel sollten sie zum Niedergericht bringen, wo er bleiben würde, bis ein neuer Pächter gefunden wäre.

Laurentz war in Gedanken versunken durch die Straßen gegangen. Er kümmerte sich weder um den blinden Bettler, der seine Ratskleidung nicht erkannte und ihm seine Hand entgegenstreckte, was die Sehenden tunlichst unterließen – Ratsherren galten als unberechenbar –, noch interessierte er sich für die Schauspieltruppe, die an der Marktecke ihre Bretterwelt aufgebaut hatte und die Zuschauer lautstark amüsierte, so daß ihn die plötzliche Anrede »Ratsherr Moellendorff!« aufschreckte. Der Hauptpastor von St. Nikolai hatte sich ihm in den Weg gestellt.

Der Pastor hob beschwichtigend die Hände: »Ich hörte, Ihr hattet einen Todesfall in Eurem Hause.«

»Ja, das stimmt.«

»Ihr habt auf priesterlichen Beistand in der Todesstunde verzichtet?«

Laurentz konnte nicht ahnen, daß der Pastor verärgert darüber war, daß ihm schon wieder eine Nebeneinnahme für den letzten Trost durch die Lappen gegangen war und er Laurentz unterstellte, daß er, wie viele der reichen Handelsherren, den schlecht besoldeten Pastoren ihr Sechsling Geld vorenthielt, das sie aber notwendigerweise brauchten, um ihr mageres Gehalt aufzubessern.

»Der Tote hatte genügend geistlichen Beistand«, brummte Laurentz unwirsch.

»Ach so, es waren also doch Pastoren da?« Dann hatte ihm also ein vermutlich jüngerer Kollege die fette Ratsherrenbeute weggeschnappt!

»Nein. Der Tote war selber Bischof.«

Der überraschte Pastor murmelte: »Dann hätte er vielleicht gerade besonderen Beistandes bedurft ...«

»Nein, der nicht!«

Das dreiste Auftreten des Pastoren verärgerte Laurentz dermaßen, daß er alle Rücksicht und taktische Klugheit vergaß und polterte: »Er war weder so ein dickwanstiger reicher Eunuch wie die römischen Bischöfe, noch so ein moralinsaurer Strafprediger wie die lutherischen. Er war sich eins mit Gott und mit den Menschen und brauchte in seinem guten Glauben keinen anderen geistlichen Beistand als sich selbst!«

Der Pastor, der merkte, daß er mit seinen Annahmen auf das falsche Pferd gesetzt hatte, steckte diesen Angriff auf die kirchliche Autorität wortlos weg. Allerdings bedauerte er zutiefst, daß nach Hamburger Stadtrecht nur derjenige drei Pfund Strafe zahlen mußte, der einen Ratsherrn ungütlich ansprach, und daß der gleiche Schutz nicht auch für die Pastoren galt.

»Ihr habt ja recht: Es gibt nur wenige gerechte Menschen, die unserer Hilfe nicht bedürfen. Doch nun, so tot wie er ist, wird er die Trauerpredigt nicht selber halten können.«

»Da habt Ihr nun recht, Herr Pastor.« Auch Laurentz hatte sich besonnen, nicht weiterhin so töricht zu sein. »Habt Ihr morgen Vormittag noch eine Stunde frei für eine Totenfeier?«

»Eine extra Feier?« Innerlich rieb er sich die Hände. Das kostete, Gott sei Dank, auch doppelte Gebühren. »Nun, eine Feier wird es nicht geben können, denn wer im Glauben stirbt, bedarf ihrer nicht, und wer im Unglauben stirbt, dem hilft sie nicht – aber eine gute Predigt kann es wohl sein.«

»Ja, so will ich es.«

»Da habt Ihr so sehr recht! Geht heutzutage ein Prediger im normalen Gottesdienst durch unsere volkreiche Gemeinde zur Kanzel, dann schlägt ihm solch ein starker Branntwein- oder Biergeruch entgegen – und neuerdings auch Tabakschwaden –, daß ihm weh und bange wird und er oftmals meint, er müsse von der Kanzel herab schier in Ohnmacht fallen. Aber was soll es: Die Welt will sich vom Geist Gottes nicht mehr strafen lassen, sondern bleibt bei ihrem alten sündlichen Schlendrian – man predige, man singe und sage dagegen, was man will.«

»Vielleicht solltet Ihr nicht in der engen Kirche predigen, sondern unter freiem Himmel.«

»Oh, nein! Wir haben jetzt schon alle Mühe, unsere Herde zu einem christlichen Verhalten zu ermahnen: Zur Predigt kommt oft ein Haufen Schweinigel vom Saufen, welche, anstatt sie züchtig zum Hause Gottes gehen, eingedenk, was für ein heiliger Ort das sei, da sie mit Gott und Gott mit ihnen redet, wo die heiligen Engel werden zugegen sein, etc. – vom Wirtshaus gelaufen kommen sie wie die unverschämten Hunde, stellen sich draußen an die Kirche und tun, als ob die Kirche brenne und sie dieselbe löschen müßten. Warum wollen diese groben Esel aus unserem Gottesacker eine Kloake machen? Ganz zu schweigen von denen, die zu spät kommen, die in der Kirche sitzen wie grobe, faule Bauern im Wirtshaus und nicht einmal aufstehen, wenn das Evangelium gelesen wird, und denen, die während der Predigt schwatzen oder schlafen und schnarchen!«

Der Pastor hatte sich ordentlich in Eifer geredet: »Auch Euch habe ich lange nicht mehr in der Kirche gesehen!«

»Ich kann die Bibel selber lesen und brauche Eure Hilfe als Vorleser nicht. Bleibt also bei den Leuten, die nicht lesen können, als Eurem Klientel. Und den Bürgern, die innerhalb der Stadtwälle sitzen, mögt Ihr Eure Belehrungen wohl geben. Ein Fernhandelskaufmann ist wie ein Seemann allein auf offenem Meer und in den fremden Ländern. Er muß stets für sich selbst und aus sich selbst heraus allein mit Gott entscheiden, was für ihn gut und richtig ist.«

Der Hauptpastor kratzte sich hinter dem Ohr: »Ich frage mich, was für ein Glaubensbekenntnis Ihr eigentlich vertretet, wenn Ihr das meint ...?«

Laurentz zuckte mit den Schultern: »Es ist schon lange her, daß ich mich als junger Mann mit Theologie beschäftigt habe, die mir dann Richtschnur für mein Leben wurde. Damals waren es die Schriften unseres geehrten Doktors Martin Luther, die mich diese Ansichten lehrten. Ich will sie Euch gern geben, damit Ihr es nachlesen könnt, wenn Ihr sie nicht kennt.«

»Doch, doch, ich kenne sie durchaus.«

Was tatsächlich stimmte. Nur allzu gerne hätte er die frühen Schriften Luthers gleich verbrannt. »Nun aber zur Totenpredigt: Morgen um zehn Uhr?«

Laurentz nickte.

Marthe und seine Schwiegertochter Agathe warteten bereits auf ihn. Der Leichenschmaus wollte vorbereitet sein, und er fragte sie: »Laßt hören, was ihr vorgesehen habt.«

Agathe nickte: »Also, wir werden wohl fünfzig Personen sein: Die Ratsherren mit ihren Frauen, die Geistlichen ...«

»Keine Pfaffen!« brummte Laurentz.

»Also gut, keine Pastoren. An der Zahl wird es auch nicht viel ändern. Wir brauchen demnach: 5 Kälber, 8 Gänse und 8 junge Kapaunen, 6 alte Hühner sowie 30 junge, 4 Spanferkel und 4 Lerchen. Dazu 8 Maß Schmalz, 4 Pfund Butter, 150 Eier. Zitronen, Lemonen, Kapern, 2 Pfund Speck, Gewürze, Gurken, Salz, Essig und grüne Ware. Zwei Hilfsmägde und drei Aufwärter.«

»Das wird in etwa reichen. Denkt auch an Wildbret und Hasen und noch an Fisch.«

Marthe intervenierte: »Aber keinen Lachs!«

Die Hamburger Dienstboten hatten schon vor Jahren durchgesetzt, daß sie nur zweimal in der Woche Lachs essen mußten, der in der Unterelbe reichlich gefischt wurde und preiswert auf den Fischmarkt kam.

Laurentz nickte zustimmend. »Und zu trinken?«

»300 Liter Wein, davon die Hälfte guten und die Hälfte schlechten.«

»Bestellt lieber noch einen Eimer mehr, damit nur keiner morgen durstig nach Hause geht.«

»Dann werden die fünfzig Mark nicht reichen, die du dafür bewilligt hast.«

Laurentz wischte die Bedenken mit einer Handbewegung fort: »Kauft nur ein, was ihr braucht, und spart nicht an der falschen Stelle.« Das war geklärt.

Er verließ die Küche und betrat leise den großen leeren Raum, in dem Simon aufgebahrt lag: Jetzt konnte er noch mit ihm sein. Marthe hatte am Morgen neue Blüten gestreut, und noch immer füllte ihr Duft den Raum, ließ keinen Platz für den Hauch des Todes.

Laurentz betrachtete das bleiche Gesicht des Bruders, kniete sich neben das schmale Brett und strich ihm zärtlich über die kalte Stirn. »Nächste Woche hätten wir deinen Geburtstag gefeiert! Um mir nahe zu sein, brauchtest du nicht in meiner Nähe zu sein, Simon. Wenn du aber schon sterben mußtest, dann ist es gut, daß ich dich beerdigen kann. Oder wärest du lieber in Norwegen begraben worden? Dort, wo du anscheinend endlich die Ruhe und Gelassenheit gefunden hattest, nach der du immer gesucht hast? Du warst so fröhlich und so lebensmutig, als du hier ankamst – als wollte Gott dich in deinem Zenit zu sich rufen. Vielleicht weil er so wenige wie dich um sich hat? Er muß dich mehr lieben als mich – sonst hätte er dich nicht vor mir sterben lassen!

Nun stelle ich dir so viele Fragen, auf die du mir in diesem Leben nicht mehr antworten wirst. Ja, so war es immer zwischen uns. Ich hatte immer die Fragen, auf die du so viele Male eine Antwort wußtest. Nun werde ich also aufhören zu fragen oder mir meine Antworten selber suchen müssen. Auch wenn Albrecht sehr in deine Fußstapfen tritt, er wird dich mir nicht ersetzen können. Wie du es sagtest: Unsere Aufgabe ist es zu bewahren, seine zu verändern. Aber, bei Gott, was hat sich in unserem Leben nicht alles verändert! Was haben wir alles erlebt!«

Behutsam strich er über die erkalteten Hände Simons: »Nun kannst du Albrecht gar nicht mehr zeigen, wie geschickt du mit den Jonglierbällen umgehen konntest.«

»Magst du es mir zeigen?«

Laurentz hatte nicht bemerkt, daß Albrecht den Raum betreten hatte und neben ihm stand. Er legte seinem Großvater die Hand auf die Schulter, und Laurentz spürte seine innige Verbundenheit mit diesem jungen Menschen, der ihm näher war als seine eigenen Söhne es jemals gewesen waren.

»Im Kontor, im Bücherschrank, ganz oben liegt auf den Folianten ein zusammengeschnürtes Päckchen. Das hol mir bitte.«

Albrecht war zum Flur hinaus, und Laurentz richtete sich ächzend wieder auf: »Soll ich ihm auch erzählen, daß du als junger Mann mehr Menschen durch deine Jonglierbälle überzeugt hast als durch theologische Spitzfindigkeiten? Warum hast du damit aufgehört, als du Dominikaner geworden warst? Paßte es nicht mehr zu der Strenge deines neuen Amtes?«

»Meintest du dieses hier?« Albrecht stand wieder neben ihm, ein zusammengeschnürtes flaches Päckchen in der Hand.

»Ja, das ist richtig. Komm, setzen wir uns auf die Bank.«

Nachdenklich betrachtete er das bunte Band, mit dem die dunkelblaue Stoffumhüllung zusammengeschnürt war: »Vor mehr als dreißig Jahren hat Simon dieses Päckchen zugeschnürt. Ich habe es immer bewahrt. Jetzt kommt es mir beinahe so vor, als hätten wir damals unsere Unbekümmertheit mit eingeschnürt – einen Teil unseres damaligen Lebens weggepackt. Willst du es öffnen?«

Respektvoll betrachtete Albrecht das unscheinbare Päckchen und reichte es seinem Großvater: »Bitte, pack du es selber aus.«

Laurentz verstand, was Albrecht ihm damit sagen wollte, nahm das Päckchen und deponierte es auf seinen Knien. Vorsichtig zog er einen Faden nach dem anderen auf. Der Stoff hatte sich während der vergangenen Jahre in staubige Falten gelegt und zeigte keinerlei Absicht, von alleine auseinanderzugleiten. Laurentz zog die offene Kante der Umhüllung auf: Fünf runde Holzkugeln lagen auf dem dunkelblauen Untergrund, jede in einer anderen Farbe, und drei davon trugen einen Buchstaben.

»Warum haben zwei der Kugeln keinen Buchstaben? Oder anders herum: Warum haben drei der Bälle einen aufgemalten Buchstaben?«

Laurentz drehte die beiden Kugeln ohne Buchstaben, und auch bei ihnen kam nun einer zum Vorschein. »Siehst du, sie tragen alle einen: L, P, C, M und Z.«

»Ich verstehe: ›C‹ steht für Caspar und ›M‹ für Melchior. Und die anderen?«

»Nein, Albrecht, damit hat es eine andere Bewandtnis: ›L‹ steht für Luther, ›P‹ für Papst, ›C‹ für Calvin, ›M‹ für Müntzer und ›Z‹ …«

»Steht für Zwingli!«

»Richtig, du hast es erfaßt. Nun …«, er hob das Tuch zu Albrecht hinüber, »versuche bitte zu jonglieren, indem du alle gleichzeitig kreisen läßt.«

Albrecht hatte das Tuch mit den Bällen auf die Bank gelegt

und schüttelte mit dem Kopf: »Nein, das kann ich nicht: mit allen fünf Bällen.«

»Nun gut, dann probier es vielleicht mit dreien.«

Albrecht nahm drei Bälle auf, wog sie in der Hand, warf dann spielerisch einen in die Luft, fing ihn wieder auf, warf ihn wieder hoch und ließ einen zweiten folgen. Als er den dritten Ball hochwerfen wollte, kam der erste Ball ihm in die Quere, er verlor die Übersicht, und alle drei Holzbälle klackerten in der Stille des Raumes laut auf den harten Steinfußboden.

Albrecht sammelte die auseinandergerollten Bälle wieder ein und war unzufrieden.

»Versuch es doch noch einmal, diesmal mit nur zweien«, forderte Laurentz ihn aufmunternd auf.

Albrecht preßte die Lippen aufeinander, legte den dritten Ball auf das blaue Tuch und warf den ersten Holzball hoch in die Luft, dann den zweiten und ließ sie kreisen.

Laurentz klatschte in die Hände: »Gut, bleib dran. Willst du noch einen dritten?«

Albrecht, der sich auf seine beiden Kugeln konzentriert hatte, nickte nur, und Laurentz, der sich mit der dritten neben ihn gestellt hatte, hielt sie bereit. Ein schneller Griff von Albrecht nach der dritten, und wieder holperten die beiden anderen über den Steinboden. Laurentz klopfte dem enttäuschten Enkel auf die Schulter und tröstete ihn: »Dabei war der Papst noch gar nicht mit im Spiel.«

»Der Papst?«

Laurentz nickte und sah im Geiste Simons Gesicht von damals. »Heb den Ball mit dem ›P‹ hoch und sag mir, ob dir dabei etwas auffällt.«

Albrecht hob den Ball auf, wog ihn in seiner Hand, nahm einen zweiten Ball in die andere Hand und wog langsam beide Bälle: »Der Papstball ist etwas schwerer.«

»Das ist richtig. Und nun jongliere bitte mit dem ›P‹ und mit dem«, er blickte sich suchend um, »mit dem ›L‹.«

Lächelnd nahm Albrecht die beiden Bälle, warf sie nacheinander hoch, ließ sie zweimal kreisen. Dann konnte er einen der Bälle nicht rechtzeitig greifen. Stirnrunzelnd blickte er dem Ball nach, der über den Boden rollte.

Laurentz amüsierte sich: »Welchen Ball hast du noch in der Hand?«

»Den mit dem ›L‹.«

»Siehst du: Der Papst will sich nicht greifen lassen, sucht eigensinnig seinen eigenen Weg, während Luther ruhig in deiner Hand geblieben ist.«

Verständnislos starrte Albrecht seinen Großvater mit verwunderten Augen an.

»Ach Junge, das war eben nur eine von Simons volkstümlichen Predigten über den rechten Glauben. Mit zwei Theologien können viele Menschen noch jonglieren – aber nur mit zwei evangelischen: Wenn der Papst ins Spiel kommt, bleibt einem nur noch ein einziges Bekenntnis.«

Jetzt, erst jetzt, erkannte Laurentz den wahren Grund, warum Simon das Spiel damals nicht mehr zeigen konnte: Nachdem er selber Katholik geworden war, konnte er den Papst nicht mehr fallen lassen.

»Und Simon konnte mit allen fünf Bällen jonglieren?«

Laurentz schmunzelte: »Ja, das konnte er. Und damit hat er seinen Zuhörern – die sich im Jonglieren versuchten und die gleiche Erfahrung wie du eben machten – immer sehr augenscheinlich bewiesen, daß theologische Diskussionen nur etwas für studierte Theologen sind.«

»Kann ich noch etwas üben?«

»Ja, behalte sie heute nur. Doch bevor du anfängst, schicke bitte noch zu Meister Christian und laß ihm ausrichten, er soll morgen um neun mit dem Sarg hier sein und zusätzliche Bretter und Stützen mitbringen, damit wir eine große Tafel bauen können. Und, bevor ich es vergesse, laß dem Hauptpastor von St. Nikolai ausrichten, daß er morgen vormittag über den ersten Brief des Paulus an die Korinther, Kapitel 13, predigen soll oder über Römer 1, Vers 16 und 17. Ich bin jetzt müde und lege mich schlafen.«

Er war selber erstaunt, daß ihm seine schon vergessen geglaubten Bibelkenntnisse wieder einfielen. Anscheinend hatte die Diskussion mit dem Pastor Erinnerungen in ihm geweckt, die normalerweise unter der Schicht des Gegenwärtigen verborgen waren.

Bevor er sich zur Ruhe begab, besprach er mit Agathe noch, welcher Knecht als Sorgemann die Einladung zu den Ratsherren und den anderen Familien die Nachricht der Beerdigung bringen sollte.

Meister Christian hatte mit seinen Gesellen den Sarg pünktlich gebracht. Schnaufend hatten sie ihn zu viert in den Familienraum getragen und neben Simons Totenbrett abgestellt. Laurentz hatte die Arbeit geprüft und für gut befunden: »Ordentliche Arbeit!«

Meister Christian hatte sich stolz neben sein Werkstück gestellt: »Ja, da sieht man, daß kein Böhnhase gepfuscht hat! Es geht doch nichts über eine ordentliche Handwerksarbeit!«

Laurentz hatte nun wahrlich kein Interesse daran, sich mit einem zünftigen Meister darüber zu streiten, ob die auswärtigen Handwerker, die von den Zünften nicht aufgenommen und damit nicht anerkannt wurden, nun Pfuscher seien oder nicht. Er hatte nur gehört, daß sie preiswerter arbeiteten. So nickte er nur, trat an den Sarg und strich die Decken glatt, die Marthe inzwischen als Polster hineingelegt hatte. Vier der sechs bereits versammelten Ratsdiener, die als Sargträger bestellt waren, hoben den Leichnam Simons vom Brett auf und betteten ihn auf das Polster. Während Agathe das Gewand von Simon zurechtzog, strich Laurentz Simon über die fleckige, kalte Wange und lächelte wehmütig. Er nickte, als Marthe mit einem Korb frischer Blüten aus der Küche kam und verteilte sie mit beiden Händen um den Leichnam Simons im Sarg. Dann blickte er zu Albrecht: »Hol mir bitte die Jonglierbälle.«

Albrecht hatte die Holzkugeln auf dem Kaminsims abgelegt und reichte sie zu Laurentz hinüber. Der überlegte kurz und drückte sie dann nebeneinander in die Blüten zu Simons Füßen: »Du hast als einziger dieses Spiel beherrscht, und niemand wird es wieder so können, wie du es vermochtest. So nimm sie mit auf deine Reise. Vielleicht kannst du sie ja noch brauchen.«

»Und Ihr, Meister Christian«, wandte er sich an den Tischler, »nehmt das Totenbrett, auf dem mein Bruder lag, mit in Eure Werkstatt und schneidet seinen Namen Simon hinein. Wir werden es dann nach alter Sitte, als Mahnung, am Burstah in den Boden rammen – dort, wo er getötet wurde.«

Meister Christian nickte.

»Willst du es anders?« Laurentz bemerkte, daß Albrecht die Augenbrauen zusammengezogen hatte und nicht damit einverstanden zu sein schien.

»Doch, es ist gut so. Ich dachte nur an das alte deutsche Recht, daß diejenigen, die einer Tat zuschauten und nicht in Geschrei ausbrachen, damit andere die Täter fassen konnten, ebenso als Täter betrachtet und genauso bestraft wurden. Das Totenbrett wird die Menschen, die sich so verhalten haben und heute straffrei bleiben, mit gutem Recht daran erinnern.«

Die Schulkinder, die sich unter dem Hausschild des goldenen Schiffs der Moellendorffs versammelt hatten, waren guter Dinge. Sie liebten Beerdigungen. Dafür, daß sie singend dem Sarg voranschritten, gab es nicht nur schulfrei, sondern für jeden auch noch zehn Pfennige – wenn es eine große Leiche war wie heute. Bei mittelmäßigen oder geringen Leichen durften nur wenige von ihnen mitgehen, und es gab nur fünf und zwei Pfennige für jeden. So waren sie immer fröhlich, wenn es, wie heute, eine große Leiche zu bestatten galt.

Der Sorgemann hatte die Nachricht weit verbreitet, und so waren auch schon zahlreiche Leichenbitter und Leichenbitterinnen vor dem Haus versammelt. Laurentz hatte sich in den Hausflur zurückgezogen und nahm dort die Kondolenzbekundungen entgegen. Es dauerte eine Weile, bis alle vorbeigegangen waren, ihm die Hand geschüttelt, in der Küche vom Zahlmeister ihr Kondolenzgeld erhalten hatten und über den Hof wieder hinaus waren.

Dann wurde der Sarg verschlossen und von den Ratsdienern vor dem Haus auf den Wagen geladen. Der Zweispänner zog an, und die Trauergemeinde begab sich auf den kurzen Weg zur Kirche.

Der Pastor schien nicht recht bei der Sache zu sein. Nach dem Introitus, dem Kyrieleison und dem Gloria hatte er den Brief an die Korinther gewählt. Lustlos trug er die Sätze des Evangeliums vor: »Wenn ich mit Menschen- und mit Engelszungen redete und hätte der Liebe nicht, so wäre ich ein tönend Erz oder eine klingende Schelle. Und wenn ich weissagen könnte ...«

Er wollte weder eine Schelle noch aus Erz sein und hätte lieber auf eine seiner alten Predigten zurückgegriffen, denn auf nichts war mehr Verlaß, als auf die Vergeßlichkeit der Gemeinde.

»... Die Liebe ist langmütig und freundlich, die Liebe eifert nicht, die Liebe treibt nicht Mutwillen, sie blähet sich nicht, sie stellet sich nicht ungebärdig, sie suchet nicht das Ihre, sie läßt sich nicht erbittern, sie rechnet das Böse nicht zu, sie freuet sich nicht der Ungerechtigkeit, sie freuet sich aber der Wahrheit; sie verträgt alles, sie glaubet alles, sie hoffet alles, sie duldet alles.«

Mühsam hatte er sich den vergangenen Abend und die halbe Nacht darüber den Kopf zerbrochen, was er dazu sagen konnte. Immer wieder waren seine Gedanken abgewichen, und er hatte innerlich darüber lamentiert, daß er den Vorschlag des Ratsherrn nicht ablehnen konnte. Der Superintendent David Penshorn kränkelte, schien bald sterben zu wollen, und der Rat hatte schon deutlich gemacht, daß er nicht nur wieder vier Jahre das Amt unbesetzt lassen, sondern überhaupt keinen neuen Superintendenten ernennen könnte, womit er sich dann selbst diese Aufsichtsfunktion über die Pastoren zusprechen würde, falls die Kirche sich nicht mit ihrer Kritik an den fremdenfreundlichen Entscheidungen des Rates mäßigte. Dann würde auch dieser Ratsherr zu einem seiner Dienstvorgesetzten werden!

Diese Auffassung der Liebe stand in einem derart unüberbrückbaren Gegensatz zu seinem Wunsch, Gott möge ein Strafgericht über diese Gemeinde, überhaupt über die Einwohner der ganzen Stadt schicken, damit sie sich endlich auf einen christlichen Lebenswandel besönnen, daß er sich kläglich eifernd darauf beschränkte, über Gottes Liebe und die menschliche Schwäche zu predigen, für die diese göttliche Liebe zwar ein Vorbild, aber leider unerreichbar sei. Die doppelte Gebühr, die Laurentz zahlte, war ihm immerhin ein Trost.

Unter dem Läuten der Kirchenglocken wurde der Sarg aus dem Kirchenschiff hinausgetragen, wieder auf den Karren gewuchtet, und mit den singenden Schulkindern voran setzte sich der Trauerzug Richtung Ackertor in Bewegung. Agathe, Marthe, die beiden Hausmägde und die zusätzlichen Küchenhilfen gingen schon nach Hause. In den nächsten zwei Stunden war noch einiges vorzubereiten.

Der helle Gesang der Kinder an der Spitze des Trauerzuges drohte manchmal zu sehr in ein fröhliches Durcheinander abzugleiten, wenn die kleinen Sänger die zehn Pfennig in ihrer Faust spürten und daran dachten, was sie sich dafür kaufen würden, so daß der voranschreitende Lehrer noch heftiger mit seinen Armen dirigierte, um die Aufmerksamkeit seiner kleinen Singeschar auf den Takt zu lenken.

Neben dem Zweispänner, dessen Pferde und der selber auch mit schwarzen Schleifen geschmückt waren, gingen auf beiden Seiten jeweils drei der Ratsdiener. Im Sinne Simons hatte Laurentz auf jeden weiteren aufwendigen Schmuck des Sarges oder des Wagens verzichtet. Das dumpfe Läuten der Kirchenglocke hätte auch Simon als ausreichend befunden.

Die Passanten blieben stehen, bekreuzigten sich hastig und blickten dabei verwundert auf das Ratsherrengefolge hinter den Moellendorffs. Es mußte ein bedeutender Mensch gewesen sein, wenn seinem Sarg achtzehn der vierundzwanzig Ratsherren folgten. Das schmucklose Schwarz ihrer Kleidung und der fehlende prachtvolle Schmuck des Sarges deuteten darauf hin, daß jeder äußere Aufwand nicht ausgereicht hätte, um der Bedeutung des zu ehrenden Toten zu entsprechen. Gerade die dunkle Schlichtheit des Zweispänners und die Strenge des schwarzen Gefolges hoben ihn weit über die sonst üblichen, farbenprächtigen Trauerzüge der Ratsfamilien hinaus.

Nach der Anweisung von Laurentz ließ der Lehrer am inneren Ackertor den Zug anhalten, die Schulkinder traten beiseite, und nur noch der Zweispänner mit dem Sarg, die Ratsdiener und der Pastor, denen Laurentz alleine folgte, gingen durch das Tor hinaus zu den Kirchhöfen. Das Trauergefolge blieb innerhalb der Stadtmauern und ging nach kurzer Unterhaltung seiner Wege.

Laurentz hatte noch überlegt, ob er den offenen Sarg am Stadttor aufstellen lassen sollte, damit alle Einwohner am Sarg vorbeigehen müßten und die Wunden wieder aufbrechen, von neuem bluten würden, wenn die Täter an ihrem Opfer vorbeigingen. Doch wie sollte das bei der Einwohnerzahl der Stadt noch möglich sein?

So hatte er entschieden, daß er Simon alleine beerdigen wollte. Wenn er keine Rücksicht auf die Empfindlichkeit der Kirche hätte nehmen müssen, wäre der Pastor auch innerhalb der Stadtwälle geblieben. Andererseits wußte er auch nicht, ob es nicht Simons Wille gewesen wäre, mit geistlichem Beistand beerdigt zu werden, und so ließ er den Pastor schweigend neben sich hertrotten.

Albrecht hatte am Ackertor auf Laurentz gewartet und war überrascht, als er, nachdem die Ratsdiener mit dem leeren Zweispänner und der Pastor schon einige Zeit vorüber waren, seinen Großvater neben Lütjehann von den Kirchhöfen zurückkommen sah.

Lütjehann führte eigenhändig einen armselig abgemagerten

Gaul, der vor einen ramponierten Karren gespannt war, und vermutlich hatten die Kuhlengräber ihm geholfen, den Sarg von der Karre hinunter in das Grab zu heben.

Laurentz schien nicht im mindesten irritiert zu sein oder sich Gedanken darüber zu machen, warum Lütjehann seine Frau nicht mit dem ihr eigentlich zustehenden größeren Aufwand beerdigt, sondern sie wie ein Tagelöhner ohne Bürgerrecht zu Grabe gefahren hatte. »Im Leid sollte ein Mensch nicht alleine sein. Ich habe den bedauernswerten Gerichtsschreiber Lütjehann eingeladen, unser Gast zu sein. Was immer es auch war, was Simon und Lütjehanns Frau miteinander gemeinsam hatten – daß sie von gleicher Hand erschlagen wurden, ist Anlaß genug, auch ihrer zu gedenken.«

Lütjehann hatte die Hoffnung noch nicht aufgegeben, daß das Fleisch des wonnevollen Körpers seiner Frau nicht umsonst erkaltet war. Vielleicht konnte er ja den Moellendorff aushorchen, ob sein Gast oder Bruder, wie er ihn selber nannte, einen anderen Namen angenommen hatte? Im Legat war von einem Franz Böttcher die Rede gewesen, nicht von einem Simon van Leyden. Es war aber nichts Ungewöhnliches, das hohe Herren ihre Namen änderten. Hatte sich Schwarzerd nicht Melanchthon genannt und der einfache Schmied aus Nürnberg hochtrabend Faber-Castell? Namen beeindruckten ihn nicht, der täglich mit hohen Herren Umgang hatte und nun wie ihresgleichen, nur an der Kleidung unterscheidbar, zwischen ihnen saß.

Er war es gewohnt, wenn er als Schreiber des Niedergerichts am Obergericht aushalf, zwischen den Ratsherren zu sitzen und musterte mit größerem Interesse deren Frauen, von denen er einige heute am Nebentisch der Tafel zum ersten Mal sah. Die hochgeschlossene, steife Kleidung preßte ihre Brüste platt, und auch manche Verzierungen täuschten nicht darüber hinweg, daß sie eher wie Matronen aussahen – zu reif, um noch gepflückt zu werden. Sein Geschmack war es zumindest nicht.

Seine Fragen an Laurentz hatten nichts ergeben, was die Welt für ihn hätte fröhlicher aussehen lassen. Im Gegenteil: Der Tote hatte seit seiner Geburt Simon van Leyden geheißen, und die Mutter sei mit ihm aus Holland gekommen. Auch alles andere, was Laurentz bereitwillig auf Lütjehanns scheinheilig mitfühlende Fragen antwortete, schien eher darauf hinzudeuten, daß seine Frau umsonst gestorben war.

Die Fragen

Bestücktes Kauffahrteischiff,
das von Südamerika in einen Schwarm fliegender Fische
geraten ist. (Théodore de Bry, 1590)

Die Trauergesellschaft hatte sich schon an zwei Kälbern gütlich getan und das erste Weinfaß geleert, als es plötzlich ruhig wurde: Ein Fremder hatte den Raum betreten und stand so aufrecht frech neben der Tafel, als gehörte er dazu. Der Kleidung nach schien er ein Engländer zu sein, und der gestutzte Backenbart, über dem sich nach beiden Seiten ein gezwirbelter Schnurrbart ausbreitete, sprachen ebenfalls dafür.

Laurentz runzelte die Stirn, als der Engländer seinen breitkrempigen Hut vom Kopf nahm und direkt auf ihn zugesteuert kam. Er wollte schon einen der Ratsdiener rufen, um den Fremden vor die Tür setzen zu lassen, doch im selben Augenblick erkannte Laurentz den Fremden. Er stand auf, und mit einem »Vater!« und »Karl!« fielen sie sich in die Arme.

»Da komme ich ja gerade richtig, wenn hier so gut gegessen und getrunken wird!« Er blickte über die Tafel und amüsierte sich: »Ist das Hamburger Wasser immer noch von so schlechter Qualität, daß ihr euer Bier lieber exportiert und selber den romanischen Wein trinkt?«

Das war eine unglaubliche Unterstellung, die Ratsherren rissen die Augen auf. Immerhin war Hamburg mit seinen fünfhundertfünfundzwanzig Brauhäusern die größte und wichtigste Stadt Europas im Bierhandel.

»Was wird denn heut gefeiert?«

Betretenes Schweigen legte sich wie ein zweites Tuch über den Tisch und die Anwesenden.

»Wir haben heute Simon van Leyden beerdigt und … sitzen hier zum Leichenschmaus«, murmelte Laurentz.

»Simon? Den Gefährten deiner Jugend und dein ewiglicher Freund und Geistesbruder?«

Laurentz nickte, doch Karl schien nicht betroffen zu sein. Er hatte so viele Männer in den vergangenen Jahren sterben sehen, daß ihn der Tod nicht schrecken konnte. »Dammich! Bei euch Hamburger Ratsherren weiß man auch nie, ob ihr nun gerade Trauerkleidung tragt oder guter Dinge seid! Wann legt ihr endlich diese düstere schwarze Mode der Spanier ab und kleidet euch mit lebendigeren Farben?«

Die Ratsherren blinzelten erschreckt, als sei gerade ein aufsässiger Bürger unter sie geraten, der sie aufforderte, sich nackt auszuziehen, da sie ja auch nur Menschen seien, wie alle anderen auch.

»Sei's drum, dann will ich mit euch auf Simon anstoßen und seiner gedenken!«

Einer der Aufwärter, der sich als erster aus der allgemeinen Überraschung gelöst hatte, war vom Gesindetisch herübergekommen, reichte ihm einen Becher und goß Wein hinein.

Karl hob den Becher: »Auf Simon! Cheers!«

Erstaunt beobachtete die schwarze Schar der Ratsherren, wie er den Becher mit einem Schwung in sich hineingoß, sich die Lippen leckte und dann Mund und Bart mit dem Ärmel trockenwischte.

Während Karl seinen Bruder Harald und dessen Frau begrüßte, Albrecht kräftig die Hand schüttelte, »bist ja ein richtiger Mann geworden, junger Dachs!«, wurde um den Tisch herum geflüstert, daß dieser seltsame Engländer der drittgeborene Sohn vom Moellendorff und somit alles in Ordnung sei.

»Wo bist du die Jahre gewesen, Onkel Karl?« Albrecht war zur Seite gerutscht, und Karl setzte sich zwischen seine Schwägerin Agathe und den Neffen. Er zwirbelte seinen Schnurrbart: »Ich hab die Meere gesehen, war in der Neuen Welt und hab geholfen, dem spanischen König den Bart anzusengen!« Auffordernd hielt er dem Aufwärter seinen leeren Becher hin.

»Den Spaniern? Dann warst du …?«

»Ja, ganz recht. Ich war Captain in der Flotte ihrer englischen Majestät und bin mit Admiral Sir John Hawkins und Admiral Sir Francis Drake gesegelt.«

»Drake soll mit seinen Kaperschiffen vor der Elbe kreuzen und Hanseschiffe plündern!«

»Ach, bullshit, dem steht der Sinn nach Wertvollerem als nach Getreide und eurem dünnen Bier! Ihm und Sir Hawkins, die stets zusammen segeln, ist im letzten Jahr die spanische Silberflotte durch die Lappen gegangen. Nun sind sie wieder zur Kaperfahrt in die Neue Welt gesegelt, um in Panama und Puerto Rico das Gold der Spanier abzuplündern. Good luck den beiden! Ich hab mein Prisengeld immer schön auf die Kante gelegt und wollte nicht noch einmal mit über den Ozean.«

Karl winkte einem Mann zu, der in seiner auffallenden bunten Kleidung an der Tür stehengeblieben war und der jetzt nach draußen ein Zeichen gab: Ein Fuhrknecht rollte auf seiner quietschenden Schubkarre eine eisenbeschlagene Kiste herein.

»In der Kiste ist ein gutes Kapital aus Gold und Silber, und der dort …«, er winkte den Buntgekleideten herbei, der nun näher kam, »das ist mein treuer Diener Kobi!«

Der Buntgekleidete schlug seine Kapuze zurück und sagte: »Wenn's beliebt!« Den Hamburger Ratsherren blieb buchstäblich der Bissen im Mund stecken, als plötzlich der Teufel leibhaftig unter ihnen stand.

Breit grinsend betrachtete Karl die erstarrten Ratsherren und lachte dann schallend: »Ich weiß schon, wovor ihr Trauerbeutel euch erschreckt. Die Farbe meines Dieners ist waschecht. Er kommt aus Afrika, aus Guinea. Hab ihn einem Spanier abgenommen, der ihn als Sklaven hielt, und ihn in meine Dienste übernommen. Er spricht inzwischen auch leidlich unsere Sprache und mag nun beim Gesinde sitzen.«

Kobi, der kerzengerade stand und dem es nicht an Selbstbewußtsein zu mangeln schien, nickte und ging zum Gesindetisch, wo die Mägde immer noch schwankten, ob sie vor dem schwarzen Mann kreischend davonstürzen sollten oder ihn nicht doch lieber mit einem gehörigen Schaudern betatschen sollten, um zu überprüfen, ob seine Hautfarbe tatsächlich echt war.

Laurentz war in Gedanken versunken. Er dachte daran, wie

Karl sich vor Jahren von ihm verabschiedet und gefragt hatte: »Werden wir uns wiedersehen?«

Er selber hatte damals optimistisch gelacht: »Wenn du mich damit fragen willst, ob ich noch am Leben bin, wenn du zurückkehrst, dann kann ich dir sagen: Ja, wir werden uns wiedersehen!«

Karl hatte ihn skeptisch gemustert, und er hatte ihn in die Arme genommen: »Wenn Gevatter Hein mich zur letzten großen Fahrt abholen will, dann muß er schon verdammt laut schreien, daß ich an Bord kommen soll. Und auch dann werde ich seinem Ruf nicht folgen! Er wird schon seine Gehilfen schicken müssen, damit sie mich holen und an Bord seines Schiffes schleppen!« Er hatte Karl hochgehoben, um seine Körperkraft zu demonstrieren. »Und da muß er schon ein paar seiner Mannen schicken, damit sie mich überwältigen können!«

Er seufzte. Bei Simon hatten zwei gereicht.

Die anderen bestürmten Karl mit Fragen: »Dann bist du ein Pirat gewesen?«

»Nun, ja, so könnte man das nennen.«

»Ist der schwarze Mann dein Sklave?«

»No, No! Er ist mein Diener und bekommt seinen Lohn, damit er eines Tages wieder nach Hause zurückkehren kann.«

»Dann hast du auch die GOLDEN HIND von Drake gesehen?«

»Nicht nur das! Bin häufig an Bord seines berühmten Schiffs gewesen!«

»Hast du auch eine Frau?«

»Nein, ich bin noch auf der Suche. Es wird mir schon eines Tages die Richtige gegenüberstehen!«

»Hast du die Königin gesehen?«

»Ja, mehrmals sogar.«

Sein Blick verklärte sich, und er schien sie vor seinem inneren Auge zu sehen: »Eine kluge Frau, by God. Mit ihrem Volk, das sie verehrt, verbunden wie ein Haupt mit seinem Körper: Friedensrichter überwachen die gerechte Entlohnung der Gesellen und Arbeiter, die Sheriffs engagieren sich in der Armenfürsorge und in der Arbeitsbeschaffung für notleidende

Arbeitslose – sie sorgt für ihre Untertanen, als wären es ihre Kinder.«

»Und läßt ihre Flotte, feige als Kaperschiffe getarnt, auch unsere Schiffe überfallen!« Sein Bruder Harald war mit dieser Bewunderung nicht einverstanden.

»Good gracious! Hab ich etwa behauptet, sie sei nicht listig? Wenn man nur begrenzte Mittel hat, muß man damit haushalten, um dennoch große Ziele zu erreichen. Wenn die Kaperschiffe nicht ihre englische Flagge hissen, wer will dann mit Fug und Recht behaupten, es seien Engländer? Das schwache England hat die mächtige spanische ARMADA geschlagen, und auch die Hanse sollte sich nicht sicher fühlen, daß der Stalhof in London noch lange sein Monopol aufrecht erhalten kann. Wir sollten uns neue Absatzgebiete suchen: Die Welt ist groß genug für alle! Warum segeln wir nicht nach Sibirien, nach Archangelsk, an dem die Engländer kein Interesse haben?«

Die Ratsherren zuckten nervös zusammen: Das ging ihnen nun doch zu weit.

Karl griff in seine Jacke und zog ein gebogenes Rohr mit einem runden Trichter am Ende heraus: »Will jemand von euch auch etwas Tabak trinken?«

»Du auch?« Laurentz runzelte die Augenbrauen.

»Was, ich auch?« Karl hatte aus der Hosentasche einen Beutel herausgezogen, stopfte etwas geschnittenen Tabak in die Pfeife und suchte nach seinem Zündstein.

»Der Prediger von St. Nikolai hat mir grad gestern sein Leid geklagt, daß manche Kirchgänger neuerdings einen solchen Gestank verbreiteten, daß er nahe daran sei, von der Kanzel zu fallen. Wie bist du daran gekommen?«

Karl paffte ein paar Züge, um die Glut in Gang zu bringen, und freute sich: »Sir Drake hat es aus der Neuen Welt nach London mitgebracht, und am königlichen Hof in England schmöken alle um die Wette. In London gibt es schon seit Jahren öffentliche Tabakhäuser, wo viele Männer gemütlich beisammensitzen und es sich gut gehen lassen. Oh, yeah!«

Der zweitgeborene Harald hatte sich angewidert von den Rauchschwaden abgewendet: »Neue Welt! Die Büchse der Pandora ist dort über dem Ozean geöffnet worden! Wir waren glücklicher in unserer alt gewordenen Welt, als diese Erdteile noch unbekannt waren. Was haben sie uns denn gebracht außer Goldgier, Krankheit und nun auch noch dieses stinkende Teufelskraut, das Tabak genannt wird?«

Karl lachte aus vollem Halse und ließ sich noch einen Becher Wein einschenken: »Hat der Papst den Tabak, wie alles Gute, schon verteufelt? Good heavens, vielleicht solltest du es erst einmal probieren, bevor du so schnell urteilst, Bruder? Dem König von Frankreich hat es sein Kopfweh vertrieben, und wenn man dieses Heilkraut ordentlich pafft, dann wird man so benebelt, daß man sogar wahrsagen kann! Zumindest kann man stets gut kacken!« Und wieder goß er den Becher Wein mit einem Zug in sich hinein.

Die schwarze Schar der Ratsherren schluckte trocken und fragte sich, was dieser arme Mann alles erlebt haben mußte, daß er vom Tabak-Trinken so von Sinnen war. Das hörte sich alles sehr nach Aberglaube und Magie an.

Eins war damit klar: Dieses Kraut mußte in Hamburg schleunigst, sofort, unbedingt, baldmöglichst schlicht verboten werden.

Der wortführende Bürgermeister blickte am nächsten Morgen über das doppelte Dutzend der Ratsherrenrunde, von denen einige sichtlich verkatert aussahen, betrachtete seinen Siegelring, den er von Amts wegen trug, und holte tief Luft: »Bevor wir beginnen, eine Ermahnung an den Ratsherrn Riepenstipp. Uns ist berichtet worden, daß Ihr im Trauergefolge von Kleinbürgern mitgeht, um der Prozession mehr Bedeutung zu verleihen, und dafür Geld bekommt. Wir sollten doch bitte den Eindruck vermeiden, als seien der Rat oder zumindest einzelne Mitglieder käuflich!«

Riepenstipp blickte auf das grüne Tischtuch und war sich keiner Schuld bewußt. Wenn sie als Ratsmitglieder nur Sporteln bekamen, mußte man eben schauen, wie man sein Einkommen aufbesserte. Ein anderer nahm sich vor, den gerügten Riepenstipp zu fragen, wieviel bei solchen Gelegenheiten denn bezahlt wurde für einen Ratsherrn. Die Handelsumsätze stagnierten, und da war es immer gut, sich alternative Einnahmequellen zu erschließen. Der letzte ordentliche Krieg lag nun auch schon zu lange zurück. Vielleicht würde man ja bald mit den Spaniern besser ins Geschäft kommen: Drei Schiffe wurden gerade im Hamburger Hafen beladen – mit kriegswichtiger Fracht für Spanien an Bord. Natürlich mußten sich diese Schiffe immer an den Engländern und Niederländern vorbeischmuggeln … Neutralität war schon etwas Profitables – man konnte mit jedem Handel treiben – doch leider brauchte alles seine Zeit.

Der Bürgermeister nahm sich vor, bei besserer Gelegenheit noch einmal darauf einzugehen, blickte auf das vor ihm liegende Blatt und verkündete: »Das Wort hat jetzt der Ratsherr Kieckering!«

»Den Winter über hat sich ein Volk Gelichter hier in der Stadt eingenistet! Etliche, die ihre Kost wohl verdienen können, aber wegen ihres faulen Fleisches und der guten Tage willen solches nicht tun, sondern lieber betteln gehen! Starke, faule, freche, geile, gottlose, mutwillig ungehorsame und versoffene Trunkenbolde und Bierbalge – sowohl Frauen als auch Männer, die in Untugend, Hurerei, Büberei und allerlei Sünde und Schande leben! Der Dreckvogt soll sie mit seinen Karren aus der Stadt herausbringen und vor dem Stadttor auf den Schandanger kippen lassen, oder wir sollten ein Zuchthaus für sie bauen! Und im übrigen fordere ich, daß die Stadt versteinert wird!«

Ratsherr Kieckering blickte sich in der Versammlung um, als wolle er seine Ratskollegen anspornen, mehr als nur ein beifälliges Gemurmel zu äußern. Er war im Rat zuständig für das

Bauwesen. Obwohl körperlich sehr klein gewachsen, besaß er eine sonore Baßstimme und forderte mit ihr seit Jahren eine neue Stadtbefestigung. Solange er allerdings keinen Vorschlag vorlegte, wie die Stadt derartige Befestigungsmauern bezahlen konnte – mit großen Schanzen, gleich den Städten in den Niederlanden, wie er immer betonte –, schenkte ihm niemand mehr als nur beifälliges Gehör, und der Rat war stets froh, auf die erbsenzählerischen Kämmereibürger verweisen zu können.

Daß er jeden Redebeitrag mit seiner Forderung »Und im übrigen muß die Stadt versteinert werden!« abschloß, wurde nur als überflüssiges Getue betrachtet, mit dem er zeigen wollte, daß er eine klassische Bildung besaß und, wie Cato im alten Rom, durch penetrante Wiederholung einer Forderung sie schließlich gegenüber den genervten Kollegen auch durchzusetzen in der Lage war. Sein neuestes Steckenpferd war anscheinend der Bau eines Zuchthauses. Die Mehrheit des Rates war an solchen neumodischen Ideen nicht interessiert. Sie kosteten nur gutes Geld, das sowieso nicht vorhanden war, und schließlich sollte der Henker auch nicht auf der faulen Haut liegen, wenn er schon aus der Stadtkasse bezahlt wurde. Kieckering setzte sich enttäuscht auf seinen reich verzierten Platz des Ratsgestühls und schmollte.

Ratsherr Godefrog neben Kieckering, der nur selten anwesend war, wandte sich an seinen Nachbarn: »Sind denn Holz, Stroh und Lehm so schlecht? In der Natur gibt es Bäume, Getreide, Wasser und Erde. So leben wir im Einklang mit der göttlichen Ordnung!«

»Papperlapapp! Habt Ihr schon einmal einen Wald aus Bäumen brennen sehen?«

»Ja, sicherlich.«

»Und, habt Ihr schon einmal einen Felsen brennen sehen?«

»Nein, außer Moses hat das noch niemand gesehen.«

»Und das ist der Grund, warum alle Kulturen, je fortschrittlicher, menschenreicher und behauster sie wurden, ihre Häuser aus Stein gebaut haben: Sie brennen nicht so leicht. Gnade uns Gott, wenn irgendein Dummkopf nicht auf sein Herdfeuer aufpaßt und damit die ganze Stadt in Schutt und Asche legt!«

Laurentz, der auf der anderen Seite von Kieckering saß, hatte der Unterhaltung nur mit halbem Ohr zugehört. Wie lange Jahre hatte er nun schon die Handelsgeschäfte geführt, und wie oft hatte er schon hier im Rat gesessen? Immer waren sie bestrebt, durch kluges Handeln und vorausschauendes Abschätzen den Lauf der Dinge in ihrem Sinne zu gestalten. Unwillkürlich schnaubte er: Einschneidende Ereignisse ließen sich weder vorausplanen, noch kündigten sie sich frühzeitig an – sie passierten von einer Minute auf die andere, und keine Macht auf dieser Welt konnte sie voraussehen oder wieder rückgängig machen.

Eine bisher nicht gekannte Müdigkeit überfiel ihn. Mühsam drehte er den Hals und hatte das dringende Bedürfnis, sich seine weiße Halskrause, die er bisher stolz als Zeichen der Macht des Rates getragen hatte, abzureißen und den anderen Mitgliedern des Rates vor die Tische zu werfen. Doch wozu? Glücklicherweise war er heute nicht das Objekt der Kieckeringschen Einzelbearbeitung: Der andere Nachbar, Godefrog, hatte sich als Opfer angeboten.

»Und wer soll den teuren Stein bezahlen? Nur die Kirche und der Adel haben das Geld, sich solche Häuser zu errichten.«

»Papperlapapp! Seit über fünfzig Jahren gibt es eine Vereinbarung zwischen Rat und Bürgerschaft: Wer einen hölzernen Giebel durch einen steinernen ersetzt, bekommt vom städtischen Bauhof kostenlos eintausend Mauersteine und entsprechend Kalk zur Hilfe, ohne daß er zudem den Transport dafür bezahlen muß! Das scheint aber niemanden zu kümmern. Und wenn wir Kaufherren, die das Geld dafür haben, nicht mit gutem Beispiel vorangehen, und sei es nur, um unser eigenes Hab und Gut zu schützen, wer soll es sonst tun?«

Godefrog überging dieses Ansinnen geflissentlich. Schließlich war es sein eigenes Geld und nicht das von Kieckering. Er setzte anders an: »Und die Zimmerleute, die unsere Häuser bisher bauten? Wollt Ihr noch mehr zu Armen machen? Wo Ihr doch gerade erst beklagtet, daß es zu viele von ihnen gäbe?«

Kieckering ließ sich von solchen Einwänden nicht beeindrucken. Diese angebliche Rücksicht auf die ihnen Anvertrauten ohne Bürgerrecht war immer das vorletzte, was den Kollegen einfiel, wenn es an ihren Geldbeutel ging. Mit seiner sonoren Stimme brummte er nur: »An einem ehrlichen Armen, der seinen Tagelohn sucht, hat sich bisher noch kein Stadtregiment gestört. Sollen diese Leute doch Schiffe zimmern, wenn die Häuser aus Stein errichtet werden. Schiffe sind doch nichts anderes als Häuser, die auf dem Wasser schwimmen!«

»Nun gut, wenn einer der andern mit den Steinen beginnt, dann will und werde ich nicht abseits stehen.«

Kieckering schnaufte. So war seit Jahren die ständige Ausrede nicht nur seiner Ratskollegen. Er zerrte an seiner spanischen Halskrause und verspürte den Wunsch, die weißen ausladenden Rundkragen der Ratsherren möchten zu Mühlenrädern aus Stein werden, damit auch die anderen die Last verspürten, die er mit dem Bauwesen der Stadt hatte.

Ein Ratsdiener hatte währenddessen mit dem wortführenden Bürgermeister gesprochen, der nun nickte und den Ratsdienern an den Türen zum Sitzungssaal ein Zeichen gab. Lautlos schwangen die schweren Eichenflügel auf, und die zwölf Oberalten betraten den Saal.

»Wollen wir doch mal sehen, was das heute wieder für eine Pickelheringposse wird«, flüsterte Kieckering zu Laurentz.

»Die werden wohl ihr übliches Liripipio lamentieren!«

Kieckerings Maulhechel ließ Laurentz unbeeindruckt.

Der Senior der Oberalten war aus der Gruppe vorgetreten und stand dem worthaltenden Bürgermeister auf der offenen Seite der Sitzungsrunde gegenüber.

»Was können wir für Euch tun, Meister Schnitger?« Der Bürgermeister war zu klug, als daß er die Oberalten nicht zuvorkommend behandelt hätte.

»Das Kollegium der Oberalten möchten den ehrbaren Rat bitten, einige der Burspraken zu überarbeiten.«

Aufmunternd nickte der Bürgermeister dem Sprecher der Oberalten zu, der nun tief Luft holte: »Etliche Bürger und Einwohner haben sich unterstanden, allerhand Zuckerkonfekt und auch Getränke, die bisher nur von den Apothekern hergestellt und verkauft wurden, selber zu verkaufen, was den Apotheken zum sichtbaren Schaden gereicht. Diese Bürger sollen sich dem enthalten.«

Der Bürgermeister nickte verständnisvoll, der Meister Schnitger war schließlich selber Apotheker, und fragte ihn: »Sollen wir eine Strafe androhen?«

»Wir bitten drum.«

Der Ratsschreiber notierte den Wunsch.

»Weiterhin gibt es immer stärker den Mißbrauch der Handwerksleute, insbesondere der Schiffsbauer, Zimmerleute und Maurer, daß sie statt der vorgeschriebenen sechs Schillinge lübisch Tageslohn nun acht, neun und gar zehn Schilling lübisch fordern. Wir wünschen, vom ehrbaren Rat möge unter Strafandrohung befohlen werden, daß sie sich mit dem vorgesehenen Tageslohn begnügen.«

»Seid Ihr mit fünf Talern Strafe einverstanden?«

»Das wäre uns recht.«

Der Sprecher der Oberalten machte eine Pause, aber es entstand nicht der Eindruck, als seien ihre Wünsche schon alle benannt.

»Und weiterhin möge der ehrbare Rat die Frauen, Mägde und anderes unnützes Gesindel, die bei dem jüngst entstandenen Brand – den der allmächtige Gott in Zukunft gnädig verhindern wolle – nur herumstehen und eher etwas entführen wollen und andere daran hindern, den Brand zu löschen … er möge diese Frauen, Mägde und anderes unnützes Gesindel ernstlich ermahnen, nicht herumzustehen und andere dadurch zu behindern.«

Kieckering hatte die Holzdecke betrachtet, als sähe er sie zum ersten Mal in seinen Leben und gab sich innerlich recht, daß der Rat wieder mal den Büttel der Kleinbürger spielen sollte.

»Und schließlich sollen die Totschläger, Lediggänger und anderen leichtfertigen Personen und Bettler, die sich vor den Stadttoren niederlassen und täglich sowohl innerhalb wie außerhalb der Stadt frommen Leuten nicht nur vor den Türen liegen, sondern auch anderen hier vorhandenen gebrechlichen Personen ihre Almosen vor dem Mund wegnehmen, und wenn sich die Gelegenheit ergibt, ehrbare Leute jämmerlich berauben und bestehlen, hier nicht gelitten und geduldet werden. Bis Ostern sollen sich diese Fremden von dannen machen, auf daß ansonsten mit ernsteren Strafen als bisher gegen sie vorgegangen werde.«

Kieckering war begeistert: Die Oberalten hatten doch brauchbarere Ideen, als er bisher vermutet und gehört hatte. Eifrig nickte er, die gute Sache zu unterstützen.

»Eure ersten drei Punkte werden wir nächsten Sonntag nach der Predigt von den Kanzeln verkünden lassen. Den letzten Punkt wird die Stadtwache diesem Gelichter handgreiflich nahebringen.« Der Bürgermeister wollte damit offensichtlich die Anhörung abschließen, doch der Senior hatte anscheinend noch etwas vorzutragen.

»Als letztes noch eine Angelegenheit, die nicht von den Kanzeln verkündet zu werden braucht.«

Auch die Ratsherren, die in Schriftstücken gelesen hatten, blickten überrascht auf: Die Oberalten hatten noch ein Anliegen, das sie offensichtlich nicht an die große Glocke hängen wollten.

»Uns kam zu Ohren, daß der Mönch, der vor kurzem in der Stadt erschlagen wurde, ein Bischof rechten Glaubens war. Wir wünschen, daß die Gerichtsherren sich der Sache ernstlich annehmen und die Schuldigen bestraft werden.«

Der Bürgermeister sah erst zu Laurentz, der selber zu überrascht war, um sich darauf einen Reim machen zu können, und dann zu Mönckebronn hinüber, der ihm stillschweigend signalisierte, daß die Sache schon bei ihm lag und untersucht wurde.

Schließlich waren die Zeiten, als es hieß »Wo kein Kläger ist, da gibt es keinen Richter«, für Offizialdelikte endgültig vorbei.

Der Bürgermeister räusperte sich und blickte den Senior Schnitger fragend an: »Soviel ich weiß, war es kein Bürger unserer Stadt. Ihr kanntet den Mann und habt ein persönliches Interesse?«

Der Oberalte wies diese Annahme mit einer Handbewegung weit von sich: »Nein, keineswegs. Aber es darf nicht sein, daß ein Würdenträger der rechtgläubigen Kirche in dieser Stadt in irgendeiner Weise zu Schaden kommt.«

Der Bürgermeister nickte zustimmend: Schließlich wurde schon ein geringer Kirchendiebstahl oder die Ungehörigkeit, daß ein Mann einer Frau auf ihrem Weg zur Kirche an die Brust griff, mit der Todesstrafe geahndet.

Laurentz war während des Abendessens sehr schweigsam gewesen. Ein neuer großer Tisch war gezimmert und geliefert worden. Wie immer saß er alleine oben an der Stirnseite. Rechts von ihm saß nun sein Sohn Harald, dann dessen Frau Agathe, daneben Marthe. Auf der linken Seite begann die Reihe mit seinem Sohn Karl, daneben Albrecht, dann seine kleinen Brüder, und auf beiden Seiten folgte das Gesinde. Der untere Teil blieb frei für Gäste.

Nach kurzer Überlegung hatte Laurentz den Gedanken verworfen, einen leeren Ehrenplatz für Simon am großen Tisch einzurichten. Neben dem Kamin stand der kleine Tisch, den Meister Christian aus dem Kopfstück des vorherigen Tisches gezimmert hatte. Auf diesem kleinen Tisch hatte Laurentz auch einen Teller und einen Löffel legen lassen. Wenn es Zeit dafür wäre, dann würde er sich an diesen Seitentisch zu Simon setzen und sein Sohn Harald übernähme den Vorsitz der Tafel an seiner Stelle.

Schließlich beendete er sein Schweigen: »Im Rat ist heute beschlossen worden, daß es eine offizielle Untersuchung des Todes von Simon van Leyden geben wird.«

Alle nickten zum Zeichen, daß sie verstanden hatten.

»Und der Tod der Badefrau?«

Marthe hatte nachgefragt.

»Frau Antje besaß kein Bürgerrecht, und auch ihr Mann hat keine Untersuchung gefordert. So ist der Rat nicht zum Handeln gezwungen. Die Untersuchung findet auch nur auf Betreiben der Oberalten statt, die, Bürgerrechte hin oder her, in Simon einen Amtsbruder sehen und es unerträglich finden, daß ein kirchlicher Würdenträger auf offener Straße zu Schaden gekommen ist.« Laurentz hatte auf den Tisch geblickt. »Simon interessiert sie nicht als Mensch, nur als Institution.«

Mit einer Handbewegung unterband er jede weitere Bemerkung, trank einen Schluck und setzte den Becher so hart auf dem Holztisch ab, daß sofort wieder alle zu ihm schauten.

»Ich habe mich entschlossen, das Gesindehaus abreißen zu lassen und es aus Stein wieder neu aufzubauen.«

Atemlose Stille lag über dem Tisch. Alle hatten zu essen aufgehört und blickten irritiert zum Hausherrn.

»Wir werden im Haus alle etwas zusammenrücken, so daß ihr …«, er blickte zum Gesinde, »die nächste Zeit hier vorne wohnen werdet. Es wird bald Sommer, und so sollte es auszuhalten sein. Und wem es zu eng werden sollte, der kann in unserem Landhaus vor dem Neuen Wall übernachten.«

Ingvar, der Stallknecht, blickte verstohlen zu der einen Magd hinüber, mit der ihm gerne schon mal enger wäre, doch als sie seinen Blick bemerkte, schlug er sofort die Augen nieder.

»Warum gerade jetzt, Vater?« warf sein Sohn Harald ein.

»Ich hatte es schon lange erwogen, denn Ratsherr Kieckering hat ja recht, wenn er sagt, daß wir Patrizier mit gutem Beispiel vorangehen sollten, um die Brandgefährdung zu verringern. Daß ich bisher immer zögerte und mich jetzt erst dazu entschlossen habe, geschah aus Respekt vor Simon, der das Gesindezimmer seiner Mutter, in dem er auch aufgewachsen ist, als sein eigentliches Zuhause betrachtete. Nun, da er tot ist, gibt es keinen Grund mehr.« Alle sahen die Tränen in seinen Augen.

Gerichtsherr Mönckebronn wollte die Untersuchung vorantreiben, da sie ihm durch die Intervention der Oberalten zu sehr ins Politische verrutscht war: Auch wenn der Rat die Einsetzung der weltlichen Macht durch die Lehre Luthers über die geistlichen Herrn bisher nicht zu derartigen Eingriffen nutzte, wie es manche protestantischen Fürsten in der Besetzung von Predigerstellen durchaus taten, so war die Verquickung der bürgerlichen Kollegien mit den Kirchspielen und die Tatsache, daß die Kleinbürger sich immer mehr der Oberalten als Sprachrohr ihrer Forderungen bedienten, Zündstoff genug, daß jede Bitte der Kirchengremien den politischen Anstrich hatte zu prüfen, ob der Rat gewillt war, ihnen zu entsprechen.

Mönckebronn hatte Albrecht mit der Federführung beauftragt, da dessen persönliche Verbundenheit mit dem getöteten Bischof die Gewähr dafür war, daß er die Untersuchung mit größtem Interesse vorantrieb.

»Cui bono?« hatten Mönckebronn und Albrecht in alter Tradition überlegt. Wer hatte durch den Tod von Simon einen Nutzen? Sie waren mit dieser Frage nicht weitergekommen. Der Tote hatte nichts zu vererben.

»Wenn es also kein materielles Motiv ist, dann muß es einen persönlichen Grund geben. Also, wer könnte etwas gegen diesen guten Menschen gehabt haben, das stark genug war, ihn zu töten oder vielleicht töten zu lassen?«

Albrecht hatte den Gerichtsherrn fragend angesehen: »Ihr meint, es könnte jemand, der ein persönliches Motiv hatte, die Mörder gedungen haben?«

»Bedenken wir, was der Wundarzt gesagt hat, dann sind die Morde an Simon und an der Badefrau von denselben Männern ausgeführt worden. Welche Verbindung gibt es also zwischen dem Bischof und dieser Badefrau, die auch eine Hure war?«

Albrecht schüttelte sofort den Kopf. »Die beiden kannten sich nicht. Der Bischof war seit neun Jahren weder in Hamburg, noch überhaupt im Heiligen Römischen Reich Deutscher Nation, und die kurze Zeit seit seiner Ankunft ist er immer mit dem Ratsherrn Moellendorff zusammengewesen.«

Mönckebronn hatte mit seiner Schreibfeder unsichtbare Kreise auf dem Tisch gezogen. »Wollt Ihr dafür Eure Hand ins Feuer legen? Habt Ihr den Bischof so gut gekannt, daß Ihr mir sagen könnt, was er nachts tat, wenn Ihr geschlafen habt? Wißt Ihr tatsächlich, wer dieser Bischof war?«

Mit großen Augen betrachtete Albrecht den Gerichtsherrn. Er konnte diese Fragen nicht beantworten. Er würde Laurentz fragen.

»Ich nehme es auf meinen Eid, daß Simon diese Badefrau nicht gekannt hat!« Laurentz hatte es mit größter Entschiedenheit festgestellt. Dann zögerte er: »Doch, sie sind sich im Badehaus kurz begegnet. Frau Antje hatte uns gefragt, ob wir einen Aderlaß wollten. Dann war sie weitergegangen, mehr war es nicht. Simon hatte ihr noch nachgeschaut, doch war das verwunderlich? Er war auch nur ein Mann, und diese gottvermaledeite Badefrau hatte einen Körper, dem viele Männer interessiert nachgeschaut haben!«

Albrechts Mutter zupfte an ihrem Mieder, als wollte sie damit sagen, daß sie auch nicht von schlechten Eltern war und, dürfte sie wie diese Mägde herumlaufen, durchaus auch die Blicke vieler Männer auf sich ziehen könnte, während die Moellendorffschen Männer, die um den Tisch herum saßen, zustimmend nickten.

»Wie hielt es Simon mit dem Zölibat?«

Karl hatte die Frage eingeworfen.

»Ach was!« Laurentz schien zornig zu werden: »Als Evangelischer unterlag er nicht dem Zölibat und hätte heiraten können, wenn er gewollt hätte!«

»Er hat aber nicht geheiratet! Und da er lange Jahre zuvor katholischer Mönch gewesen war, faktisch zölibatär lebte, ohne es zu müssen, woher willst du denn wissen, ob seine Wurzel nicht aufblühte, als er diese wohlgeformte Badefrau erblickte, die, wie man hört, selber ja auch nicht abgeneigt gewesen sein soll …!«

»Karl! Hör auf mit solchen Reden! Auch wenn er diese Begierde gespürt haben sollte: Dafür hatte er gar keine Zeit gehabt. Und außerdem entsprach es nicht seinem Naturell, Huren zu besuchen.«

Albrecht mischte sich in den aufkeimenden Disput ein: »Großvater! Du bist der einzige an diesem Tisch, der Simon genauer gekannt hat. Erzähl uns etwas über Simon. Wie seid ihr aufgewachsen, wie hat er gelebt?«

»Wie wir aufgewachsen sind? Nun gut.« Er räusperte sich. »Als Simon und ich geboren wurden, da lebten sie alle noch: Die römische Majestät Kaiser Karl, der fünfte seines Namens, Herr Luther und Melanchthon, Erasmus, Paracelsus und Kopernikus, die Meister Lucas Cranach, Dürer, Holbein und Meister Michelangelo. Und nicht nur die aufständischen Bauern starben auf den Feldern der verlorenen blutigen Schlachten, alle sind sie seitdem gestorben, und ihre Nachfolger, von denen niemand später reden wird, traten an ihre Stellen. Als sie noch lebten, da begann unser Leben.

Meine Mutter starb im Kindbett nach meiner Geburt, und mein Vater suchte eine Amme für mich. Er fand eine holländische Frau, die ein Kind im gleichen Alter hatte, und nahm sie in sein Haus: Wilma van Leyden und ihren Sohn Simon. So wurde sie meine Amme. Simon und ich waren Milchbrüder und wuchsen in diesem Haus gemeinsam auf. Wir waren unzertrennlich, und Wilma van Leyden behandelte uns beide gleich, als wäre auch ich ihr leiblicher Sohn. Mein Vater tat es ebenso, und erst später, als wir nach London kamen …«

Karl unterbrach seinen Vater: »Wer war der Mann von Wilma van Leyden und Simons Vater?«

»Ich weiß es nicht! Die blutigen Kämpfe in den Niederlanden, die mörderischen Bauernkriege: Es gab so viele junge Frauen mit kleinen Bälgern und ohne Mann, daß daran nichts Besonderes war. Hunderte von ihnen sollen damals in Hamburg gelebt haben, und die meisten suchten Arbeit in einem Bürgerhaus, um sich und ihr Kind zu ernähren. Mein Vater hatte eine kluge Wahl getroffen, als er sich für diese holländische Witwe entschieden hat.«

»Woher weißt du, daß sie eine Witwe war und Simon nicht unehelich geboren wurde?«

Laurentz lehnte sich zurück. »Ich habe nie darüber nachgedacht, wenn du mich jetzt so fragst. Unehelich, nein, dann wäre Simon ohne Ehre gewesen. Er hätte niemals Priester werden können. Also muß Wilma verheiratet und dann Witwe geworden sein.«

Albrecht wandte sich an seinen Großvater: »Erinnerst du noch genau, was Simon sagte, als er starb?«

»Ja, sicherlich: ›Bruder, Vater‹. Mit dem Bruder hat er mich gemeint und mit dem Vater sicherlich unseren himmlischen Vater, so wie Jesus Christus in seiner Todesstunde sagte: Vater, warum hast du mich verlassen?«

Karl schüttelte den Kopf: »Warum kann er damit nicht seinen leiblichen Vater gemeint haben?«

»Dann hätte er um ihn wissen müssen!«

»Eine Frau weiß immer, wer der Vater ihres Kindes ist«, warf Agathe ein.

»Das stimmt. Und das hätte er wiederum nur von seiner Mutter wissen können! Hat er dir nie davon erzählt?«

»Nein. Dann würde ich es doch erinnern!« Laurentz' Stimme hatte einen verzweifelten Unterton, daß er auf diese Fragen keine Antwort geben konnte. Erst jetzt wurde ihm überdeutlich, wie wenig er von Simon wußte. Er stützte den Kopf in die Hände und stöhnte leise: »Erst wer fragt, wird keine Antwort finden!«

Albrecht war dem Vorschlag nachgegangen, daß die Fremdenbücher, in die sich jeder Auswärtige eintragen lassen mußte, wenn er in der Stadt bleiben wollte, genaueren Hinweis geben könnten, woher Wilma van Leyden gekommen war: »Die Fremdenbücher helfen uns nicht weiter.«

»Hast du auch alle in Frage kommenden Jahre durchgesehen?«

Albrecht wollte seinem Onkel Karl schon eine patzige Antwort auf seine Frage geben, für wie dumm er ihn denn halte, doch er besann sich eines Besseren: »Wilma van Leyden muß etwa um 1500 geboren worden sein. Also habe ich alle Fremdenbücher seit diesem Jahr durchgesehen. Auch alle Listen der Bürger, die seit dieser Zeit vor dem Rat ihren Eid als aufgenommene Bürger geleistet haben. Nirgendwo taucht bis 1526 der Name van Leyden auf. Erst in diesem Jahr steht ihr Name im Fremdenbuch mit dem Zusatz ›hierselbst, mit Sohn‹, der uns nicht weiterhilft.«

Laurentz hatte nachgedacht: »Wilma hatte eine gute Freundin – ich weiß noch ihren Namen: Janneken Rodenborch – die mit ihrem Mann im Kirchspiel St. Jacobi lebte und deren Ehe zwei Kinder entsprungen sind. Vielleicht kann sie uns etwas über Wilma sagen.«

Der Pastor von St. Jacobi erinnerte sich sofort an die Familie Rodenborch: »Wenn es mehr von solchen vorbildlichen Familien geben würde, hätten wir weniger Mühe.« Doch er verwies Laurentz und Albrecht nach Altona: Dorthin wären sie schon vor Jahren umgesiedelt, da sie als Taufgesinnte, die nach der Lehre Menno Simons lebten, in der Stadt nur zähneknirschend geduldet wurden. Und nachdem der lutherische Superintendent die Holländer vor zwanzig Jahren tagelang verhört hatte, wäre es ihnen zuviel geworden und sie waren umgesiedelt.

In Altona bekamen Laurentz und Albrecht ebenfalls negativen Bescheid: Janneken Rodenborch war bereits verstorben und ihre Kinder seien, wie viele andere der Taufgesinnten, nach

Stade und nach Holstein ausgewandert, wo sie, auf viele Gemeinden verstreut, ungehindert ihren Glauben leben konnten.

Auf dem Weg zurück nach Hamburg berichtete Laurentz Albrecht die beklagenswerte Haltung der lutherischen Kirchenvorsteher, die diese Taufgesinnten nicht als fromme Christen und Brüder im Evangelium betrachteten, sondern befürchteten, daß sie mit ihren Schwärmereien, der Verweigerung jeden Eides und des Kriegsdienstes, die Reinheit der lutherischen Kirche beschmutzten und sie deshalb nicht in der Stadt dulden wollten.

Am Schaartor war Laurentz plötzlich wie angewurzelt stehengeblieben, hatte einer Frau, die dort in der für Huren vorgeschrieben schmucklosen, grauen Bekleidung in der Sonne stand, auf den Busen gestarrt und war dann mit zwei Sätzen auf sie zugesprungen.

»Woher hast du das?« schrie er sie an und hielt das Medaillon in seiner Hand, das die Frau an einer Kette um den Hals trug.

Die überraschte Frau schrie sofort gellend um Hilfe und rief damit die Torwächter zur Stelle. Deren erster Impuls, den zudringlichen Kerl niederzuschlagen, verebbte, als sie erkannten, daß der vermeintliche Übeltäter ein Ratsherr war.

Albrecht, der beruhigend auf seinen Großvater einredete, hatte keinen Erfolg damit, und sofort versammelte sich eine Menschenmenge um sie, die von den Torwächtern mit ihren quergehaltenen Spießen zurückgedrängt wurde.

Laurentz hielt immer noch das Schmuckstück fest gepackt und stammelte: »Es ist das Medaillon, das Simon trug, als wir in der Badestube des Rates waren. Nach seinem Tod war es verschwunden!«

Die Frau versuchte hastig, sich die Kette über den Kopf zu streifen, um sich davon zu befreien – doch Laurentz hielt ihren Arm fest und herrschte die Torwächter an: »Packt sie und bringt sie zum Gericht!«

Was so geschah.

Nach allen zerstörten Hoffnungen dieses Tages schien sich nun das Blatt zu wenden. Es war Mittwoch und Gerichtstag. Mönckebronn hielt als erster Gerichtsherr den Gerichtsstab in der Hand, links von ihm saß der Vogt mit seiner roten Mütze, rechts von ihm der zweite Gerichtsherr des Rates, daneben Lütjehann.

Die Torwache hatte die bleiche Frau an zwei grün gekleidete Gerichtsdiener übergeben, die ihr die Hände gebunden hatten und vor der Gerichtsschranke mit ihr warteten. Laurentz besprach sich kurz mit seinem Enkel, und sie entschieden, daß Albrecht die Angelegenheit als Vertreter Simons vor dem Niedergericht vorbringen sollte. Mönckebronn richtete sich auf, als ein Raunen durch die Zuhörer ging und auch die gelb gekleideten Schöffen zur Vorhalle blickten, um zu ergründen, was das Rumoren zu bedeuten hatte. Er legte seinen Gerichtsstab aus der Hand, womit er die Verhandlung unterbrach, um zu den Moellendorffs zu gehen.

»Ihr wollt die Frau dort vor dem Gericht beklagen?«

»Ja, ich vertrete die Person Simon van Leydens. Die Frau wird beschuldigt, am Tode des Bischofs mitbeteiligt gewesen zu sein.«

»Zeugen?«

»Ja. Ratsherr Moellendorff, der das Medaillon wiedererkannt hat, das der Bischof um den Hals trug, das diese Frau dort jetzt trägt. Dann noch der Arzt de Castro, der bestätigen wird, daß dem Bischof eine Kette vom Hals gerissen wurde und einen blutigen Abdruck am Nacken hinterlassen hat.«

Mönckebronn nickte nachdenklich. »Den Portugiesen will ich nicht als Zeugen. Vielleicht ist sie ja auch so geständig. Ich werde einen der Procuratoren damit beauftragen, sich als Vormund umgehend ihrer Sache anzunehmen.«

Einer der acht vom Gericht bestellten Procuratoren war schon neben den Gerichtsherrn getreten und ging nach kurzer Erläuterung der Klage zu der gebundenen Beklagten hinüber. Mönckebronn setzte sich auf seinen Platz, nahm den Gerichtsstab wieder in die Hand, und die laufende Verhandlung ging weiter.

Vor der Gerichtsschranke flüsterten Laurentz und Albrecht heftig miteinander. Laurentz wisperte: »Natürlich weiß ich, daß sie nicht direkt daran beteiligt war. Der Arzt hat eindeutig von zwei Männern gesprochen, die Simon erschlagen und erstochen haben.«

»Vielleicht hat sie dabeigestanden, Simons Aufmerksamkeit auf sich gelenkt und ihm anschließend die Kette von seinem Hals gerissen?« Albrecht blickte Laurentz fragend an: »Und du bist dir absolut sicher, daß es die Kette mit dem Medaillon ist, das Simon um den Hals getragen hat?«

»Ja. Es ist sehr ungewöhnlich: Ein Frauenkopf, in Silber getrieben, wie ich es vorher und seitdem nicht wieder gesehen habe. Ich irre mich nicht!«

Der Gerichtsherr hatte die Verhandlung schnell abgeschlossen, Lütjehann schrieb den Schöffenspruch in das Urteilsbuch: Zehn Mark Strafe für einen Bäcker, dessen Brot zu geringes Gewicht hatte, und Mönckebronn rief Albrecht in die Schranken des Gerichts, damit er seine Klage erhebe.

»Ich stehe hier als Vertreter des ermordeten Simon van Leyden und beschuldige diese Frau, den Bischof erschlagen zu haben. Sie trägt ein Medaillon des Bischofs, das seit der Tat verschwunden war. Beweis dafür wird der Ratsherr Moellendorff anbieten, falls es so gewünscht wird.«

Der Procurator der Beklagten trat vor und hielt die Gegenrede: »Ich vertrete als vom Gericht bestellter Anwalt die hier beschuldigte Frauke Wilhelmi. Sie bestreitet, den Kläger jemals gesehen zu haben und bestreitet entsprechend, an der Bluttat beteiligt gewesen zu sein. Das Medaillon hat sie im Jungfernhaus in der Niederstraße, wo sie registriert ist, als Lohn an Geldes Statt angeboten bekommen und genommen. Die Klage ist eine ungeheure Beleidigung gegenüber einer Frau, die sich bisher nichts hat zuschulden kommen lassen und sich ohne Mann durchs Leben schlägt. Es ist ...«

Mönckebronn hob seine Hand: »Herr Anwalt, bleiben Sie bei der Sache, und schweifen Sie nicht wieder in die angebliche Ungerechtigkeit des Lebens ab. Und reden Sie langsamer, damit der Gerichtsschreiber alles richtig mitschreiben kann. Haben Sie noch etwas zur Sache zu sagen?«

»Nein.«

»Danke. Kann die Beklagte etwas zur Person des Mannes sagen, von dem sie dieses Medaillon empfangen haben will?«

Stumm schüttelte die Beklagte so heftig den Kopf, daß ihre aufgelösten Haare über ihre Augen flogen.

Mönckebronn dachte nach und klopfte mit dem Gerichtsstab auf den Tisch: Das heftige Kopfschütteln der Frau war ihm verdächtig vorgekommen, so als ob sie jemanden schützen wollte oder Angst vor jemandem hatte.

Alle Zuhörer verstummten, und in der Stille war nur das leise Klopfen des Gerichtsstabes auf dem Tisch zu hören. Auch die Schöffen wußten, daß Mönckebronn das nur tat, wenn er darüber nachdachte, ob er einem Beklagten vorsorglich die Folterwerkzeuge zeigen lassen sollte, um ihm die Wahrheit zu entlocken.

Lütjehanns Augenlider zuckten nervös. In den Tagen, in denen sich niemand trotz der ausgesetzten Belohnung gemeldet hatte, war seine aufgeflackerte Angst, die Täter könnten seine Frau als Auftraggeberin nennen, langsam wieder verloschen. Nun war diese Angst plötzlich wieder drohend gegenwärtig, und er mußte sich beherrschen, damit seine Hand mit der Schreibfeder nicht zitterte.

Auch der Procurator kannte diese Angewohnheit des Gerichtsherrn Mönckebronn, und er versuchte leise, auf die Beklagte einzuwirken: Wenn der Gerichtsherr sein Klopfen beendete, wäre das kein gutes Zeichen. Ihr Kopfschütteln wurde langsam schwächer, schließlich hielt sie still den Kopf gesenkt und flüsterte ihm ihre Antwort zu.

Der Anwalt schloß mit einem stillen Stoßgebet erleichtert die Augen, daß ihm das Schicksal erspart geblieben war, Zeuge bei einem peinlichen Verhör sein zu müssen, und verkündete laut und vernehmlich: »Hans der Schwede.«

Sofort beugte sich der Vogt zum Gerichtsherrn hinüber, der das Klopfen einstellte: »Der Mann ist mir bekannt. Soll ich ihn mit den Gerichtsdienern abholen?«

Mönckebronn nickte und blickte dankbar zu der Beklagten hinüber. Er hatte sich noch nie mit der Vorschrift in der peinlichen Halsgerichtsordnung von Kaiser Karl V. anfreunden können, die ein Geständnis der Beklagten forderte, ohne das sie nicht verurteilt werden konnten. Dieser gefeierte Fortschritt in der Gesetzgebung hatte zwar die Willkür der früheren Inquisitionsprozesse begrenzt, aber zwangsläufig die Folter eingeführt. Wenn der Kaiser ein Geständnis wollte, so sollte er es bekommen. Der hohe Herr und seine Ratgeber hatten offensichtlich nicht bedacht, daß jeder Verdächtige nur standhaft lügen mußte, nicht gestehen brauchte, um seiner Strafe zu entgehen. Glücklicherweise reichte es in den meisten Fällen, den Verstockten nur zu drohen, ihnen die Werkzeuge zu zeigen, um ein Geständnis zu bekommen.

Er legte seinen Stab auf den Tisch und erhob sich, um mit den Moellendorffs zu reden.

»Es wird wohl etwas dauern, bis der Vogt den Mann gefunden hat, und ich werde erst in einer Voruntersuchung klären können, wer der zweite Mann ist, von dem der Arzt sprach. Die Frau ist offensichtlich unschuldig. Ich werde sie gehen lassen, wenn die Schöffen der gleichen Meinung sind. Wollt Ihr das Medaillon später zurück?« wandte er sich an Laurentz.

»Ja, ich bitte darum. Die Frau soll ihren Lohn auch nicht verlieren, wenn es so war. Fragt sie, was ihr üblicherweise zugestanden hätte.«

Mönckebronn hatte nach Frauke Wilhelmis' Aussage alle weiteren Verhandlungen auf den nächsten Gerichtstag verschoben, damit der Vogt mit den Gerichtsdienern und Albrecht sofort losgehen konnten, um nach Hans dem Schweden zu suchen und ihn beizubringen. Der Vogt hatte zur Eile gedrängt: »Woher wissen wir, ob nicht einer seiner Kumpane bei Gericht herumgelungert hat und nun schon mit der Nachricht unterwegs ist, um ihn zu warnen?«

Albrecht versuchte, sich den schnellen Schritten des dicklichen Vogtes anzupassen. Bereitwillig ging man der kleinen Gruppe aus dem Weg: Wenn der rotmützige Vogt mit allen Gerichtsdienern unterwegs war und die sechs grün gekleideten auch noch lange Spieße mit sich trugen, wußte jeder, daß er keine Zeit hatte, sich die üblichen Klagen und Beschwerden anzuhören, sondern zielgerichtet jemanden suchte, um ihn vor Gericht zu bringen.

Albrecht hatte sich umgeblickt und kurz die Doppelreihe hinter sich und dem Vogt gemustert: »Warum habt Ihr alle Gerichtsdiener mitgenommen?«

»Hans der Schwede ist ein kräftiger Kerl, mit dem nicht gut Kirschen essen ist. Zwei der Männer brauche ich, um ihn zu packen, der dritte wird ihn dann binden. Die anderen drei werden die verschiedenen Ausgänge seines Schlupfwinkels bewachen, damit er nicht unbemerkt verschwindet, wenn wir an seine Tür klopfen.«

Zügig durchschritten sie die Straßen, und Albrecht betrachtete verwundert die Veränderung im Straßenbild. Die Häuser wurden kleiner und winkliger. Manche beugten sich zur Straße hin, als wollten sie sich gleich auf die Passanten stürzen und wurden nur von den neben ihnen stehenden Häusern festgehalten und daran gehindert.

Die sauber weißgekalkten Felder zwischen den Fachwerkständern wurden schmuddeliger, hatten Löcher und sahen zunehmend verwahrlost aus. Je armseliger die Gebäude wurden, desto häufiger trugen sie die Schankzeichen von Kneipen und Gastwirtschaften. Angetrunkene Männer, die Mühe hatten, ihnen aus dem Weg zu gehen und deren Kleidung auch schon sauberere Tage gesehen hatte, tauchten immer häufiger zwischen den anderen Passanten auf. Der Straßendreck breitete sich zunehmend aus, und es hatte den Anschein, als würde der Dreckvogt seine Leute nur selten zur Straßensäuberung hierher schicken.

Als der beißende Gestank aus einer Gosse Albrecht unwillkürlich die Nase rümpfen ließ, lachte der Vogt über seine Miene und erst recht über seine ungeschickten Versuche, dem seifigsten und gallertigsten Schmutz auszuweichen.

»Ihr seid wohl noch nicht in diesem Teil der Stadt gewesen?«

»Wenn ich nicht wüßte, daß wir die Stadt nicht verlassen haben, würde ich nicht glauben, daß wir immer noch in demselben Hamburg sind.«

Der Vogt verzog unmerklich seinen Mund. Er erlebte nicht zum ersten Mal die Ahnungslosigkeit der wohlhabenderen Bürger, die alle im Westen wohnten, weil der vorherrschende Wind den Gestank der ärmeren Stadtviertel nach Osten trug, und die entsetzt waren, wenn sie mit eigenen Augen sahen, wie viele Arme die Stadt beherbergte.

Er schnaufte: »Unsere Stadt ist ein Organismus wie der menschliche Körper. Mit sauberen und schmutzigen Teilen, mit prachtvollen Hüten und dreckigen Füßen, mit Augen die sehen und Händen die nehmen … Ich habe noch keine gesehen, in der das anders wäre.«

»Und diese dort?« Albrecht hatte, voller Mitleid und Abscheu zugleich, auf eine Gruppe zerlumpter Kinder gezeigt, deren struppiges Haar schmutzstarrend vom Kopf stand, deren Haut von Ekzemen verschorft war und die sich bei der Annäherung des Vogtes schutzsuchend in einen Bretterwinkel gedrückt hatten.

Der Vogt zuckte gleichgültig mit den Schultern: »Der lebendige Beweis dafür, daß Stadtluft zwar frei macht, aber nicht jeder hier sein Glück findet.«

Er war stehengeblieben, deutete auf eine der flachen Holzbuden und gab zwei Gerichtsdienern ein Zeichen, die daraufhin wortlos durch eine Brettertür neben dem Haus verschwanden. Allen war offensichtlich bekannt, welche Prozedur jetzt ablief. Der dritte Gerichtsdiener stellte sich vor das Straßenfenster, und der Vogt pochte mit der Faust gegen die Tür.

»Woll'n wir doch mal sehen, ob das Vögelchen bereits seinen Käfig verlassen hat«, murmelte der Vogt, als eine alte Frau die Haustür öffnete. Bevor die Frau sich ihre Hand vor ihren erstaunt aufgerissenen Mund legen konnte, als sie die Amtsperson des Vogtes vor ihrer Tür erkannte, hatte dieser sie bereits zur Seite geschoben und war mit Albrecht und den Gerichtsdienern schon im Haus. Albrecht zog unwillkürlich den Kopf ein, um nicht gegen die flache Decke zu stoßen, während der Vogt eine Tür aufstieß und dem schnarchenden Mann, der auf dem Boden schlief, einen kräftigen Tritt in den Hintern gab. Sofort hörte das röchelnde Schnarchen auf, der Mann fuhr herum und wollte mit einem zornigen »Heh, was!« aufspringen, als er die Spieße der Gerichtsdiener gegen sich gerichtet sah. Er zog es vor, in die Zimmerecke zurückzukriechen und den Vogt nur zornig anzustieren.

»Schon wieder besoffen, Hans?« Der Vogt hatte die Daumen hinter seinen breiten Ledergürtel gehakt, wippte in den Schuhen, und auf ein Kopfnicken von ihm traten die Gerichtsdiener zur Ecke. Zwei blieben stehen, hielten den Mann mit ihren Spießen in Schach, während der dritte sich niederkniete, einen Strick aus der Tasche zog und Hans dem Schweden, der den Ablauf offensichtlich auch schon kannte, die vorgestreckten Arme an den Handgelenken zusammenband und ihn am Strick hochzerrte.

»Der Gerichtsherr will dich sehen, Schwede! Du scheinst da in eine böse Sache verwickelt zu sein!«

Hans der Schwede schnaubte nur verächtlich und schob die Unterlippe abfällig grinsend nach oben, als wolle er damit sagen, daß es unter seiner Würde wäre, sich dazu zu äußern.

»Raus mit ihm, und paßt auf, daß er sich unterwegs nicht losreißen kann!«

Scheinbar gleichgültig ließ sich der hochgewachsene Mann, der selber den Kopf gebeugt halten mußte, um nicht gegen die Deckenbalken zu stoßen, aus dem Raum hinaus- und auf die Straße zerren. Während einer der spießigen Gerichtsdiener seine beiden Kameraden von ihrem Wachtposten hinter dem Haus herbeiholte, betrachtete Albrecht den Gebundenen, der auf der offenen Straße weiterhin seinen Kopf gesenkt hielt.

Auch wenn die Kleidung ziemlich verknautscht und reichlich schmuddelig aussah, war immer noch zu erkennen, daß der kräftige Stoff von guter Qualität und dem breitschultrigen Mann auf den Leib geschneidert worden war.

Als ob er Albrechts Blicke spürte, hob er plötzlich den Kopf und schaute ihn an. Es war ein klarer, selbstbewußter Blick, der durch das spöttische Grinsen in den Mundwinkeln noch unterstrichen wurde. Beiläufig blies er sich durch den Mundwinkel eine Haarsträhne aus dem Gesicht und warf den Kopf schlenkernd nach hinten, als wollte er sich damit von dem letzten Rest des Schlafs befreien. Dann blieb der Blick des Schweden an einem Fenster hängen, aus dem eine Frau auf die Straße schaute. Er grinste und schrie zu ihr hinüber: »Halt die Schenkel schön geschlossen, Meitje, damit mir nichts dazwischen kommt, bis ich dich nachher besuchen komm!«

»Schweig still!« fuhr ihn der Vogt an. »Da wär ich an deiner Stelle nicht so sicher, wann du das nächste Mal die Hure besuchen gehen kannst.«

Langsam drehte der Schwede den Kopf, blickte den Vogt an, als sähe er ihn zum ersten Mal, spuckte auf den Boden und grinste hinterfotzig: »Wenn du schlecht gelaunt bist, Vogt, dann leg dich auf dein fettes Weib, bring ihr das Quieken bei, wie's andere auch schon vor dir taten, und schlepp nicht unbescholtene Leute vors Gericht.«

Der strickhaltende Gerichtsdiener zerrte den Schweden vom Vogt fort, und der Zug setzte sich in Bewegung. Voran die Gerichtsdiener – den Gefangenen, der sie alle um einen halben Kopf überragte, in ihrer Mitte –, denen der Vogt und Albrecht folgten.

Mönckebronn hatte sich vom Vogt berichten lassen und betrachtete den immer noch gebundenen Schweden. Lütjehann musterte den Vorgeführten, der ihm in Statur und Gesicht sehr ähnlich war, nur daß er frecher auftrat, als es der Gerichtsschreiber jemals gewagt hätte.

Mönckebronn war noch unschlüssig, wie er die Befragung beginnen sollte, doch dann hatte er sich entschieden.

»Der Vogt berichtet, du wolltest im Frühjahr als Steuermann anheuern?«

Der Schwede schnaubte: »Die Eigner zahlen halt nur noch Hungerlohn, da gab's hier an Land bessere Arbeit.«

»Womit verdienst du jetzt dein Geld?«

»Mal dies, mal das, was sich halt gerade bietet. Ich scheue keine Arbeit und komm zurecht.«

»Der Zustand deiner Kleidung spricht deutlich eine andere Sprache.«

Der Schwede feixte: »Das Saufen und die Weiber gibt's halt nicht umsonst, und so muß ich an der Waschfrau sparen. Die Wirte und die Weiber hat's bisher noch nicht gestört!«

»Und wenn das Geld nicht reicht, dann zahlst du auch mit Schmuck?« Mönckebronn hob das Medaillon hoch, das sich langsam an der Kette drehte.

Ein leichtes Zucken seiner Augen konnte der Schwede nicht unterdrücken, doch sein Grinsen wurde nun noch breiter: »Das gab mir eine geile Badefrau, weil ich's ihr gut besorgte!«

»Du leugnest nicht, daß du es kennst?« Mönckebronn hatte mit Ausreden gerechnet und war verblüfft.

»Warum halt nicht? Ich gab's dann der Wilhelmi für guten Dienst an meiner gottgewollten großen Manneskraft. Wie gewonnen, so zerronnen!« lachte der Schwede unverschämt.

Mönckebronn schluckte und blickte hilfesuchend zu Albrecht und dem Gerichtsschreiber hinüber. Albrecht war genauso sprachlos über die Auskunftsbereitschaft des Schweden wie der Gerichtsherr – auch er hatte Lügen erwartet. Lütjehann kritzelte angestrengt in seinem Protokollbuch, wagte nicht aufzublicken, denn wenn der Schwede auch den Namen der geilen Badefrau nicht genannt hatte, Mönckebronn würde wohl zu Recht annehmen, daß es seine Frau Antje gewesen war. Nur der Vogt, der den Schweden bereits aus einigen Händeleien und Streitigkeiten auf den Märkten kannte, beugte sich gelassen zum Gerichtsherrn hinüber und flüsterte ihm etwas zu. Mönckebronn wandte sich daraufhin an Lütjehann, befragte ihn leise, worauf der Gerichtsschreiber ebenso leise antwortete.

Mönckebronn nickte, fixierte den Schweden und setzte freundlich an: »Vor vier Tagen hast du auf dem Fischmarkt mit Geld geprahlt, das in ein blau-weiß gestreiftes Tuch gebunden war.«

Den Schweden schien nichts zu irritieren: »Das hat die Frau des Vogtes mir neulich erst gegeben! Es war auch nur recht und billig, so gut, wie ich's ihr besorgt habe.«

Das Gesicht des Vogtes begann, sich der roten Färbung seiner Vogtsmütze anzupassen, doch Mönckebronn legte ihm besänftigend seine Hand auf den Arm.

Nun lächelte Mönckebronn: »Zufällig kenne ich die Frau des Vogtes persönlich und weiß, daß sie über dein Geschwätz erhaben ist. Woher hattest du das Geld tatsächlich?«

»Vom Würfelspiel?« fragte der Schwede kiebig.

»Wir werden es klären! Bringt ihn für heute in den Kerker!« wies Mönckebronn die Gerichtsdiener an.

Der Gerichtsherr hatte sich mit dem Vogt beraten, und zum zweiten Mal machte sich der dickliche Vertreter der Obrigkeit auf den Weg, mit zwei Gerichtsdienern und Lütjehann im Gefolge. Nach einigem Herumstöbern in dem Durcheinander im Zimmer des Schweden fand der Gerichtsschreiber dann zwischen verschmutzten Wäschestücken das blau-weiß-gestreifte Tuch, das seiner Frau gehört hatte.

Am nächsten Tag breitete Mönckebronn das Tuch auf dem Tisch aus. »Erkennst du dieses Tuch?«

Hans der Schwede blinzelte. »Ein Tuch wie viele andere auch. Was soll daran Besonderes sein, das ich erkennen sollte?«

»Der Vogt fand es in deinem Zimmer, verborgen zwischen Wäscheteilen. Es ist das Tuch, das der toten Badefrau gehörte.«

»Ach ja? Hat der Stoffetzen denn mit Euch gesprochen, daß Ihr's so genau wißt?«

Mönckebronn lehnte sich zurück. »So könnte man es sagen. Das Tuch hat ein gesticktes Monogramm: ›A. L.‹, was Antje Lütjehann bedeutet, und der Gerichtsschreiber wird bezeugen, daß es seiner Frau gehörte«, Mönckebronn beugte sich vor, um die Reaktion des Schweden genauer beobachten zu können, »die darin Geld eingebunden hatte, und beides, Geld und Tuch, waren nach ihrem Tod verschwunden.«

Der Schwede grinste: »Dann hat sie's halt der Frau des Vogts gegeben, die es mir weitergab, als ich …«

»Schluß jetzt mit den Lügen!« Mönckebronn schlug zornig mit der Hand auf den Tisch. »Verlaß dich darauf, wir werden schon die Wahrheit aus dir herausholen!«

Der Gerichtsherr hatte keine Lust auf lange Prozeduren. Er gab dem herbeigerufenen Henker in der Folterkammer die Anweisung, dem Schweden sofort die Hosen auszuziehen, um ihm die Hodenschrauben anzulegen. Nur wenige Umdrehungen der Klemmen machten den Schweden gesprächig: »Ich war's nicht allein. Franz Kilian hat mir geholfen. Das Medaillon wollte die Badefrau als Bestätigung, daß wir ihren Auftrag ausgeführt hatten und weil's ihr halt gefiel. Doch als sie uns nur einen Teil der Prämie zahlen wollte – der Mann war nicht gleich mausetot, hatte noch gesprochen –, da stach ich zu, und Kilian hat ihr mit einem Badeholz den Rest besorgt. Als Hohn für ihre Weigerung, uns den vereinbarten Lohn zu zahlen, versenkten wir sie im Wasser, damit sie niemandem noch etwas verraten konnte!«

»Sie hat euch beiden also den Auftrag für den Mord an dem Bischof gegeben?«

»Ja, so war's, Herr! Sie ist schuld daran!« beteuerte der Schwede eifrig und blickte ängstlich vom Henker, der wieder einen Schritt nähergekommen war, runter auf seinen Schoß, zwischen die gespreizten Schenkel.

Mönckebronn bedeutete dem Henker stehenzubleiben und betrachtete den Gebundenen, der zu zittern begann. »Hat sie euch einen Grund genannt?«

»Nein, Herr. Sie kam eines Abends in die Wirtschaft, in der wir immer Karten spielen, und gab uns eine Anzahlung dafür. Morgens beobachteten wir das Haus ›Zum goldenen Schiff‹, und als der Mann in seinem grauen Umhang heraustrat, so wie er uns beschrieben worden war, sind wir ihm gefolgt, bis sich eine Gelegenheit bot!«

Nach diesem Geständnis zerbrach der Bürgermeister tags darauf im Obergericht seinen Gerichtsstab, warf ihn den beiden vor die Füße und sprach das Todesurteil: »Nun helf euch Gott, ich kann euch ferner nicht mehr helfen.«

Palmsonntag abends wurden Hans der Schwede und sein Kumpan Franz Kilian gehenkt. Hans der Schwede an den höheren der beiden Hamburger Galgen, weil er es war, der auch das Medaillon gestohlen hatte.

Bei zweifachem Mord konnte auch das Obergericht kein anderes Urteil finden als den schändlichen Galgen. Es gab keinen Milderungsgrund, sie nur dem Schwert des Henkers auszuliefern.

Lütjehann war schlicht zusammengebrochen. Die Beschreibung des Todes seiner Frau, die Tatsache, daß sie die beiden angestiftet hatte, die Angst, es könnte ihn jemand fragen, warum sie es getan hatte ... Die Krankheit und sein Fieber schützten ihn als Opfer.

Mönckebronn hatte ihn zu Hause aufgesucht, in Sorge um seinen guten Schreiber, und war bestürzt über den Fieberwahn, das Delirium, in dem der arme Ratsbedienstete sich quälte, und er war voller Mitleid mit diesem armen Mann, dem seine Frau solche Qualen aufgebürdet hatte.

Wie hätte er auch wissen sollen, daß Lütjehann in Wahrheit schlicht besoffen war, daß er nächtelang die Bibel studierte und immer wieder in der Offenbarung des Johannes las: »Und ich sah die Toten, beide, groß und klein, stehen vor dem Thron und Bücher wurden aufgetan. Und ein anderes Buch ward aufgetan, welches ist das Buch des Lebens. Und die Toten wurden nach dem gerichtet, was geschrieben steht in den Büchern, nach ihren Werken.«

Das war noch niemandem gut für sein Seelenheil bekommen.

Laurentz reagierte verbittert auf die Enthüllungen: »Zehn Schillinge, noch nicht mal eine Mark ist das Leben Simons wert gewesen.«

Karl widersprach seinem Vater: »Nicht sein Leben, nur sein Tod.« Er zwirbelte seinen Schnauzbart und sagte nachdenklich: »Für wieviel weniger sind Menschen in der Vergangenheit schon getötet worden, auf Befehl, für eine angeblich gute Sache, weil der andere neidisch auf ihr Leben war – es gibt so viele Gründe auch ohne Geld, such dir einen aus, wenn du einen brauchst.«

»Aber warum Simon? Was hatte diese Badefrau für einen Grund, ihn töten zu lassen?« Albrecht mochte den Sarkasmus seines Onkels nicht: »Nenn mir nur einen Grund oder sei still!«

»Der junge Mann will mir den Mund verbieten?« Karl lachte herzerfrischend laut. »Die Badefrau hat den Grund mit in ihr nasses Grab genommen. Wenn du ihn unbedingt wissen willst, dann such danach!«

»Wo denn?«

Laurentz sah, daß Albrecht in seiner Verzweiflung gleich in Tränen ausbrechen würde, und mischte sich vorsorglich ein: »Vielleicht in Hildesheim?«

»Warum gerade dort?«

»Nachdem er Genf verlassen und sich von der unerbittlichen Lehre Calvins abgewendet hatte, war er dort zu Hause. Er hatte sich entschieden, Dominikanermönch zu werden. Ein Orden, dem Wahrheit und Gerechtigkeit ein sehr großes Anliegen sind, und in dem er meinte, seine Aufgabe als Priester zu finden. Als er dann nach Jahren aus Hildesheim hierher zurückkam, schien er mir verstört, beinahe, wenn ich es recht bedenke, wie auf der Flucht zu sein. Wovor?«

Karl war damit nicht einverstanden: »Das bringt uns auch nicht weiter. Es ist doch nur Vergangenheit!«

Laurentz blickte seinen Drittgeborenen verständnislos an. »Die Vergangenheit ist wie der Wind, der unser Lebensschiff vorantreibt und der dir erst ermöglicht, dein Ziel anzusteuern. Nein, anders, die Erinnerung ist die Summe unserer Erfahrungen. Wenn ich weiß, daß vor einer Küste, an der ich Schiffbruch erlitten habe, Klippen sind, kann ich in Zukunft ein Unglück vermeiden, indem ich meinen Kurs ändere und nicht in der Wiederholung des gleichen Fehlers gefangen bin – zumindest sollte es für den einzelnen und sein Leben gelten. Ob dieses Wissen um vermeidbare Fehler, diese Erfahrung, für einen anderen wichtig oder hilfreich ist – das muß ein jeder für sich selbst entscheiden.«

Karl war nicht im mindesten davon beeindruckt: »Was hat das aber mit Simons Tod zu tun?«

»Auf die Frage, welches Motiv die Badefrau hatte, Simon töten zu lassen, hat noch keiner von uns eine Antwort geben können. Vielleicht hat wiederum ihr jemand anderes den Auftrag gegeben, jemand, der Simon nach dem Leben trachtete, und der kann nicht aus Norwegen, sondern nur aus Simons früherer Vergangenheit stammen. Deshalb Hildesheim.«

Albrecht nickte bestätigend: »Hildesheim!«

Die Liebe

Die Geburt der Venus (Sandro Botticelli, um 1485)

Nach dem Frühstück gab Albrecht dem Stallknecht die Anweisung, seinen Hengst zu satteln. Marthe füllte den Proviantsack für die Reise, und er selbst packte gute Kleidungsstücke zu einer Rolle zusammen, die er hinter den Sattel binden konnte. Schließlich war alles vorbereitet, und er ging hinaus zum Stallgebäude, wo seine Eltern und Laurentz auf ihn warteten.

»Warum nimmst du nicht die Kutsche, statt dich selber mit dem Pferd zu mühen?«

Albrecht schüttelte nur den Kopf. »Ich habe gehört, daß der Wagenkasten dieser Kutschen nur schmal ist. Auf den Plätzen soll eine solche Enge herrschen, daß jeder beim Aussteigen erst Bein und Arm von seinem Nachbarn zurückfordern muß!«

Er prüfte den Bauchgurt des Pferdes und war mit der Arbeit des Stallknechtes zufrieden. »Schon oft sind solche Karren umgekippt, da fühle ich mich auf dem Pferderücken sicherer, meine Gliedmaßen nicht zu verrenken oder gar zu brechen. Danke.«

Jeder weitere gut gemeinte Einwand prallte an der fröhlichen Selbstsicherheit des jungen Reiters ab. Weder wollte er einen Knecht als Begleitung, noch machte er sich Sorgen wegen der Unsicherheit auf den Straßen.

»Wenn es Winter wäre, würde ich ja alles tun, was ihr mir so sorgend vorschlagt. Doch jetzt, im April, sind so viele Menschen unterwegs, daß ich mich wahrscheinlich eher bemühen muß, allein zu bleiben, als daß es mir an Gesellschaft und Schutz mangeln wird.«

Er küßte seine Mutter zum Abschied und schüttelte dem Vater die Hand. »Werden wir uns noch sehen, bevor du wieder hinausfährst?«

»Noch ist es nicht entschieden. Die vergangene Fahrt hatte ich das Kommando, um Simon sicher über das Meer zu bringen. Ich komme nun auch in die Jahre, wo durchaus ein Jüngerer auf den Planken stehen sollte und mir ein Sessel im Kontor möglicherweise angenehm sein könnte.«

»Wie gut, daß ich von Schiffahrt nichts verstehe!« lachte Albrecht und umarmte herzlich seinen Großvater. »Ich werde gründlich forschen, und vielleicht bringe ich Informationen mit, die Licht in das Dunkel bringen. Lebt wohl!«

»Hast du den Degen gut gefettet, damit er bei Gefahr leicht aus der Scheide fliegt?«

»Ja, doch!« Damit schwang Albrecht sich auf sein Pferd und ritt nach kurzem Winken aus dem Haustor hinaus.

Auf den Straßen der Stadt ließ er den Hengst noch ruhigen Schrittes traben. Dann war er durch das Winsener Tor hindurch, blickte kurz zum Grasbrook hinüber, wo an den Galgen noch immer die Körper der beiden gedungenen Mörder Simons baumelten, und trieb dann sein Pferd an: In zwei Tagen wollte er in Hildesheim ankommen. Nach Bergedorf folgte er dem Curslacker Damm und überquerte die Elbe bei Zollenspieker.

Laurentz hatte ihm den Weg der Hansischen Handelsstraße über Winsen, Klues, Bardowick nach Lüneburg beschrieben. Von dort aus sollte er dann der alten Heerstraße Richtung Hannover bis Celle folgen und, nach Überquerung der Otze, über Burgdorf, Ahrbeck, Lehrte bis Lühnde reiten, den dort beginnenden sumpfigen Bruch über den Borsumer Paß durchqueren, und nach der Bavenstedter Brücke würde er Hildesheim erreichen.

Er kam schnell voran. Der Hengst mochte nach dem langen Winterstall die Bewegung, im weichen Marschboden war der Weg gut zu erkennen, und durch die langen Wälder führte nur der Handelsweg. Das war einerseits gut so, der Weg war nicht zu verfehlen, andererseits konnten gerade das die Strecken sein, wo ihm fahrende Gesellen im Schutz der Bäume mit üblen Absichten auflauerten.

Am späten Nachmittag ließ er sich am Bardowicker Tor in Lüneburg einen Passierschein ausstellen, hatte weder einen Blick für das prächtige Rathaus, noch interessierte er sich für die Salzsiedepfannen. Er ritt geradewegs durch die Stadt hindurch und am südlichen Roten Tor wieder hinaus. Bis Celle wollte er an diesem Tag noch kommen. Nach Einbruch der Dunkelheit war es aus Gründen der Vorsicht nicht mehr angebracht, auf der offenen Landstraße einem Unbekannten zu begegnen.

Die Herberge bei Celle erschien ihm nicht gerade vertrauenerweckend. In der Mitte der Scheune waren die Pferde angebunden, rechts und links auf den strohgedeckten Stellagen lagen die Reisenden und versuchten zu schlafen – immer ihr Eigentum im Blick.

Albrecht lag noch einige Zeit wach und war froh, daß er in der Stadt geboren war und dort lebte. Das unbequeme, erdverbundene Leben auf dem Land war nicht seine Sache. Zum Glück waren doch weniger Leute unterwegs, als er es angenommen hatte. Die Unruhe in der Scheune durch die nervösen Pferde und die wenigen schnarchenden und schnaufenden Schläfer war erträglich.

Frühmorgens, die anderen Reisenden schliefen noch, war er schon wieder unterwegs. Wie am Vortag fiel ihm auf, daß die Leute nach Lüneburg unterwegs waren, vermutlich wegen der Frühjahrsmesse, und er niemanden überholte – wahrscheinlich, weil er schon so früh geritten war. Nach Mittag hatte er wieder unbeschadet ein langes Waldstück durchquert, als er auf einer Hügelkuppe einen dicken Baum aufragen sah und sich entschloß, dort eine Rast einzulegen.

Es war ihm nicht unrecht, als auf einem Stein unter dem Baum ein Gaukler saß, dem er »Holla!« zurief und der ihn daraufhin sofort anbettelte: »Herr! Habt Ihr Speis und Trank, so teilt es doch mit einem armen Luder!« – so würde er wenigstens etwas Unterhaltung haben.

Er hielt sein Pferd an, stieg herunter, band seinen Proviantbeutel ab und betrachtete den Gaukler. »Wenn du nichts zu essen hast, warum gehst du nicht in die Stadt und spielst den Leuten auf, um dir damit ein paar Münzen zu verdienen?«

»Geld?« Der Gaukler verzog sein Gesicht zu einer abscheulichen Grimasse. »Seit es Geld gibt, läßt man die Hühnchen oder Gössel nicht mehr richtig groß werden – trägt sie auf den Markt, um sie zu verkaufen, damit man das Pachtgeld, den Advokaten oder Arzt bezahlen kann! Den einen dafür, daß er den Nachbarn schikaniert, den zweiten, damit er einen vom Fieber heilt, einen Aderlaß – was Gott verhüten möge – oder ein Klistier verschreibe, was alles früher die Kräuterfrau des Dorfes – Gott hab sie selig – ohne viel Hokuspokus und alchemistischen Schwindel für ein Vaterunser auskurierte!«

Mit einem harten Schlag auf seine Laute erzeugte er einen derartigen Mißklang, als ob die Katzendärme der Saiten wieder lebendig geworden wären. Er schien darüber selbst überrascht zu sein und grinste über die mißtönenden Klänge seiner Saiten: »Ihr müßt ein Kaufmann sein, daß Ihr so vom Geld redet. Laßt uns nach alter Sitte Gutes mit Gutem vergelten. Wenn Euer Proviant mir besser schmeckt als Eure Rede, so will ich's Euch mit einem besseren Lied vergelten.«

Dieser wandernde Geselle war nach Albrechts Geschmack. Eine ehrliche Haut, der nicht mit seiner Meinung hinter dem Berg hielt. Er hatte sich auf den anderen Stein gesetzt und holte aus dem Proviantbeutel ein Stück gepökeltes Fleisch, einen Kanten Brot und einen Beutel Wein hervor. »So probier, ob es deinem Geschmack entspricht und du dafür ein besseres Lied parat hast als diesen Katzenjammer!«

Während er dem Liedermacher Fleisch und Brot hinüberreichte, hatte der schon sein Messer aus dem Gürtel gezogen, schnitt sich eine unverschämt dicke Scheibe vom Fleisch und brach die Hälfte des Brotes ab. Heißhungrig riß er mit den Zähnen abwechselnd ein Fleischstück und einen Bissen Brot ab. Er kaute es erst gar nicht, sondern schlang es gleich hinunter, daß ihm die Augen vor Anstrengung hervorquollen.

Albrecht betrachtete das Schauspiel, während er sich dünne Streifen vom Fleisch schnitt und dann langsam darauf kaute. Dieser Gaukler mußte einen unbändigen Hunger haben, wenn er Fleisch und Brot dermaßen hinunterwürgte.

»Mach langsam, guter Mann. Ich habe noch mehr davon, und es wird auch deinen Hunger stillen. Nimm einen Schluck vom Wein.«

Der Gaukler schluckte mehrmals heftig, hatte dann die Kehle frei, hielt den Lederbeutel vor den Mund, goß einen Schwall in sich hinein und rülpste. »Ihr habt gut reden, Herr. Der Hunger ist ein übler Wegbegleiter, und sein Knurren will besänftigt werden. Doch wenn Ihr meint, es gibt noch mehr, so will ich eine Pause machen und Euch das zugesagte Liedchen singen. Was wollt Ihr hören?«

»Ich soll es aussuchen, wenn Ihr der Musikant seid? Ihr kennt doch sicherlich mehr Lieder als ich.«

Der Gaukler schüttelte den Kopf. »Wes' Brot ich eß, des' Lied ich sing!« Aufmunternd schlug er eine Saite an.

»Nein, entscheide selber. Du wirst besser wissen, was du singen kannst. Und wenn es dir eine Hilfe ist, so spiele ein Lied, das du singen würdest, wenn du auf dem Weg von einer Stadt in eine andere bist.«

Der Gaukler schien nachzudenken, strich in Gedanken über die Saiten und begann dann, laut zu singen: »Was soll ich gehen einen Weg, der steinig ist und hat nur Plag« – ein lauter Akkord ersetzte das Ausrufungszeichen – »Wie sollte ich, so ohne Geld und mit Verzag, nun hören wohl auf Euren Rat«, und eine ohrenbetäubende Akkordfolge von Mißtönen ließ Albrecht laut auflachen. Gerade wollte er den Schreihals fragen, ob ihm denn das Fleisch, das Brot und der Wein nicht geschmeckt hatten, daß er so inbrünstig falsch sang, als er spürte, wie er plötzlich von hinten gepackt wurde und ein Strick sich um seine Brust und Arme legte, der mit einem Ruck fest angezogen wurde. Sein Lachen erstarb ihm in der Kehle.

Der Gaukler hatte seine schrägen Akkorde mit einem letzten

Schlag verstummen lassen und grinste: »Nun, Herr, man soll keinen Hungrigen ansprechen oder grüßen, wie Ihr gute Seele es tatet. Wes' Lied ich sing, des' Kleid ich trag! Das habt Ihr offensichtlich nicht bedacht!«

Dann wandte er sich zu denen, die hinter Albrecht standen. »Legt ihm die Schlinge um den Hals! Wie soll'n wir ihn aus seinen Kleidern schälen, wenn er um Brust und Arm gebunden ist?«

Sofort spürte Albrecht eine zweite Schlinge, die sich um seinen Hals legte und hörte eine Stimme, die hämisch nah an seinem Ohr krächzte: »Unglück hat wollen Socken an: Wenn's kommt, so hört man's nit!«

»Nun werft ihn auf den Boden, daß wir ihn von seinem teuren Stoff befreien können. Und ich ...«, der Gaukler blickte einen seiner Kumpanen feixend an, »ich schau beim Pferd in seiner Kleiderrolle nach, ob's für uns alle reicht, uns neu einzukleiden.«

Die krächzende Stimme drang wieder in Albrechts Ohr: »Wirf das alte Kleid nit hin, du habest denn zuvor ein neues!«, und mit einem Ruck lag er rücklings auf der Erde. Schwups, wurden ihm die Stiefel abgezogen, der eine hielt den Strick gespannt, der andere riß den Hosengürtel auf, zog den Degen vom Gürtel ab und zerrte ihm Hose nebst Unterzeug mit einem Ruck von den Beinen. Unwillkürlich bedeckte Albrecht seine Blöße mit den Händen, blickte mit ohnmächtigen Zorn auf den Krächzenden, der sich seine Hose vor die Lumpen an den Beinen hielt und schreiend herumhüpfte. »Ein schönes Kleid deckt wohl auch einen Schalk!«

Der Gaukler war mit der Kleiderrolle gekommen, hatte den Riemen geöffnet und ließ den Umhang, die Hosen und Unterkleider mit Schwung durch die Luft wirbeln. Juchzend sprangen die beiden anderen danach, rafften die Sachen an sich, und ehe Albrecht recht gewahr wurde, daß der Strick sich gelockert hatte, zurrte ihn der Gaukler schon wieder fest zu.

Hilflos stieß er hervor: »Ihr werdet es noch bitter bereuen

und keine Freude an meinem Besitz haben! Es wird euch eine doppelte Strafe treffen!«

Sofort wurde der Strick noch enger gezogen. »Ihr seid nur einer, wir sind drei. Wie soll es da was doppelt für uns geben?«

»Nicht nur, daß ihr mich beraubt, ihr brecht auch den kaiserlichen Landfrieden der Straßen, was euch noch an den Galgen bringen wird!«

Der Gaukler beugte sich über ihn: »Man kann nur einen hängen, den man gefangen hat! Bei einem Narren richt man nichts aus, weder mit Bitten noch mit Drohen!«, und er fiel lachend rückwärts.

Der zweite hatte inzwischen seine Lumpen fortgeworfen und sich die guten Kleider von Albrecht angezogen, die dieser im Kleidersack vor dem Schmutz der Straße hatte schützen wollen. Feine Goldfäden durchzogen den dunkelroten Samt und blitzten in der Sonne. Der dritte, der das Schauspiel des Herumstolzierens seines Kumpans musterte, gab ihm plötzlich einen Tritt, daß der stolperte und der Länge nach in einer schlammigen Pfütze landete.

Das Lachen des Gauklers zerrte an dem Strick um Albrechts Hals: »Wenn man einer Sau gleich ein güldenes Kleid anzöge, legt sie sich damit doch in den Dreck!«

Zornig blickte der Gestürzte zu dem Spötter, der seine Hände flach zusammenlegte und so tat, als erflehte er den Beistand des Himmels, ihn vor der Rache des Getretenen zu schützen. Alle drei lachten.

»Fallen ist keine Schand, aber lang liegen! Steht auf!« klang die Stimme des Gauklers in Albrechts Ohr, als der ihn an dem Strick nach oben zerrte.

»Da, halt!« befahl er dem güldenen Kumpan und reichte ihm den Strick. In Windeseile warfen der Gaukler und der dritte Geselle ihre Lumpen vom Leib und zogen sich Albrechts Kleidung über die schmutzigen Körper.

»Da!« wandte sich der Gaukler zu Albrecht und deutete auf die Lumpen, »sucht Euch die besten Stücke aus!«

»Kleider machen Leut, und Lumpen machen Läus!« hörte Albrecht das dreckige Lachen des Güldenen hinter sich und erhielt einen Stoß, der ihn unsanft auf die Lumpen warf.

Der Gaukler hielt Albrechts Degen in der Hand, hob mit der Spitze eines der stinkenden Hemden auf und hielt es ihm entgegen. Als Albrecht keine Andeutung machte, es zu nehmen, spürte er die Spitze des Degens in der Haut. »Ihr werdet uns ehrenwerten Herren doch nicht die Zumutung Eurer Blößen darbieten wollen?«, und ein Schlag des Güldenen unterstrich die sarkastische Aufforderung des Gauklers.

Zornig fuhr der Gaukler den Güldenen an: »Schabab! Wer sich mit Worten nicht überzeugen läßt, bei dem helfen auch keine Schläge! Kommt!«

Damit wandten sich alle drei ab, der Gaukler hob seine Laute auf, warf sie dem Güldenen zu, nahm das Pferd am Zügel, und sie ließen Albrecht alleine liegen.

Der ohnmächtige Zorn hatte Albrecht Tränen in die Augen getrieben. Wütend über seine eigene Dummheit, daß er vom Pferd gestiegen war als er alleine war, musterte er die schmutzigen Lumpen, ob vielleicht einer davon weniger verlaust war als die anderen.

Aufziehende Gewitterwolken ersparten ihm längere Überlegungen und beschleunigten seinen zögernden Griff zu den Lumpen. Nirgendwo gab es eine Möglichkeit sich unterzustellen, und die zartgrün keimenden Blätter an den Bäumen waren zwar freundlich anzusehen, boten aber keinerlei Schutz gegen die ersten klatschenden Regentropfen. Albrecht zog sich eine der zerlumpten Hosen über, warf eines der nicht minder zerlumpten Hemden über die Schultern und stülpte sich zwei andere undefinierbare Kleidungsstücke auf den Kopf.

Sofort fühlte er sich etwas wohler, lachte laut auf, als er an seinen Beinen hinuntersah und die prasselnden Regentropfen von seinen nackten Füßen auf den Sand des Weges spritzten. Nach Hildesheim sollte er zu Fuß noch zwei bis drei Stunden brauchen, schätzte er, und machte sich auf den Weg.

Das Abstützen seines Kopfbündels mit dem erhobenen Arm wurde ihm bald zu beschwerlich. Er brach sich einen dicken, gebogenen Ast von einer kahlen Eiche, mit dem er das Bündel auf seinem Kopf bequemer halten konnte.

Der Landregen war wärmer, als er es anfangs verspürt hatte, aber vielleicht hatte er sich auch einfach schnell daran gewöhnt, wie ein kleines Kind über die Pfützen im Weg einen großen Schritt hinweg zu machen oder, durchnäßt wie er sowieso schon war, umstandslos hindurchzuwaten und sich nicht mehr an der Nässe zu stören.

»Darf ich mich vorstellen: Albrecht Moellendorff, Doktor Juris!« rief er laut zu einem Raben, der auf einem Baum am Wegrand hockte und seinen Kopf zwischen die Flügel gesteckt hatte. Erschreckt flatterte der schwarze Vogel krächzend in die Höhe, und Albert blickte ihm überrascht hinterher, dachte: »Nun gut, dann tauge ich wenigstens noch zu einer Vogelscheuche.«

Nach einiger Zeit wurden die Wassertropfen merklich weniger, und schließlich hörte es ganz auf zu regnen. Albrechts Hoffnung, daß er bald anderen Reisenden begegnen würde, die während des Regens irgendwo einen Unterschlupf gefunden hatten oder mit einem Wagen unterwegs waren, erfüllte sich nicht. Allerdings roch es nach Rauch, als ob irgendwo nasses Laub verbrannt wurde. Der Wind kam ihm entgegen, also mußte das Feuer vor ihm, auf seinem Weg sein. Von der nächsten Hügelkuppe aus sah er dann das qualmende Feuer auf einem Feld neben dem Weg, und – er sah die Türme von Hildesheim.

Zügig beschleunigte er seine Schritte und warf das unnütz gewordene Kopfbündel in den Graben. Den Eichenstock behielt er als Wanderstab und, er war inzwischen vorsichtiger geworden, als Knüppel, um sich zu verteidigen oder seinen Weg zu bahnen.

Das qualmende Feuer stellte sich als Winterkraut heraus. Hinter dem schwelenden Krauthaufen stand ein Karren mit hohen Seitenwänden und eingeschirrtem Pferd, das gemächlich aus einem umgehängten Grassack fraß. Neben dem Feuer stand ein Mann, der sich auf seine Forke stützte und den näher kommenden Albrecht aufmerksam betrachtete. Die Kleidung, die Haltung und das Aussehen dieses einsamen Wanderers schienen nicht zueinander zu passen: Der einen nach war es ein Lump, wie es viele gab und die jetzt im Frühjahr wieder auf ihre dreisten Beutezüge gingen –, dem anderen nach war es ein Patrizier, der ihm selbstbewußt entgegen kam.

»Guten Tag, guter Mann!« rief Albrecht ihm schon aus einiger Entfernung entgegen, falls der Feldmann aufgrund seiner Kleidung mißtrauisch geworden sein sollte.

»Guten Tag, der Herr!« antwortete der Feldmann und gab damit seiner Empfindung nach. Für die Lumpen würde es schon eine Erklärung geben. Vielleicht war es ein ehrenwerter Bettelmönch? Wenn es doch ein Lump sein sollte, hatte er immer noch seine Bewaffnung. Vorsichtshalber packte er den Griff der Forke fester.

»Seid Ihr aus Hildesheim?« Albrecht war stehengeblieben und rammte seinen kräftigen Eichenstock in den weichen Boden, um keinen falschen Eindruck zu erwecken.

»Ja.« Der Feldmann nickte mit dem Kopf in Richtung auf die nahe Stadt.

»Könntet Ihr mich auf Eurem Wagen mitnehmen, wenn Ihr nach Hause fahrt?«

Da der Feldmann nur die Lippen schürzte, setzte Albrecht nach: »Ich glaube nicht, daß die Torwache mich durchlassen wird, so wie ich aussehe«, er spreizte seine zerrissenen Hosen, »und außerdem habe ich keinerlei Münze, um das Torgeld zu bezahlen.«

»Mmh«, brummte der Feldmann unschlüssig. »Und warum habt Ihr keine bessere Kleidung an?«

»Zwei Stunden von hier haben mich drei Wegelagerer überfallen und alles genommen: die Kleider, das Pferd, den Proviant und das Reisegeld. Der Regen tat dann das übrige, um mich wie eine Vogelscheuche aussehen zulassen.«

»Warum wollt Ihr nach Hildesheim hinein und wandert nicht einfach weiter?«

»Ich will zum Kloster in Hildesheim.«

»Zum Kloster! Dann will ich Euch später gerne mitnehmen.« Also doch ein wandernder Bettelmönch und, so wie er sprach, dazu noch ein gebildeter. Vermutlich einer dieser heiligen Bettler, die früher so häufig von Stadt zu Stadt zogen. »Wenn Ihr mir noch etwas helfen würdet, könnten wir desto eher fahren.«

»Gerne, sagt mir, was ich anpacken soll.«

Der Feldmann holte einen hölzernen Rechen vom Wagen und warf ihn zu Albrecht hinüber.

»Das Kraut muß auseinandergezogen werden, damit es besser brennt. Nehmt Ihr Eure Seite, ich werde die andere hier bearbeiten.«

Mit Forke und Rechen zerrten sie beide das qualmende Winterkraut auseinander, und ein Windstoß brachte die Flammen sofort wieder zum Züngeln und Flackern.

Die ungewohnte körperliche Arbeit und die knisternden Flammen brachten Albrecht bald zum Schwitzen. Unverdrossen zerrte er an dem widerspenstigen Kraut, sprang zur Seite, wenn die Flammenzungen nach ihm leckten, und merkte nicht, wie der Rauch ihm das Gesicht schwärzte.

»Holla! Laßt es gut sein! Der Rest mag brennen, wie er will. Wir müssen jetzt fahren!« rief der Feldmann zu Albrecht hinüber. »Nach dem Abendläuten werden die Stadttore geschlossen, und falls wir dann noch hinein wollen, müßten drei Ratsherren geholt werden, um den Torwächtern die Erlaubnis zu erteilen, das Tor zu öffnen. Und wenn sie sich nicht einig werden, hätte ich morgen nicht nur Ärger mit dem Rat, sondern wir müßten auch noch hier draußen bleiben!«

Er stutzte und lachte laut auf: Die hellen Augen leuchteten in Albrechts verrußtem Gesicht, der sich müde auf den Rechen stützte. »Man könnte meinen, Ihr kämet direkt aus der Hölle! Und wenn ich Euch vorhin nicht mit der hellen Haut gesehen hätte, ich würde Euch jetzt sicherlich nicht mit mir nehmen! Nun kommt!«

Als er den Rechen und die Forke auf den Wagen legte, sah er Albrechts müde Augen. »Ihr seid diese Arbeit anscheinend nicht gewöhnt. Wo habt Ihr die letzten Jahre denn gearbeitet?«

»In England!« murmelte Albrecht müde.

»Im Engelland!« flüsterte der überraschte Feldmann leise, das erklärte vieles.

Er band dem Pferd den Grassack ab, half Albrecht auf die Ladefläche aufzusteigen, nahm die Zügel, und nach einem kurzen Schnalzen setzte sich das Pferd in Bewegung.

»So könnt Ihr nicht ins Kloster gehen. Habt Ihr eine andere Unterkunft?«

Albrecht hatte sich gegen die Seitenbretter gelehnt und murmelte nur müde: »Nein.«

»Dann weiß ich schon, wohin ich Euch heute abend bringen werde.« Im Kloster ist er sowieso nicht richtig aufgehoben, dachte der Feldmann bei sich. Fröhlich summte er vor sich hin, während Albrecht selbstvergessen döste.

Er hörte kaum, was der Feldmann ihm dann noch erklärte: »Wundert Euch nicht, wenn wir durch drei Stadttore fahren werden. Die beiden Teile Hildesheims sind wie zwei Arschbacken, zusammen und doch für sich. In der Stadt müssen wir aus dem inneren Tor der Altstadt hinaus um nach wenigen Schritten durch das Tor der Neustadt hindurch zu fahren!«

Mit halbem Ohr hörte er kurz darauf die Wortfetzen der Unterhaltung zwischen der Torwache und dem Feldmann, dann durchschüttelte ihn das Rumpeln des Karrens auf dem Steinpflaster. Das Doppeltor, die Einfahrt in die Neustadt und das Läuten der Abendglocke verschlief er bereits.

Das Rumpeln hatte aufgehört, und der Feldmann, der hinter dem Karren stand, rüttelte Albrecht an der Schulter: »Wacht auf. Wir sind dort, wo Ihr die Nacht heut bleiben könnt. Und morgen«, die Mundwinkel des Feldmannes zuckten verschmitzt, »könnt Ihr immer noch ins Kloster gehen – wenn's beliebt.«

Er half Albrecht vom Karren herunter und schlug mit dem Löwenkopf des Türklopfers gegen das Haustor, vor dem sie standen. Sie warteten eine Weile, bis eine junge Frau das Tor öffnete. Sie starrte erschreckt auf den rußigen Albrecht, dann erkannte sie den Feldmann, der sofort auf die Frau einflüsterte. Sie nickte mehrmals, blickte verstohlen zu dem verschmutzten Gast, trat dann zur Seite und nahm Albrechts Hand, um ihn in den Hof hereinzuziehen.

Bereitwillig ließ Albrecht alles mit sich geschehen. Der lange Ritt am Tag, die Wegelagerer, das Wandern und die hitzige Feldarbeit waren ungewohnte Tätigkeiten gewesen. Nun war er froh, in einem Haus geborgen zu sein und still auf einer Bank sitzen und sich ausruhen zu können.

Aus den Nebenräumen hörte er leise, aufgeregte Stimmen und geschäftiges Hin- und Hergelaufe, das mehrmals von einem Geräusch, als würde Wasser ausgegossen werden, übertönt wurde. Schließlich stand die Frau wieder vor ihm, mit einer Kerze in der Hand, machte einen Knicks und bat ihn, mitzukommen. Sie führte ihn durch das Haus in einen Raum, der von Kerzen in warmes Licht getaucht wurde und in dem zwei weitere Frauen neben einem flachen Badezuber warteten. Beide trugen rote Gewänder, ähnlich einer Mönchskutte – die allerdings abwärts der Hüfte auf beiden Seiten einen weiten Schlitz hatte –, mit auffallend kleinen Kapuzen, die vielfach geflickt waren.

Ohne viel Federlesens zog ihm die ältere der beiden Frauen das Hemd über den Kopf, während die jüngere ihm auf Geheiß der älteren die Hose aufband und an den Beinen herunterstreifte.

Die Frau, die ihn hereingebracht hatte, stand neben dem Badezuber und deutete mit einem »Bitte« auf das heiße Wasser. Nur allzu gerne ließ sich der nackte Albrecht in das warme

Badewasser hineingleiten. Er streckte sich aus, ließ die Arme auf dem Rand des Zubers ruhen und schloß voller Wohlbehagen gleich wieder die Augen.

»Er sieht aus wie ein Engel!« flüsterte eine der Frauen der anderen zu.

»Sein Haar ist auch ganz blond!« kicherte die zurück.

»Macht hin, ihr Frauen, der junge Herr ist von der Reise ganz verstaubt!«

Witternd hob Albrecht die Nase und saugte den Wohlgeruch in seine Lunge, sein Empfinden, sein Gehirn. Er hatte eine Witterung aufgenommen, wie er sie süßer noch niemals wahrgenommen hatte: Ätherische Öle tropften auf seine Haut, auf seine Arme, seine Brust und sein Gesicht. Mehrere Hände waren gleichzeitig dabei, seinen Körper zu waschen, zu massieren und zu ertasten.

Überrascht wollte er zuerst die Augen aufreißen, doch dann ließ er sie gewähren, die ihm scherzend Gutes taten.

Es erinnerte ihn an die schon lange zurückliegende köstliche Zeit seiner Kindheit, als seine Mutter ihn noch badete, und wie in einem Traum versuchte er zu erraten, welche der Hände zu welcher der Frauen gehöre.

»Was das Auge sieht und das Herz begehrt, soll die Hand nehmen«, hörte er eine Frauenstimme sagen.

»Ist es denn keine Sünde?« fragte zögernd eine jüngere Stimme.

»Mechthild, nichts ist Sünde, außer was man für Sünde hält«, antwortete die ältere Stimme auf die Frage der Jüngeren, die also Mechthild hieß.

»Recht sprichst du, Heilwich. Wer irgend etwas, was er tut, sich selbst und nicht Gott zuschreibt, lebt in der Unwissenheit, die eine Hölle für ihn ist. Nichts in eines Menschen Werk ist sein eigenes.«

Albrecht kannte die tiefe Stimme bereits – auch der Feldmann war also erschienen: »Wer erkennt, daß Gott in ihm alle Dinge wirkt, der sündigt nicht. Ein Mensch, der ein Gewissen besitzt, martert sich selbst, ist Teufel, Hölle und Fegefeuer zugleich. Wer im Geist frei ist, entgeht all diesem.«

Albrecht spürte eine vorsichtig tastende Hand zwischen seinen Schenkeln. Er blinzelte und erkannte, daß es die Hand der Mechthild war, die seinen Blick bemerkte und ihn scheu anlächelte. Dann zuckte der Ausdruck einer plötzlichen Entschlossenheit durch ihre Mundwinkel, und Albrecht spürte, wie ihr Griff rundum fester wurde.

Auch Heilwich, die auf der anderen Seite des Zubers kniete, hatte diese Entschlossenheit bemerkt und nickte ihrer jüngeren Gefährtin aufmunternd zu.

Am Ende des Zubers stand der Feldmann, zusammen mit anderen Männern und Frauen, die Albrecht bisher nicht gesehen hatte. Die Hände, die ihn jetzt an den Schultern vorsichtig ins Wasser drückten, mußten also der Frau gehören, die ihn am Tor empfangen hatte.

Er empfand keinen Argwohn und ließ seinen Kopf untertauchen, geborgen in dem warmen Wasser, getragen von den Händen, die nun den Staub aus seinen Haaren wuschen und ihn wieder emporhoben.

»Ich möchte dorthin gehen, wo niemand mich kennt, kein Mensch meine Sprache spricht. Ich wünsche ein Haus ohne Wand, ohne Tor, kein Nachbar ihm nah, kein Wächter davor. Und wenn ich erkranke, kein Mensch, der mich pflegt, und wo, wenn ich sterbe, kein Klagelaut sich regt.« Die Stimme des Feldmanns war leiser geworden, als er die Verse sprach. Nun ließ er sich die rote Kutte, die er wie alle anderen trug, langsam von den Schultern gleiten.

Heilwich war aufgestanden, reichte dem nackten Feldmann die Hand und antwortete: »Zum Himmel tu ich jede Nacht den Liebesruf, der Schönheit Gottes voll, den Liebesruf. Auf jeder Au erglänzt ein Strahl von Gottes Licht, ich tu an Gottes Pracht den Liebesruf. Dem Felsen, der zu deinem Preis mit Licht sich krönt, ich ruf ihm zu und er nimmt auf, den Liebesruf. Dir tu ich als das Laub am Baum, als Tropf im Meer, dir als den Edelstein im Schacht, den Liebesruf. Ich war in Allem Alles, sah in Allem Gott, und tat zur Einheit Glut entfacht, den Liebesruf.«

Mit den letzten Worten streifte auch sie sich ihre Kutte vom Körper herunter, was alle anderen Frauen und Männer ihr gleichtaten. Die flackernden Kerzen tauchten ihre Körper in weiches Licht und ließen die entblößten Rundungen des Fleisches warm und fest erscheinen.

Albrecht schluckte, und sein Geist versuchte zu begreifen, was seine Augen sahen. Heilwich stand auffordernd mit einem Tuch neben dem Zuber. Er entstieg dem verhüllenden Wasser, wurde von dem Tuch umschlungen und an der Hand genommen. Während seine Blicke Mechthild folgten, die der Feldmann gerade umarmte, führte Heilwich ihn in einen anderen Raum – er hörte noch, wie der Feldmann der Mechthild eindringlich erklärte: »Bis diese sogenannte Sünde begangen ist, hast du dich nicht von der Macht der Sünde befreit.«

Albrecht fragte sich, ob es Phantasien waren, die ihm sein müder Geist vorgaukelte, oder ob dieses paradiesische Bild, das er sah, Wirklichkeit war. Allerdings soll es im Paradies nur Adam und Eva gegeben haben, während sich hier drei Paare umschlungen hielten, lachten und fröhlich miteinander kopulierten.

Heilwich zog ihn in eine Ecke, drückte ihn in Kissen und begann, seinen Körper trocken zu reiben. Dabei küßte sie ihn überall und lachte: »Du bist ein wundersames Geschenk des Himmels, mein Engel. Mechthild wird heute in den freien Geist eingeführt, und mit dir haben wir für ihre Hochzeit die heilige Zahl Fünf für die Vereinigung beisammen: Sie wird auch noch zu dir kommen, denn unsere Seele ist im Körper gefangen und will wieder zu Gott emporsteigen.«

Während sie die letzten Stellen seiner Haut trockenrubbelte, kicherte sie: »Der heilige Geist wird heute in sie fahren, und danach wird sie wie in einem Sattel auf der Heiligen Dreifaltigkeit reiten!«

Albrecht spürte die gierige Lust, die ihn immer stärker

durchpulste, und während er zusah, wie der Feldmann die Mechthild penetrierte, bestieg die Heilwich ihn, als ob er selber die Dreifaltigkeit wäre.

Doch diese Worte, woher kannte er solche Verse und Lobpreisungen des Fleisches, die er dem Feldmann in den Mund legte? Worte, die von dem Keuchen Mechthilds, die Stoßgebete zur Lobpreisung des Herrn hervorstieß, untermalt wurden: »Wenn wir uns der Reinheit des Herzens hingeben, dann müssen wir uns unwillkürlich bewegen. Es ist die Kraft der göttlichen Freude, die dazu zwingt, sich hin und her zu biegen. Es ist der Geist, der den Körper in Bewegung setzt. Der Geist schafft die Freude, und der Wein der Sehnsucht wird dich zur Ekstase erheben!«

Albrecht hatte die Augen geschlossen und ließ die Wellen der orgiastischen Verzückung durch seinen Körper fließen. Entspannt ruhte er später auf den Kissen und schluckte die Leckerbissen, mit denen Heilwich ihn fütterte, leckte den Wein ab, mit dem sie seine Lippen benetzte.

Selbstvergessen hörte er eine Stimme über sich flüstern: »Im Bewußtsein der Menschen von Gott, wird Gott sich seiner selbst bewußt!« Es war die Stimme von Mechthild, die ihren Platz mit Heilwich getauscht hatte und nun ihre Brüste an ihn schmiegte, offenkundig wißbegierig, mehr von freien Geistern zu erfahren. Es hatte dann allerdings doch mehr mit der Dreifaltigkeit zu tun.

Das Krähen der Hähne weckte Albrecht am nächsten Morgen. Schlaftrunken rieb er sich die Augen und blickte sich um: Er sah nur einen leeren Raum, in dem er auf einer Strohmatte lag und neben dem seine Lumpen lagen, allerdings gewaschen und sauber gefaltet.

Gottlob, dachte er, bin ich kein Katholik und brauche nicht zu beichten. Auch wenn es nur ein Traum gewesen war. Er war zwar nicht bibelfest, nahm aber an, daß es in der Heiligen Schrift keine einzige Stelle gab, in der das, was er im Traum gesehen und getan hatte, als gottesfürchtig beschrieben worden wäre. Im Gegenteil, es wurden zwei Städte beschrieben – ihre Namen fielen ihm jetzt nicht ein –, die für solches Treiben von Gott schwer bestraft worden waren. Kopfschüttelnd gähnte er laut und zog sich die Lumpen über. In was für eine Herberge war er geraten, daß er solchen Nachtspuk phantasierte?

Er versuchte sich zu erinnern: Da war eine Mechthild, das unbestimmte Gefühl, sich in der Ewigkeit völlig aufzulösen, und das bestimmte Gefühl, im Traum »Ich« gerufen zu haben – ein Wort, daß ihm bis jetzt noch niemals über die Lippen gekommen war.

Suchend ging er durch die anderen Räume, die ebenso schmucklos waren wie sein Schlafraum. Auch die Frau, die ihn gestern abend noch eingelassen hatte, war nirgendwo zu sehen. Wurde dieses Haus erst nachts lebendig? Er würde später darüber nachdenken, was er davon halten sollte. Achselzuckend öffnete er das Tor und ging hinaus.

Auf der Straße folgte er einem Händlerkarren, der sicherlich auf dem Weg zum hiesigen Marktplatz war, um dort seine Waren anzubieten. Dort sollte auch das Haus ›Zur grünen Linde‹ sein, in dem der Handelspartner der Moellendorffs in der Hansestadt Hildesheim residierte und an den Albrecht sich wegen Unterkunft und Fragen wenden sollte, was ihm gestern abend, als er so schmutzig war, nicht angebracht erschienen war.

»Wer wollt ihr sein?« Kaufmann Benningstedt betrachtete abschätzend die zerlumpte Gestalt, die in seiner Diele stand: »Albrecht Moellendorff?«

»Auch wenn der äußere Anschein Euch wahrhaftig zweifeln lassen muß, so versichere ich Euch, daß ich gestern überfallen worden bin, und die Gesellen ließen nur ihre eigenen Lumpen dort zurück …«

Mit zwei schnellen Schritten stand der mißtrauische Kaufmann Benningstedt neben Albrecht und hob den rechten Ärmel seines geflickten Hemdes. »Und woher kommt dieser Edelstein? Ihr wollt mich glauben machen, daß jemand solche Sachen einfach fortwirft?«

Überrascht blickte Albrecht auf den glitzernden Stein. »Ich kann es Ihnen nicht erklären. Ich sehe ihn selber zum ersten Mal!«

Was war in der vergangenen Nacht geschehen, daß seine Lumpen nicht nur gewaschen und getrocknet worden waren, sondern auch dieser wertvolle Stein angenäht worden war? Der Gaukler und seine Kumpane hätten sicherlich nicht einen derartigen Stein vergessen. Ein Stern der Nacht?

»Nun gut, Ihr werdet mir ein paar Fragen beantworten. Welchen Vornamen hat der Handelsherr Moellendorff?«

»Laurentz.«

»Welche Namen tragen seine Schiffe?«

»Alle Schiffe haben einen Namen, der mit ›M‹ beginnt: Margareta, Marit, Malvine, …«

Die Gesichtszüge des Kaufmann Benningstedt wurden weicher: »Und nun noch eine letzte Frage: Laurentz Moellendorff hatte einen ältesten Sohn, der …«

»… bei der Pest anno 1565 dahingerafft wurde: Christian.«

Nun streckte Kaufmann Benningstedt Albrecht die Hand entgegen: »Entschuldigt, wenn ich an Euch zweifelte. Ich hielt Euch anfangs erst für einen Begharden – so, wie Ihr gekleidet seid.«

»Be … was? Entschuldigt, wenn ich nicht verstehe, was Ihr meint. Ich bin die letzten sieben Jahre in England ausgebildet worden.«

»Ah, ja, die Familientradition! Aber wahrscheinlich kennt man in Hamburg diese sittenwidrigen Ketzer nicht, die jegliches Gesetz verachten und sich selbst als ›freie Geister‹ bezeichnen. Sie halten alle Dinge für Gemeineigentum, woraus sie ableiten, daß sie rechtmäßig huren, stehlen, rauben dürfen, und, da sie sich selber für makellos halten, glauben sie, jede Art von Kleidung tragen zu dürfen!«

»Ich verstehe«, murmelte Albrecht.

»Doch nicht nur das! Sie achten keine Sakramente und leben in Sünde! Und wenn auch unsere erlauchteste Herrlichkeit, der

Fürstbischof, Gott habe ihn selig, diese Ketzer ausgerottet und vertrieben hat: Man kann nie sicher sein, ob nicht irgendeiner dieser unverschämten Sünder es dennoch wieder wagt, hier in die Stadt zu kommen. Zu ihren Glaubensartikeln gehört es, wie man sagt, jede nur erdenkliche Rolle zu spielen, die ihnen zu Einfluß verhilft und damit die Gewogenheit einfältiger Seelen zu erlisten!«

Albrecht konnte sich des Eindrucks nicht erwehren, daß der eifrige Kaufmann Benningstedt sich damit selbst gemeint haben könnte, so, wie er seinen Fürstbischof lobte. In Hamburg erhielt kein Adeliger und kein Katholik das Bürgerrecht!

»Doch nun kommt: Ich will meine Tochter rufen, damit sie Euch hilft, standesgemäße Kleidung herauszusuchen.« Damit drehte er sich um und rief ins Haus: »Mechthild!«

Albrecht war froh, daß Kaufmann Benningstedt ihm den Rücken zuwandte und so sein Zusammenzucken nicht bemerken konnte.

»Ja, Vater!« hörte er ihre Stimme aus dem oberen Stockwerk, dann ihre Schritte auf der Treppe. Als sie Albrecht neben ihrem Vater erblickte, verhielt sie ihre Schritte und errötete.

Jovial umfaßte Kaufmann Benningstedt ihre Schultern. »Du brauchst dich nicht zu fürchten, mein Kind! Er ist ein Moellendorff aus Hamburg und hatte nur ein Unglück auf der Landstraße!« Dann wandte er sich zu Albrecht und flüsterte: »Ist es nicht entzückend, wie unschuldig und scheu sie noch ist!«

Albrecht mußte den heftigen Wunsch unterdrücken, sich die plötzlich juckenden Lenden zu reiben.

»Nimm ihn mit dir und schau, ob sich in den Kleiderkisten etwas Passendes für den jungen Herren findet! Ihr bleibt doch noch zum zweiten Frühstück?«

Albert nickte, und Kaufmann Benningstedt ging in die Küche, um der Wirtschafterin die Anwesenheit eines Gastes mitzuteilen. Verstohlen blickte seine Tochter ihm nach, und Albrecht öffnete seine Arme. »Ich bin tatsächlich der, den dein Vater dir nannte.«

Mechthild lag in seinen Armen und flüsterte: »Du wirst mich doch nicht verraten?« Albrecht strich ihr behutsam über die jetzt fein geflochtenen Haare. »Nein.«

»Auch meine Tante Heilwich nicht?«

»Nein«, und er fragte sich, wem er noch hier im Haus begegnen würde.

»Dann komm!« Damit hatte sie sich von ihm gelöst, seine Hand gefaßt und ihn die Treppe hinaufgezogen.

Leise summte sie vor sich hin: »Wenn ich des Bechers Lippe küsse, schlürfend den reinsten Wein, in tiefem Glück und Freude, ich kannte nicht, da er bei mir war, Heimweh …«, und dann: »Warte hier.«

Das Essen verlief bei angeregter Unterhaltung. Kaufmann Benningstedt wollte alle möglichen Informationen haben über die Entwicklung der Hanse, die Situation in England, in Hamburg, den Grund des Besuchs von Albrecht, und er erzählte selber bereitwillig über das Geschehen in Stadt und Land. Mechthild und Heilwich, zwischen denen und Albrecht sich eine ruhige Gelassenheit eingependelt hatte, trugen ihren Anteil zum Gespräch bei und zogen sich dann nach dem Essen zurück.

Gedankenvoll blickte Albrecht den beiden Frauen hinterher. »Ihr habt eine entzückende Tochter!«

»Wollt Ihr sie haben?« Kaufmann Benningstedt meinte sein Angebot durchaus ernst.

»Wie?« Albrecht blickte irritiert den Hausherrn an.

»Ach, mißversteht mich nicht, mein junger Freund!« lachte der Kaufmann Benningstedt. »Es sind nicht nur wirtschaftlich schwierige Zeiten, es ist noch schwieriger, meine Tochter und meine verwitwete Schwester unter die Haube zu bringen. Die ewigen Kriege und Fehden, die so viele Männer das Leben kosteten, die Ehelosigkeit der vielen Geistlichen: Wo will man heut noch standesgemäße Gatten für zwei Frauen wie diese finden?« Er seufzte tief: »Wenn wir adelig wären, könnte ich sie in ein Stift einkaufen, und wenn wir Bauern wären, fände sich auch ein Unterschlupf für sie – doch welchen Platz kann eine Frau unseres Standes außerhalb der Ehe finden?«

Wieder seufzte er tief angesichts der Aussichtslosigkeit der Lage. »Doch ich will nicht klagen: Habe ich doch Glück gehabt, daß beide fröhlich und guter Dinge sind und nicht an der Hysteria leiden, wie manche Frauen befreundeter Familien, die keinen Mann gefunden haben. Doch …«, wieder seufzte er, »bei meiner Tochter bin ich mir nicht mehr so sicher: Heute morgen hat sie alle ihre Gewänder an die Armen verschenkt, weil sie meint, mehr als ein Gewand zu haben, sei für ihr Seelenheil ein Hindernis!« Wieder seufzte er. »Und morgen will sie vermutlich neue haben.«

Albrecht nickte wortlos, und er wußte, daß es für ihn an der Zeit war, aufzubrechen und das Kloster zu besuchen.

Seit Stunden saß der Zahlmeister bereits am Schreibpult im Kontor, schrieb und verglich Listen, ging immer wieder zu dem Tisch, auf dem ein gutes Dutzend Haufen von Münzen lagen, und zählte sie noch einmal durch.

Vom Hof klangen die Rufe der Handwerker herüber, die das Gesindehaus niederrissen, und manchmal der kurze Lärm eines Aufschlags, wenn ein Balken auf den Boden des Innenhofes krachte. Laurentz hatte eine der Silbermünzen vom Tisch aufgenommen, schnippte sie mit zwei Fingern in die Luft und ließ sie auf die Tischplatte fallen. »Hast du gehört?«

»Ja, und? Wozu soll das gut sein?« Harald wußte nicht, worauf sein Vater hinaus wollte.

Laurentz hatte die Münze wieder aufgenommen und betrachtete sie in seiner Handfläche. »Ein doppelter spanischer Dukaten.« Er zeigte auf die anderen Münzhaufen. »Dort Goldsaluten, dort englische Kronen und Emdener Gulden, dort Portugaleser! Und wenn unser guter Zahlmeister seine Mühe hat, alles nach seinem Wert auch richtig zu berechnen, daß wir in

Pfund, Schilling und Pfennig schließlich wissen, wieviel es ist – woher wissen wir, daß der Gold- und Silbergehalt tatsächlich der ist, den wir bisher zugrunde legten?«

»Wäre es nicht einfacher für uns, wenn der Kaiser mehr Macht hätte und alle mit dem Reichstaler einheitlich handeln und rechnen könnten?« Harald schaute mit einer gewissen Verzweiflung auf den Haufen der unterschiedlichen Währungen auf dem Tisch.

»Gott bewahre uns davor! Die leichteste Weise, auf die Fürsten ihr Geld vermehren, ist, daß sie dessen Gehalt verschlechtern.«

»Und warum wirfst du die Münze auf den Tisch?«

»Ich höre am Klang, ob sich am Gold- oder Silbergehalt etwas verändert hat!« Er lachte melancholisch. »Das war eines der wenigen Dinge, die ich Simon voraushatte, mein Gehör. Er hätte die Münzen mit seinem gelehrten Wissen einschmelzen und trennen müssen, doch ich habe ihm immer demonstrieren können, daß man bei Münzen, wie bei Nüssen, allein durch den Klang prüfen kann, ob sie gefüllt sind oder nicht – ohne sie zerstören zu müssen.«

»Und du hast den Klang so gut im Ohr, daß du unterscheiden kannst, welche Münze welche ist?«

»Stell mich auf die Probe! Ich schließe die Augen, und du wirfst eine Münze.«

Der Zahlmeister blickte schmunzelnd auf, er kannte diese Fähigkeit seines Herrn, während Harald sich erst nicht entscheiden konnte, dann eine seltenere Münze nahm und sie geräuschvoll auf den Tisch fallen ließ. Mit einem ›Plap‹ fiel die Münze auf das Holz.

»Das war ein burgundischer Ritter!«

Verblüfft nahm Harald eine andere Münze in die Hand und warf sie in die Luft. Mit einem ›Plup‹ fiel sie auf den Tisch und rollte aus.

»Das war eine englische Krone!«

Harald schüttelte verwundert den Kopf und murmelte: »Das

ist mir zu hoch. Ein seltsames Spiel, aber es tut mir leid, ich höre es nicht.«

Laurentz grinste zufrieden. »Nun keine Bange, du wirst es schon lernen. Wenn ein Hamburger englisch spricht, dann hörst du es doch auch an dem Klang seiner Aussprache, daß er kein richtiger Engländer ist. So ist die Prägung einer Münze auch nur ein geliehenes Kostüm, falls das Innere, ihr Herz, nicht echt ist. Wenn du erst als mein Nachfolger auch für das Geld verantwortlich bist, wirst du es schon lernen.«

Das Krachen eines Balkens im Hof setzte sich wie ein Ausrufungszeichen hinter diese Feststellung.

»Nein, Vater, ich will nicht dein Nachfolger werden. Ich brauche die offene See, um atmen zu können.«

Laurentz betrachtete seinen Sohn. »Ich verstehe dich ja, Harald. Hätte ich dich denn sonst die letzten Jahre immer noch als Kapitän hinausfahren lassen, wenn ich nicht davon gewußt hätte? Und im vergangenen Jahr, als ich dich öfters hier behielt – meinst du, ich habe nicht bemerkt, wie du ruhelos an den Fenstern gestanden hast, über den Markt hinweg zum Fluß hinüber blicktest, und immer sofort hinaus und am Hafen warst, wenn eines unserer Schiffe vor Anker ging? Aber hast du nicht selber zu Albrecht gesagt, als er nach Hildesheim aufbrach, daß du dir einen Sessel im Kontor bequemer vorstellen könntest?«

Sein Sohn Harald gab nicht so leicht auf. »Dann war es falsch gesagt: Es ist nicht nur die Weite der See, Vater, es ist auch das Bestehen gegen die Widrigkeiten des Windes und der Stürme, denen es egal ist, ob unser kleines Schiff gerade dort ist, wo sie toben – dort werde ich gebraucht, das Handwerk habe ich gelernt, dort hat es einen Sinn für mich zu leben. Dort spüre ich, daß ich ein Mensch bin: Wenn unsere stolzen, großen Schiffe den sicheren Hafen verlassen haben und auf See zu einer kleinen Nußschale werden, erfahre ich die Demut, von der ein Bauer vielleicht auch noch weiß.«

Laurentz kaute auf der Unterlippe. »Ich hätte dich wohl

schon früher als Junior in die Leitung unserer Firma aufnehmen sollen. Man wächst auch in diese Aufgabe erst hinein. Auch hier bist du wie der Kapitän auf seiner Kommandobrücke, der Mensch, der den Kurs bestimmt! Und Demut! Die wirst du hier verdammt auch lernen.«

»Den Kurs der Zinsschwankungen und die Demut vor den Manövern der Getreidespekulanten? Vater, ich bin ein friedlicher Handelskapitän, aber du, und damit das, was ich deiner Meinung nach werden soll, du bist wie ein Feldherr, der sich ständig in einem Krieg befindet. Ist denn Konkurrenz nicht nur ein anderes grimmig knurrendes Wort für Krieg: Niederlage oder Sieg – auch wenn dabei keine Kanonen aufgefahren werden? Mit den Naturgewalten bin ich nicht im Unfrieden, sie meinen nicht mich persönlich, und ich könnte sie auch niemals besiegen. Ich kann sie nur für mich nutzen, wenn sie mir günstig, und ich muß sie ertragen und überstehen, wenn sie mir ungünstig gesonnen sind.«

Frohlockend schlug Laurentz mit der Hand auf die Tischplatte. »Nichts anderes bedeutet die Führung eines Handelshauses! Und doch …«, er betrachtete nachdenklich seine Hand, »manchmal glaube ich aus dir meinen Großvater reden zu hören, der noch in der gültigen Ordnung eines ungeteilten Himmels lebte! Warum nimmst du dir nicht Kolumbus, Vasco da Gama oder Amerigo Vespucci zum Vorbild, die als Kapitäne aufbrachen, um sich unbekannten Herausforderungen zu stellen, die neugierig waren?«

Sein Sohn Harald schüttelte bedächtig den Kopf. »Nein, Vater. Sie waren ebenso ruhmsüchtig und geldgierig wie Ferdinand, König von Aragon und seine Isabella, Königin von Kastilien, die ihre riskanten Abenteuer finanzierten. Ja, du hast recht, sie sind die Vorbilder dieser neuen Zeit. Diese Kapitäne stießen eine Tür auf, die plötzlich alles in Frage stellte, und seitdem gilt ein reicher Mann mehr als ein redlicher!«

Laurentz wurde langsam zornig: »Das war schon immer so! Und wenn sich dieses Prinzip inzwischen aus den hohen Sphären des Adels und der Kurie auf das Bürgertum der freien Reichsstädte herabgesenkt oder erweitert hat, dann ist der einzige Unterschied, daß sich unsere Vorfahren noch nicht damit beschäftigen mußten, weil es sich oberhalb ihrer Lebenssphäre abspielte!«

»Dann sage mir bitte eins, Vater: Welche Rolle spielt es denn noch, ob ein geborener Moellendorff dieses Handelshaus führt oder nicht?«

Laurentz hatte die Augen zusammengekniffen, doch sein Sohn fuhr ungerührt fort: »Wann hast du das letzte Mal mit einem deiner Handelspartner persönlich gesprochen und ihm in die Augen gesehen? Wir sind als Kaufleute im Fernhandel keine Krämer oder Pferdehändler, die mit Handschlag ihre Verträge schließen und persönlich ihren Handel führen.«

Laurentz hatte den Kopf geschüttelt. »Du irrst, Harald. Der gute Name Moellendorff ist unser größtes Kapital. Und so, wie dir die Kaufleute mit gutem Gewissen ihre wertvollen Waren anvertrauen, wenn sie von dir wissen, daß du ein erfahrener, zuverlässiger und redlicher Kapitän bist, so werden dir die Geldverleiher ihr Gold und Silber zur Finanzierung vorstrecken, wenn du einen guten Namen hast.«

»Bah! Wenn du es nicht mit Zinseszins zurückzahlen kannst, dann versuche doch einmal, mit deinem guten Namen zu bezahlen!«

»Natürlich habe ich ihnen ihr Geld mit Zinseszins zurückzuzahlen, das ist schließlich ihr Geschäft. Und das Geld, welches wir verdienen: Es ist dies alles hier …«, er drehte sich mit ausgestreckten Armen im Raum, »und das hier, es ist die Grundlage für das Glück und den Wohlstand unseres Lebens!«

Sein Sohn Harald war aufgestanden, an das schmale Bücherbrett getreten, wählte einen Band, zog ihn heraus und hatte nach kurzem Blättern die gesuchte Stelle gefunden. »Dann will ich dir vorlesen, was Erasmus von Rotterdam vor nicht allzu langer Zeit dazu geschrieben hat: ›Die eher nach Geld und Gut verlangen, und darin einen besonderen Schutz für das Leben sehen, die sich glücklich preisen, wenn es unversehrt bleibt, und elend zu sein meinen, wenn es zugrunde geht, die haben sich zweifellos selbst mehrere Götter geschaffen. Du hast das Geld Christus gleichgestellt, wenn es dich glücklich oder unglücklich machen kann.‹« Er klappte das Buch wieder zu und stellte es zurück.

»Willst du damit das Rad der Geschichte rückwärts drehen? Es bleibt dir selber überlassen, wie du als Kaufmann deinen Handel führst: als Genossenschaft mit mehreren oder als einzelner mit größerem Risiko und auch Gewinn. Wenn du willst, kannst du auch auf die steigenden Getreidepreise spekulieren und gewinnen oder alles verlieren, und du kannst, wenn du willst, dein Glück oder Unglück mit dem Besitz von Geld verbinden.«

»Also ist alles erlaubt, was der einzelne will!«

Laurentz ließ sich nicht beirren: »Nein! Ich selber bin fraglos meinen Vätern in der vierten Generation gefolgt. Du hast jetzt nur die verdammte Pflicht, selbst entscheiden zu müssen, was du willst. Diese Verantwortung nimmt dir niemand mehr ab. Kein Gott, keine Kirche und keine Tradition.«

Dem lauten Krachen des nächsten Balken folgten im Hof aufgeregte Rufe. Laurentz und sein Sohn unterbrachen ihren Disput und lauschten dem Stallknecht Ingvar, der den Handwerkern half und nun staubig im Zimmer stand.

»Herr, Ihr sollt sofort kommen, die Handwerker haben etwas gefunden, was Ihr Euch ansehen sollt.«

Auf dem Hof versuchte Laurentz unwillkürlich, den aufgewirbelten Staub zur Seite zu wedeln, zog dann aber kopfschüttelnd ein Tuch aus seiner Hosentasche und hielt es sich vor Mund und Nase, als er dem Stallknecht folgte, der auf ihn gewartet hatte.

Er suchte sich seinen Weg durch die dicken Balken und das aufgebrochene Reisiggeflecht, an dem noch Reste der Lehmbrocken hingen.

Hustend stieg Laurentz die Treppe hinauf und stand in

Simons ehemaligem Zimmer, dessen Außenwände bereits als Schutt auf dem Hof lagen. Ein Teil der Dielen war schon aufgerissen, zwei Zimmerleute standen neben dem letzten Brett und deuteten, als sie den Ratsherrn erkannten, auf den Boden: Eine verstaubte Schatulle lag dort zwischen den Balken.

»Als wir die letzten Bretter hochgenommen haben, lag das Kistchen plötzlich da«, erklärte einer der Zimmermänner. »Ein kurzes Stück der letzten Diele war nur aufgelegt gewesen.«

Ja, das stimmte. Laurentz wußte es selber. Dieser kleine Raum unter dem gelockerten Stück der Diele war ihr Versteck gewesen. Wenn Simon und er als Kinder etwas gefunden hatten oder wieder unerlaubt vier Äpfel im Garten des Bürgermeisters gepflückt hatten, die ihnen viel köstlicher schmeckten als die vielen eigenen, die im großen Korb in der Küche lagen, dann hatten sie ihre Beute in diesem Hohlraum dort verborgen. Simons Mutter hatte von ihrem Geheimnis gewußt und es niemandem verraten. Konsterniert betrachtete Laurentz die Schatulle: Warum hatte Simon in ihrem Versteck diese kleine Kiste verborgen?

»Bring sie nach vorne ins Kontor«, wies er den Stallknecht an, der neben ihm stand. »Aber wisch sie vorher sauber!«

Das abgewischte Kistchen stand auf dem Schreibtisch von Laurentz, der es mißtrauisch von allen Seiten betrachtete. Er mochte keine Überraschungen dieser Art. Auch bei genauerer Prüfung war nirgendwo ein Schloß oder ein Verschluß zu sehen. Obwohl die beiden Scharniere rostig waren, ließ sich der Deckel ohne Mühe öffnen: Zwei Briefe und darunter ein Stoffpäckchen lagen darin.

Vorsichtig hob Laurentz den oberen Brief an, von dem nur das Siegel auf der gefalteten Seite zu sehen war, und drehte ihn um. *Für mein sohn Simon* stand auf der anderen Seite. Auf dem zweiten Brief las er: *Für den, der dieses findet*. Es waren die ungelenken Schnörkel der Handschrift Wilmas, die er noch aus der Zeit kannte, als er und Simon in der Schule schreiben lernten und sie sich einen Spaß daraus gemacht hatten, Wilmas ungelenke Schrift und ihr Deutsch zu korrigieren. Warum hatte sie sich die Mühe gemacht, selbst zu schreiben?

Laurentz legte den ersten Brief beiseite, nahm den zweiten Brief heraus, drehte ihn um und betrachtete das Siegel. Es war ihm nicht bekannt. Nach kurzem Zögern brach er das Siegel auf und faltete das schwere Papier auseinander. Ein zweiter, darin eingeschlossener, ebenfalls versiegelter Brief fiel auf den Tisch. Er hatte keinen Adressaten.

Er schob den einliegenden Brief beiseite, strich die Falten des geöffneten Papieres glatt und las: *Wann immer Gott in sein ewiglich weisheit entschieden, die schatulle und dieser brief gefunden wird: mein sohn Simon wird nicht mehr am leben sein – sonst wär diese brief sicher nicht geöffnet.*

Mein sohn ist dominikaner kloster zu hildesheim, und wenn der rädliche finder dieser schatulle sich nicht gewiß, ob er noch lebt, möge dort nachfragen.

Nur falls er sich sicher, mein sohn nicht mehr auf diese erde weilt, dann möge er zweiten umschlag öffnen, der in diesem brief fest eingeschlossen.

Laurentz lächelte wehmütig: Wilma schrieb, wie sie gesprochen hatte. Er strich den unteren Falz glatt, um die Jahreszahl entziffern: *Zu Trinitatis A.D. 1565.*

Dann war die Schatulle also nicht von Simon dort versteckt worden. Wahrscheinlich war er, wie Laurentz selbst, niemals auf die Idee gekommen, in ihrem Kinderversteck nachzusehen, ob dort außer Staub etwas verborgen lag. Da er selbst dort nichts deponiert hatte und sicherlich annehmen durfte, daß Laurentz es auch nicht mehr nötig hatte – warum hätte er nachsehen sollen?

Warum machte Wilma van Leyden so viel Aufhebens um dieses Stoffbündel und hatte alles in dieser Schatulle unter den Dielen ihres Zimmers verborgen? Es schien eine Art Vermächtnis zu sein: Auch sie war anno 1565 von der Pest in Windeseile getötet worden. Doch was konnte eine Amme schon ihrem Sohn vermachen?

Neugierig geworden, hob er das Stoffbündel aus der Kiste, überrascht, wie schwer es war. Vorsichtig schüttelte er es – nichts klimperte: keine Münzen.

Er legte das kleine Bündel auf den Tisch, brach das Siegel und ließ den Inhalt auf den Tisch rollen: Juwelen, Ringe und Edelsteine blitzten herrlich im Licht – jeder ein Mehrfaches von dem an Wert, was der Zahlmeister insgesamt in Gold- und Silbermünzen auf dem Kontortisch angehäufelt hatte.

Die Suche

»Taufe Christi in der Elbe vor Wittenberg«,
Holzschnitt von Jacob Lucius, 1555

Der junge Mönch forderte Albrecht zum Warten auf und eilte mit sich aufplusternder Soutane den Kreuzgang hinunter, um den Klostervorsteher herbeizuholen.

Albrecht blickte sich währenddessen um und betrachtete die Zeichnungen auf der Mauer der Innenseite des Kreuzgangs. Verwundert trat er mehrere Schritte näher zur Wand, um einen Stich genauer zu betrachten, auf dem er die Abbildung Martin Luthers erkannt hatte.

Leise murmelte er die Schriftzeile am oberen Rand des Stiches: »Die Figur der Taufe unseres Heilands Jesu Christi / Also die herrliche Offenbarung der ewigen einzigen Gottheit in drei Personen geschehen ist / Welche alle Christen in der Anrufung betrachten sollen.«

Gerade beugte er sich hinab, um die kleineren Schriftzeilen am unteren Rand des Bildes lesen zu können, die lauteten: »Wie sich Gott hat zu erkennen gegeben durch seinen Sohn / das wahre Leben / Das zeigt uns dieses Bildnis an / …«, als ihn eine Stimme von der Seite aufschrecken ließ: »Seid gegrüßt, junger Herr.«

In seiner Vertiefung hatte er die leisen Schritte der beiden Mönche nicht wahrgenommen, die jetzt neben ihm standen. Der ältere der beiden betrachtete ihn aufmerksam und warf einen Seitenblick auf den Kupferstich, den Albrecht betrachtet hatte.

»Ihr seid überrascht, dieses Bild hier bei uns zu finden?«

»Nun, ja …«, erst jetzt wurde Albrecht bewußt, was ihn an diesem Bild gewundert hatte, »es ist erstaunlich, daß man Euch zwingen kann, ein Bild des evangelischen Reformators in Eurem Kloster anzubringen.«

Ein schnellerer Wimpernschlag war die einzig augenscheinliche Reaktion des älteren Mönches auf diese Annahme. Er wies auf das Bild und fragte: »Was seht Ihr auf diesem Bild?«

»Auf der rechten Seite unseren Herrn Jesus in einem Fluß, er wird gerade getauft. Über ihm die Taube des Heiligen Geistes, und darüber, in den Wolken, die himmlischen Heerscharen der Engel und Gottvater, der seinen Segen ausbreitet.«

Zustimmend nickte der Mönch und ergänzte: »Der Fluß ist die Elbe, und der Mann, der unseren Herrn tauft, ist Johannes der Täufer. Die Stadt, die Ihr im Hintergrund seht, ist Wittenberg. Und auf der linken Seite?«

»Ein kniender Mann, anscheinend von Adel, neben ihm kniend eine Frau, denen Herr Martin Luther seine Hände auf die Schultern legt. Hinter ihnen drei ebenfalls kniende Männer.«

Ein Lächeln umspielte die Lippen des älteren Mönches. »Das kniende Paar ist Kurfürst Johann Friedrich von Sachsen und seine Gemahlin Sibylle. Die drei hinter ihnen Knienden sind die Prinzen, ihre Söhne. Nun sagt mir, fällt Euch etwas an Herrn Doktor Luther auf?«

»Er ist«, Albrecht bemerkte es erst jetzt, »... er ist der einzige auf dem Bild, der aufrecht steht. Alle anderen, auch unser Herr Christus, knien.«

Das Lächeln des Mönches hatte sich vertieft, und mit offensichtlicher Freude wies er auf das Bild: »Gibt es ein schöneres Beispiel für die Anmaßung dieses Doktors Martin Luther und seiner Anhänger gegenüber unserem Herrn Jesus, dem Evangelium und unserer heiligen Mutter Kirche als diese Darstellung eines lutherischen Künstlers? Alle anderen, nicht nur die weltliche Macht des Kurfürsten, auch der Messias, haben vor ihm zu knien, der selber hochmütig steht.«

Albrecht schloß die Augen. So betrachtet, hatte der Dominikaner recht mit dem, was er sagte, und er fuhr fort: »Niemand hat uns gezwungen, dieses lutherische Flugblatt hier anzubringen. Manchmal ist es aber besser für die eigene Sache, den Menschen die Auffassungen ihrer Glaubensgegner zu zeigen: Sie denunzieren sich selber viel deutlicher, als wir es könnten! Wir haben niemals behauptet, daß der Messias katholisch sei, und wenn die Lutheraner nun den Messias noch einmal lutherisch taufen lassen, und Wittenberg ist ihr Jerusalem und die Elbe ihr Jordan … aber ihr wolltet sicherlich nicht über Fragen des rechten Glaubens mit mir sprechen.«

Albrecht war so verwundert angesichts der Freude des Dominikaners über eine lutherische Selbstdarstellung, daß er sich erst wieder auf sein eigentliches Ansinnen konzentrieren mußte: »Ich komme wegen Simon van Leyden, meines Onkels, des Milchbruders meines Großvaters. Er war hier bei Euch.«

»Simon! Ja, er war auch unser Bruder.« Das Lächeln des Mönches hatte sich wieder in den tiefen Hautfalten verkrochen, und aufmerksam musterte er den, nach seiner Kleidung zu urteilen, wohlhabenden jungen Mann: »Dann seid Ihr ein Moellendorff.«

»Ja, Albrecht, woher wißt Ihr?«

»Wir geistlichen Brüder haben keine Geheimnisse voreinander, und so wissen wir, daß Simon im Hause der Moellendorffs aufgewachsen ist. Seid mir also willkommen, junger Herr. Ich bin Gregor von Mechtersheim, der Prior dieses Klosters. Gehen wir ins Refektorium.«

Er wandte sich an den jungen Mönch, der immer noch still neben ihm stand und schickte ihn, einen Aufguß von Melisse mit Minze aus der Küche zu holen.

Auf ihrem Weg, den Kreuzgang hinunter, achtete Albrecht sorgfältig darauf, nicht auf die Schatten der Säulen zu treten, die von den Sonnenstrahlen auf die Platten des Steinbodens geworfen wurden. Er war bisher noch nicht in einem Mönchskloster gewesen und wollte nicht aus Versehen gegen Sitten und Gebräuche auf dieser Insel der Diaspora verstoßen. Erst als er bemerkte, daß es den Prior offensichtlich nicht kümmerte, worauf er trat, hob er den Kopf und beschleunigte seine Schritte, um den entstandenen Abstand wieder zu verringern.

Der alte Mönch blieb schließlich vor der letzten Tür stehen, ließ die schwere Holztür aufschwingen und forderte Albrecht auf, vor ihm einzutreten, dann schloß er die Tür wieder hinter sich.

»Simon van Leyden ...«, der Blick des Priors schien nach innen gerichtet zu sein, als suche er in den Archivalien seiner Erinnerung nach den zutreffenden Memorabilien. »Manchmal hatte ich den Eindruck, als sei sein Name ihm als Last mitgegeben worden. Er litt an dieser Welt, und das war schließlich auch der Grund, warum er den Orden damals verlassen hat.« Er wandte sich wieder an Albrecht. »Wißt Ihr, wie es ihm in seinem weiteren Leben ergangen ist?«

»Er war erst Seelsorger im dänischen Aarhus und wurde schließlich Bischof von Bergen in Norwegen.«

»Bischof! Ich wußte, daß etwas Besonderes in ihm war. Welcher Konfession?«

»Wie ich von ihm selber hörte: als Christ. Von einer besonderen Konfession hat er nie gesprochen. Er kannte nur einen Gott – den, der die Menschen liebt –, und er trug immer seinen einfachen, grauen Umhang. Nur die um ihn wußten, kannten seine hohe Stellung.«

»Er hat sich also nicht verändert und hat dennoch sein angestrebtes Glück gefunden. Doch warum sprecht Ihr von ihm, als lebte er nicht mehr?«

»Er ist vor einem Monat in Hamburg erschlagen worden.«

»Erschlagen, sagt Ihr? Ermordet?« Die Stimme des Priors war zu einem Flüstern herabgesunken: »Dann hat er seinem Schicksal also doch nicht entrinnen können.«

Albrecht konnte das letzte Gemurmel des Mönches nicht verstehen, so leise hatte der alte Mann zu sich selbst gesprochen. Er beugte sich nach vorne, um dem Prior näher zu sein. »Deshalb komme ich zu Euch. Vielleicht wißt Ihr eine Erklärung für sein gewaltsames Ende und könnt uns helfen?«

Ein jäher Ruck ging durch den Körper des Mönches. »Wenn Simon eines friedlichen Todes gestorben wäre – wer hätte dann nach seinem Leben gefragt? Wäret Ihr auch dann zu mir gekommen?«

Was hätte Albrecht auf diese anklagenden Worte anderes antworten können, als ein »vermutlich nein« – also beließ er es bei seinem Schweigen.

»Warum fragen die Menschen erst bei Gewalt und Mord nach dem Warum? Warum nicht auch bei Frieden und Gerechtigkeit?«

Gregor von Mechtersheim stand plötzlich auf, und das Scheuern des zurückgestoßenen Eichensessels auf dem Holzboden übertönte die unterdrückte Erregung des Mönches.

»Gewalt und Mord, Hunger, Not und Elend sind unsere ständigen Begleiter in diesem Jammertal, das wir Welt nennen. Es ist doch verwunderlicher und gäbe mehr Anlaß, nach dem Warum zu fragen, wenn ein Mensch in Frieden und Gerechtigkeit stirbt, als wenn er elendiglich zugrunde geht!«

Seine Arme, die die schwarzen Ärmel seiner Kutte weit angehoben hatten, sanken herab. Die Tür zum Refektorium hatte sich leise geöffnet, und der junge Mönch, der in die Küche geschickt worden war, kam mit einem Krug und zwei Bechern herein. Geräuschlos stellte er alles an der Stirnseite des Tisches auf die Holzplatte und blieb neben dem zurückgeschobenen Sessel stehen.

»Danke, Rudolph. Unser Gast wird nachher mit uns essen. Es soll ein Gedeck mehr aufgelegt werden.«

Nach einem kurzen Nicken drehte der Mönch sich zur Tür und verschwand wieder genauso still, wie er hereingekommen war.

»Entschuldigt, Herr Moellendorff, wenn ich Euch mit Fragen behelligt habe, deretwegen Ihr nicht zu mir gekommen seid.« Der Prior setzte sich wieder, schob einen der Becher vor Albrecht und füllte nun in beide Gefäße den dampfenden Kräuteraufguß hinein.

»Simon stand mir besonders nahe. Wenn ich nun nach über zwanzig Jahren wieder von ihm höre, und der Anlaß ist sein gewaltsamer Tod, dann betrifft es mich mehr, als ich es selber ahnte.«

Er legte seine Hände um den Becher, als wollte er sich an der Hitze des Aufgusses die Hände wärmen.

»Wir waren damals beide Assistenten des Inquisitors für Norddeutschland. Simon war zwar der Jüngste, aber dennoch der Gebildetste von uns allen. So war es kein Wunder, daß der Inquisitor ihn bevorzugt behandelte und, wie wir meinten, als seinen Nachfolger auserkoren hatte. Wenn es so gekommen wäre, hätte es niemanden verwundert, und er wäre von allen als solcher anerkannt worden. Nun …«, vorsichtig nippte der Prior an seinem Becher, »Inquisitor wäre er nicht mehr geworden, auch wenn seine Überarbeitung des Malleus Maleficarum, des sogenannten ›Hexenhammers‹, allgemeine Zustimmung fand – die Zeit hatte es mit sich gebracht, daß dieses Amt hier im Norden nicht wieder neu besetzt wurde –, aber er würde sicherlich heute an meiner Stelle hier sitzen. Er wäre vielleicht sogar nach Rom berufen worden und hätte ein bedeutendes Amt innerhalb der Kurie erhalten. Vielleicht.«

Der Prior lehnte den Kopf gegen die hohe Lehne seines Sessels und blickte gegen die Decke des Refektoriums. »Das war die eine Seite, die Ihr so kurz und richtig beschrieben habt: Er glaubte daran, daß Gott die Menschen liebt und die Sünde eine Erfindung des Teufels sei. Das ließ ihn aber immer mehr an seiner Aufgabe zweifeln, die Gottlosen aufzuspüren und zu läutern. Seine Zweifel, ob es dem Menschen möglich sei zu erkennen, was das Werk des Teufels und was das Werk Gottes ist und daß Sein Wille geschehe … Inständig suchte er nach einer Lösung dieser Zweifel, nach der Erkenntnis, daß es tatsächlich der Wille Gottes sei, dessen gehorsames Werkzeug wir sind.«

Als wolle er das Gegenwärtige aus seinen Erinnerungen verbannen, schloß der Prior die Augen. »Wochenlang bekam ihn kaum jemand zu Gesicht. Er saß nur in der Bibliothek und studierte alles, was über Schuld und Sühne geschrieben stand.

Über Monate haben wir die Nächte disputiert, bis uns vor Müdigkeit die Augen zufielen: Gibt es eine Erbsünde, die der Einzelne von dem Vater und die Väter wieder von ihren Vätern als Schuld mitgegeben bekommen haben und der er, ob er will oder nicht, unterworfen ist – oder gibt es nur eine Schuld des Einzelnen, die er auch nur für sich selber und vor Gott zu verantworten hat?«

Der Prior blickte Albrecht an. »Ihr könnt mir folgen?«

Albrecht räusperte sich und suchte nach Worten. »Wenn ich es richtig verstehe, versuchte er zu entscheiden, ob er dem Alten oder dem Neuen Testament folgen sollte.«

»Ihr seid Kaufmann?«

»Nein, Jurist.«

»Sehr interessant. Als Kaufmann hätte ich Euch das Gleichnis gesagt, daß Ihr entscheiden müßt, mit welchem Wind Ihr Eure Schiffe segeln laßt. Als Jurist seid Ihr uns Theologen schon sehr viel näher. Auch Ihr habt Eure Schriften, in denen sich das Recht offenbart und denen Ihr unterworfen seid, wenn Ihr zu beurteilen habt, ob ein Mensch und sein Handeln mit diesen Schriften übereinstimmten – ob er schuldig ist oder nicht.«

Albrecht schüttelte heftig mit dem Kopf: Diese behauptete Nähe der Jurisprudenz zur Theologie behagte ihm überhaupt nicht. »Nein. Jurisprudenz hat Prudentia, die kluge Weisheit, in sich und bedeutet vorsichtiges Bewerten – die Theologie dagegen proklamiert schon in ihrer eigenen Bezeichnung den Anspruch, Gottes Wort zu verkünden!«

Der Prior schlürfte behaglich sein Kräuterwasser. »Gut pariert, junger Herr. Ihr erinnert mich an Simon. Ich will aber nicht mit Euch streiten, obwohl es sicherlich eine Übung wäre, in der ich seit seinem Fortgang zu wenig gefordert wurde – lassen wir es also dabei, daß Simon ehrlich versuchte, sein gleichzeitiges Amt als Theologe und als Jurist miteinander zu vereinbaren. Wobei ihr anscheinend der Meinung seid …«, er blickte prüfend über den Tisch zu Albrecht, »daß sie sich gegenseitig ausschließen: wie Teufel und Weihwasser.«

»Bitte …«, Albrecht hob abwehrend die Hände, »laßt mich weniger theologisch antworten. Auch wir Juristen müssen abschließend zu einer Frage eine Meinung haben, ein Urteil finden. Aus der Tradition des deutschen Rechtes wissen wir jedoch, daß unser Recht auf der Übereinkunft einer Gemeinschaft beruht, bestimmte Regeln als Recht festzulegen, also menschlich ist und sich über die Zeiten verändert. Das Sprichwort ›vor Gericht und auf hoher See ist der Mensch in Gottes Hand‹ zitiert zu Unrecht Gott, da es die Willkürlichkeiten der menschlichen Richter meint. Es zielt auf Abhängigkeiten, die der Entscheidung des Einzelnen entzogen sind, auf Abhängigkeiten, denen er aus seiner Sicht ungerecht unterworfen wird – wobei sich allerdings umgekehrt kein Jurist dazu versteigen würde zu behaupten, er verkünde das Wort Gottes.«

Während Albrecht sprach hatte Gregor von Mechtersheim sich immer steifer aufgerichtet. »Ihr redet nicht nur so kompliziert, sondern auch so anmaßend wie ein Jurist, Doktor Moellendorff! Euer jugendlicher Eifer, meine Gastfreundschaft und der Respekt vor unserem Bruder Simon verbieten es mir allerdings, Euch als gotteslästerlichen Heiden aus diesem Kloster hinauswerfen zu lassen.«

Er war nur allzu deutlich, daß sie beide noch etwas zu üben hatten: Der Prior, daß Disputationen mit Andersgläubigen ihm mehr abforderten als die Exerzitien seiner kleinen folgsamen Schar von Mönchen, die auf ihrer katholischen Insel friedlich vor sich hin lebten, und Albrecht, daß für die grenzenlose wissenschaftliche Infragestellung nicht überall der richtige Ort war.

Er räusperte sich. »Entschuldigt, wenn ich Euch und diesem Ort gegenüber den nötigen Respekt habe vermissen lassen. Die Wahrheit wird aber seit Aristoteles nur im offenen Disput erfochten!«

»Die Wahrheit!« Der Prior erhob sich wieder von seinem Sessel, stützte seine Fäuste auf dem Tisch ab und starrte Albrecht durchdringend an. »Wenn Ihr die Wahrheit über Simon wissen wollt, Herr Doktor Moellendorff, so werde ich Euch ein Schriftstück zum Lesen geben, von dem nur wenige Menschen wissen!«

Der drohende Unterton in der Stimme des Priors wurde von dem lauten Klang einer Glocke übertönt. Gleichzeitig öffnete sich die Tür zum Refektorium und zwei Mönche, die jeder einen Stapel Teller in der Armbeuge trugen, begannen, den Tisch zu decken.

Der Prior richtete sich auf, entspannte seine Hände und knurrte Albrecht an: »Nach dem Essen werden wir weitersehen.«

Für Albrecht war ein schmaler Tisch hereingetragen worden, an dem er seitlich von der großen Tafel saß und der ihm offensichtlich machte, daß er als Gast nicht Teil des Kreises der Mönche war, die, entgegen Albrechts Erwartung, alle miteinander schwatzend und scherzend ihre Suppe löffelten.

Still tunkte er mit dem restlichen Brotkanten den Teller aus und fragte sich, was Simon wohl veranlaßt haben könnte, diese gastfreundliche und fröhliche Gemeinschaft zu verlassen.

Gregor von Mechtersheim hielt sein Wort und begab sich nach dem Essen mit Albrecht in sein Dienstzimmer, dem das Archiv des Klosters angegliedert war.

»Die Akten des ehemaligen Inquisitors sind nur dem jeweiligen Prior zugänglich. Wenn Ihr Euch einen Augenblick gedulden wollt. Ich suche das entsprechende Jahr heraus.«

Albrecht durfte das Archiv nicht betreten und wartete. Es dauerte nicht lange, bis der Klostervorsteher mit einem Folianten unter dem Arm wieder das Zimmer betrat und das dicke Buch auf den Schreibtisch legte. Der große Holztisch stand quer zu den beiden Fenstern, der Stuhl am Schreibtisch auf der Fensterseite, so daß dem Besucher das Licht in die Augen fiel und der Prior im Schatten saß. Er hatte sich über das Buch gebeugt und fuhr mit seinem Finger eine Art Register am Anfang des Buches entlang. Hinter ihm hing ein Ölbild an der Wand zwischen den Fenstern, auf dem eine Christusdarstellung segnend die Hand hob und den Besucher prüfend anblickte. Albrecht hatte das ungute Gefühl, daß dieser Christus ihn nicht aus den Augen ließ, egal, wo er sich im Raum aufhielt.

»Ja, ich hatte richtig vermutet: Hier ist es.« Der Finger von Gregor von Mechtersheim war zum Stillstand gekommen. Er murmelte: »Pagina 153«, und blätterte die Seiten auf. »Die Inquisition verwendete nur Kanzleiformate, und so konnten wir alle Schreiben, Protokolle, Urteile und Erklärungen nach Jahrgängen zusammenbinden und mit einem Register versehen. 1566 war richtig, und hier ist es. Ich werde es Euch vorlesen.« Dann stutzte er und drehte Albrecht den Folianten zu. »Entschuldigt, ich vergaß, daß Ihr als Studierter natürlich selber das Lateinische lesen könnt. Sollte Euch das Kirchenlatein Schwierigkeiten bereiten, so sagt es mir. Ich werde derweil in der Bibel lesen.«

Er ging zu einem Lesepult hinüber, auf dem ein aufgeschlagenes Buch lag.

Zögernd trat Albrecht an den Tisch heran. Die Buchstaben einer markanten Handschrift füllten das Papier der aufgeschlagenen Seite. Es machte ihm kein Problem, die Handschrift und das Latein zu entziffern.

Erklärung Simon van Leydens zu seinem Gesuch, den Orden der Dominikaner verlassen zu dürfen. Albrecht meinte die Stimme des Bischofs zu hören. *Nach Abschluß des Tridentinischen Konzils sind wir durch Seine Heiligkeit Pius IV. zur Bekennung des Tridentinischen Glaubens verpflichtet. Ich habe, wie Ihr Euch erinnern werdet, aus eigener, freier Entscheidung um die Aufnahme in diesen Orden ersucht, der mir in seiner Suche nach Wahrheit glaubwürdiger erschien als das dogmatische Wüten Johann Calvins in Genf, das ich im Jahre des Herrn 1553 nach der Verbrennung eines gläubigen Pantheisten verließ, da ich heimatlos im Glauben geworden war. In der Bekennung zu den Doktrinen des Tridentinischen Glaubens fordert Rom wieder die Unterwerfung jedes einzelnen Priesters unter das Diktat von Kirchenfürsten. Sie setzen sich als Menschen in die Herrschaft Gottes und usurpieren Gottes Rechte für sich selbst. Wo steht in der Heiligen Schrift etwas über die sieben Sakramente? Wo steht, daß wir als Menschen die Erlösungsgnade durch die Verwaltung der Gnadenmittel verteilen können? Wo gibt es in den Evangelien einen Index verbotener Bücher, und worin ist das Zölibat begründet? Wo steht es, daß unser Hirtenamt die Gesetzgebungs-, die Richter- und die Strafgewalt entfaltet? Ich will in Freiheit glauben, nicht in Knechtschaft.*

Ich bin in über zehn Jahren Euer folgsamer Assistent gewesen, und mein Ringen um Wahrheit und Gerechtigkeit fand in Euch immer Verständnis, da Ihr wußtet, daß ich als einziger Sohn eines Mannes, der durch das Schwert des Henkers seine Taten bereute, zutiefst zweifelte, ob ich selber, wie mein Vater, zum Mörder werden könnte. Ist es auch mein Schicksal? Wenn wir als Inquisitoren auch nur einen Unschuldigen verurteilen, sind wir dann nicht selber schuldig geworden? Keine päpstliche Doktrin kann mir diese Zweifel nehmen, und doch sehe ich für mich die Gefährdung, daß ich meinen könnte, nicht mehr verantwortlich für mein Handeln zu sein. Ich will es sein. Ich muß es sein.

Albrecht schloß die Augen, legte beide Hände über seinen Mund und blickte verschreckt auf, ob ihn der segnende Christus immer noch anstarrte. Der Prior sprach ihn an: »Nun? Seid Ihr immer noch sicher, daß die Wahrheit seit Aristoteles im Disput erfochten wird?« Er hatte es ohne jede Häme gesagt. »Der Inquisitor hat ihn gehen lassen. So wie es im 5. Buch Mose heißt: ›Auch seine Nachkommenschaft bis ins zehnte Glied soll nicht in die Gemeinde des Herrn kommen.‹«

Albrecht hatte sich am Tisch abgestützt und fand keine Worte der Erwiderung. War Simons Vater Hamburger? Fremde wurden der Stadt verwiesen, aber er war ein Mörder, der geköpft worden war? Wen und warum hatte er getötet? Die Fragen stürzten unvermittelt auf ihn ein. Er stand abrupt auf, drehte sich um und stürzte ohne Abschied hinaus. Gregor von Mechtersheim ließ ihn grußlos gehen. Er kannte die Reaktionen so selbstsicherer Gebildeter, wenn sie mit einer Wahrheit konfrontiert wurden, die sie nicht akzeptieren wollten.

Laurentz zögerte, doch dann stellte er die Schatulle auf den Tisch vor Mönckebronn und legte die beiden Briefe daneben.

»Ich denke, Ihr solltet Euch damit befassen. Ich kann die Frage nicht entscheiden, die in diesem Schreiben aufgeworfen wird.«

Uninteressiert hatte Mönckebronn den Deckel der unscheinbaren kleinen Kiste angehoben und fuhr erstaunt zusammen, als er die Juwelen sah. Lütjehann, der neben dem Gerichtsherrn saß, zwar gesund, aber immer noch bleich vom vielen Trinken, bekam sofort Farbe ins Gesicht.

Verständnislos blickt Mönckebronn Laurentz an.

»Lest!« forderte Laurentz ihn auf, faltete den zweiten Brief auseinander und schob ihn näher zu Mönckebronn hinüber. Der war offensichtlich unwillig, griff in seine Jackentasche, holte eine Brille hervor, und während er sich die beiden Gläser auf die Nase klemmte, brummte er: »Weiß Gott! Seit ich diese Brille habe, gibt man mir immer mehr zum Lesen!« Nachdem in den vergangenen Jahrzehnten diese Unmenge Bücher gedruckt worden war, brauchten die Menschen jetzt Brillen zum Lesen. Anscheinend, dachte er, war es wie in der Schiffahrt: Solange man nur an den Küsten entlang gesegelt war, brauchte man keine zusätzliche Navigation nach den Gestirnen.

Er überflog die ersten Zeilen, nahm dann seine Brille ab, putzte sie mit dem Tischtuch, als gaukelten die Gläser ihm etwas vor, begann von neuem und sprach die Sätze leise mit:

Wenn es ein gottesgläubig und gerächter finder ist, wird mein sohn Simon nicht mehr unter den lebenden weilen. So soll der finder den makel und den fluch tillgen, der über dem leben meines sohnes lak und der irdischen gerächtigkeit zu gutem tun verhelfen.

Der vatter meines sohnes ist Claus Kniephof, dem im jahre des herrn 1525 in hamburg aufm grasbrook mit seine kameraden vom hänker der kopf vom rumpf getrennt worden ist. Als mein Simon, ich nach hamburg kamen, überall anschläge kaufmanns Jan Fredersen, dem letzten seiner famili, die vom Kniephof getötet war, beschworn persönliche fehde gegen kleines kind: er gab bekannt, er den sohn des Kniephof, Franz Böttcher – erkenntlich seinem muttermal halbmond in sonne auf rechten schulter – in seinem namen und ähre seiner famili töten würde. Aug um aug, zahn um zahn. So nannte ich ihn Simon van Leyden, zu schützen. Kaufmann Jan Fredersen oder frau, falls sie nicht mehr leben, seine kindern, soll das stoffpäckchen als wie sühnegeld gehändigt werden, damit ihnen verlust vergolten wird und der entstandene schaden wieder gut gemacht würde. Wilma van Leyden, zu Trinitatis anno domini 1565.

Laurentz hatte mit geschlossenen Augen still mit angehört, was Mönckebronn leise vorlas – er hatte es selber immer wieder und wieder gelesen, bis er sich nicht mehr dagegen wehren konnte, zu erkennen, auf welcher Lüge das Leben seines ihm so innig verbundenen Milchbruders begründet war. Verzweifelt hatte er versucht, der Mutter Simons, seiner Amme, die ihn selbst mit ihrer Milch genährt und großgezogen hatte, die Schuld zu geben, doch er konnte sie verstehen. Er selber hatte sie nie danach gefragt, wer der Vater Simons war. Wen hatte sie denn belogen, als sie sagte, daß der Vater Simons getötet worden sei? Ist es nicht das Recht und der Instinkt jeder Mutter, das Leben ihres Kindes, das Leben, das sie selbst geboren hatte, zu beschützen?

Lütjehann sah plötzlich wieder sehr gesund aus. Er würde seiner Frau zum Gedenken eine dicke Kerze aufstellen, und einen schönen Grabstein sollte sie auch bekommen. Später, wenn die Fragen sich beruhigt hatten – wenn dieser dumme Kaufmann wieder genug Kraft gesammelt hätte, um zu ertragen, daß er mit diesem Brief Lütjehann ein schönes Erbe zugesprochen hatte.

Mönckebronn dachte nach. Er ahnte, was es für seinen geschätzten Ratskollegen bedeutete, dieses Schreiben nicht nur gefunden, sondern auch hierhergetragen zu haben. Er schüttelte den Kopf. »Fredersen? Eine Kaufmannsfamilie dieses Namens gibt es nicht mehr in Hamburg. Der letzte Nachkomme, eben dieser Jan Fredersen, ist vor Jahren verschollen, von einer Reise nicht zurückgekehrt. Er war nicht verheiratet und hatte auch keine Kinder. Sein Besitz ist, soviel ich erinnere, in die Treuhänderschaft der Stadt übergegangen. Doch das wird sich klären lassen.«

Albrecht war wie besinnungslos durch die Straßen gegangen, quälte sich durch die lärmenden Menschen auf dem Markt, suchte schließlich Zuflucht im Dom, um in der Stille Ruhe zu finden. Immer wieder rieb er sich die Stirn, drückte gegen seine Schläfen, als könne er dadurch die Gedanken zerquetschen, die ihn quälten: Welche Nachricht konnte er seinem Großvater mitbringen?

»Ist dir nicht gut, mein Sohn?« Eine leichte Hand berührte vorsichtig seine Schulter.

Albrecht blickte auf und sah sich einem alten Benediktinermönch gegenüber, der zu ihm sprach: »Komm, begleite mich in den Garten. Die frische Luft wird dir gut bekommen.«

Ohne weitere Aufforderung faßte er Albrecht am Ärmel, zog ihn hinter sich her, quer durch das Kirchenschiff und dann durch eine kleine Tür in den Klostergarten hinaus.

Albrecht atmete die frische Luft tief ein, und er war froh, daß der Mönch ihn aus der steinernen Kirche, die ihm mit dem abgestandenen Weihrauchgeruch wie eine riesige Gruft des Todes vorgekommen war, hinaus ins Freie mitgenommen hatte. Er folgte dem alten Mann, der mit einer Gießkanne in der Hand zur runden Apsis des Doms hinübergegangen war, die den Innenhof auf einer Seite begrenzte.

»Ist das ein Rosenstrauch?« Bewundernd strich Albrecht über die hohen Ranken an der Apsis des Doms.

Der Benediktiner blickte ihn von der Seite an, kratzte sich an der Glatze und fragte: »Du bist nicht aus Hildesheim?«

»Nein. Wie kommt Ihr darauf? Sieht man mir das an?«

»Nein. Der Stoff, den du am Körper trägst, den könnte auch ein Hildesheimer Kaufmann tragen.«

»Damit habt Ihr recht. Er gehört dem hiesigen Kaufmann Benningstedt, der ihn trug, als er noch jünger war. Das war es also nicht.«

»Nein, es war deine Unkenntnis, daß du vor dem tausendjährigen Rosenstock stehst, den in dieser Stadt jeder kennt und der auch darüber hinaus bekannt ist. Stets hat der älteste Mönch die Aufgabe, ihn zu hegen und zu pflegen: Erst das Wissen des Alters um die eigene Sterblichkeit erweckt den Wunsch nach ewigem Leben. Wenn ich es schon nicht erreichen kann, dann wenigstens dieser Rosenstock. In ihm wird auch meine Arbeit weiterleben.«

Gleichmütig hatte er den Rosenstock betrachtet und wandte sich nun wieder zu Albrecht: »Aber vielleicht hat es seinen Grund, daß du gerade hierhergefunden hast, wenn du nicht wußtest, was du hier finden wirst.«

»Nein, das ahnte ich noch nicht einmal. Wenn ich es gewußt hätte, würde ich diese Reise vermutlich nicht unternommen haben. Nun, wo ich hier bin, weiß ich nicht, wie ich nach Hause zurückkehren soll.«

»Dann bleibt doch. Es ist eine schöne Stadt und ein ruhiger Platz zum Leben. Es wird dir schon gefallen.«

»Nein, ich muß zurück. Ich bin nur hergekommen, um etwas über einen Mann zu erfahren, der vor Jahren hier gelebt hat, dann fortgegangen und nun gestorben ist.«

»Könnte es sein, daß ich den Mann kannte?«

Albrecht sah dem Mönch zu, wie er die Erde lockerte. Was sollte er diesen Mann mit seinen Sorgen belästigen? »Nein, ihr könnt ihn nicht gekannt haben: Simon van Leyden war Dominikaner, kein Benediktiner.«

Ruhig legte der Mönch seine kleine Gärtnerschaufel aus der Hand, wischte sich die erdigen Hände an seiner Schürze sauber und richtete sich auf. »Simon van Leyden ist gestorben? Nun gut, es ist der Weg allen Lebens, dann werde ich ihn bald wiedersehen. Doch ja, ich kannte ihn. Ich kannte ihn sogar recht gut. Ich war vor Jahren selber Dominikaner.«

Mit der Wucht eines plötzlichen Hagelgewitters brach es aus Albrecht heraus: »Ein Dominikaner, der Benediktiner wird, ein evangelischer Bischof, der erst Calvinist ist, dann Dominikaner wird und schließlich als Lutheraner stirbt! Seid Ihr so schwankend mit Euch selbst gewesen, daß Ihr die Glaubensbekenntnisse gewechselt habt wie andere Leute ihren Rock und sich selbst als Landsknecht mal für diesen oder jenen Herrn verkaufen?«

Vorwurfsvoll laut hatte Albrecht die Stimme erhoben, was den alten Benediktiner nur zu einem nachsichtigen, aber auch wehmütigen Lächeln veranlaßte. Gelassen blickte er seinen Gast an, als meinte er nicht ihn. »Wie sollst du es verstehen, mein Sohn, so jung wie du bist. Weisheit findet man eher unter Runzeln als unter glatter Haut. Ich kann dir viele Menschen nennen, denen es in diesen Jahrzehnten ähnlich wie mir ergangen ist. Jeder von uns hatte sein Haus gefunden, in dem er für sein Leben verweilen wollte und sich darin ordentlich eingerichtet. Doch dann, es war nicht unsere Schuld, dann stürzte alles durcheinander – es waren kriegerische Zeiten, als wir in deinem Alter waren. Viele von uns haben in diesen Jahren ihr geistiges und weltliches Zuhause verloren und mußten eine neue Bleibe suchen. Hast du schon einmal damit leben müssen, daß dir die Welt verlorenging, in der du dich geborgen fühltest?«

Vorsichtig hatte der alte Mönch die Schultern von Albrecht berührt, dessen Zornausbruch so schnell wie er gekommen auch schon vergangen war. »Verzeiht, wenn ich Euch etwas vorgeworfen habe, was nur meiner eigenen Hilflosigkeit entsprang. Ich selber habe diese Fragen, die ich an Euch gerichtet habe.«

Er verstummte und streckte dem Benediktiner seine beiden Hände wie ein Bettler hilfesuchend entgegen. »Was der Prior mir zum Lesen gab …!«

Der alte Mönch lachte schallend auf. »Ach herrjeh, jetzt verstehe ich: Du bist bei Gregor von Mechtersheim gewesen, und er hat dir aus seinem Giftarchiv einen Folianten herausgesucht und schreckliche Dinge über Simon erzählt!«

»Nein, er hat mir nur ein Dokument in einem Buch zum Lesen gegeben!«

Herzlich faßte der Benediktiner Albrecht nun mit beiden Händen an den Schultern. »Mein Sohn! Sei dir eines unbedingt gewiß: Bücher sind die Feinde jeder lebendigen Erinnerung!«

»Der Prior sprach nichts Schlechtes über Simon ...«

»Ah! Das wundert mich. Als Simon damals sein schwarzes Gewand ablegte und den Orden verließ, war es wie ein Erdbeben, ein riesiger Krater, der sich plötzlich, ohne ein Geräusch oder eine Vorwarnung, inmitten des Klosters geöffnet hatte und in den die ganze Schar der Mönche hineinzustürzen drohte! Der Inquisitor und sein treuer Adlatus Gregor von Mechtersheim hatten alle Mühe, ihre verstörte Herde zusammenzuhalten.«

Die Erinnerung daran schien ihn noch jetzt zu amüsieren: »Für unsere kleine Welt des Klosters bedeutete die Resignation von Simon das gleiche, als erklärte der Papst in Rom, daß er den Vatikan und den Schoß der heiligen Mutter Kirche verlassen würde!«

Er steckte seine Gartengerätschaften zusammen und schmunzelte. »Der Klerus würde ihn abgrundtief hassen und verdammen, weil er vermeintlich ihre Sache verraten hätte, und die Lutheraner würden jubeln, weil sie ja schon immer gesagt hätten, daß der Papst in Wahrheit der Antichrist sei.«

Er zwinkerte dem erstaunten Albrecht zu, der nicht ahnen konnte, daß die einfachen Katholiken sich in beständigem Hader mit der Kurie befanden. »Es ist wohl mein hohes Alter, das mich so törichte Scherze machen läßt.«

Er wurde wieder ernst: »Egal, was du von Gregor von Mechtersheim erfahren hast: Simon war ein guter Mensch – der beste von uns allen!«

Albrecht durchströmte ein Glücksgefühl, das ihn befreit aufatmen ließ. Er mußte an sich halten, den Mönch, der ihn an Simon erinnerte, nicht in den Arm zu reißen und ihm zu danken, daß er ihm die Sorge genommen hatte, was er Laurentz berichten konnte. Davon wollte er noch mehr wissen: »Wenn Ihr Simon kanntet, könnt Ihr mir von ihm erzählen?«

»Gewiß. Komm mit in meine Werkstatt. Es wird jetzt kühler, und meine alten Knochen weissagen, daß es Regen geben wird.«

Der Benediktiner – Bartholomäus, wie Albrecht mittlerweile wußte – hatte seine Gartenschürze abgenommen und sich eine andere aus weichem Leder umgebunden. Albrecht versuchte, sich im Halbdunkel der geräumigen Werkstatt zu orientieren, während Bartholomäus damit beschäftigt war, die Funzeln über der Werkbank anzuzünden. Im heller werdenden Licht trat Albrecht staunend näher an die Werkbank, um ein verwirrendes Durcheinander von Zahnrädern, Ketten und Gewichten zu betrachten, das er bei einem Gärtner nicht erwartet hätte.

»Arbeitet Ihr daran? Hat es einen besonderen Sinn?«

»Wie bitte?« Bartholomäus verharrte auf seinem Hocker stehend. »Du fragst, ob dieses Wunderwerk der Mechanik einen Sinn hat?«

Er zündete sorgfältig die letzte Funzel an, stieg von seinem Hocker herab und stand neben Albrecht. »Vielleicht hast du aber recht? Wozu braucht man Uhren, wenn sowieso die Sonne scheint? Doch, bei dem trüben Wetter hier im Norden ...«

»Es wird eine Uhr?«

Bartholomäus kicherte. »Verstehe, du hast noch niemals das komplizierte Innenleben einer Uhr gesehen, immer nur das Äußere: das flache, bunt bemalte Zifferblatt und die beiden Zeiger!«

Er ging zu einem Schrank hinüber, es klang, als würde Glas gegen Glas stoßen, und kam mit zwei Gläsern an die Werkbank zurück. »Trink einen Likör mit mir, er wird deinen Magen wärmen.«

Vorsichtig nippte Albrecht an seinem Glas und ließ den würzigen Geschmack des Kräuterschnapses langsam auf seiner Zunge zergehen.

Bartholomäus hatte sich einen Hocker herangezogen, zeigte Albrecht einen zweiten, damit er sich setzen konnte und schnalzte mit der Zunge. »Doch, es hat schon einen, nein, zwei besondere Sinne, daß ich, wie meine Ordensbrüder, diese Uhren baue. Gibt es eine schönere Allegorie für die Harmonie der göttlichen Ordnung als eine Uhr? Sie besteht aus Hunderten von Teilen, die alle ineinandergreifen, in dem jedes einzelne Teil seine Aufgabe und seinen Zweck hat und das eine nur durch die anderen existiert.«

Er suchte auf dem Tisch, fand, was er suchte, und hielt Albrecht eine am Rand regelmäßig gezackte Scheibe entgegen. »Siehst du, das ist so ein Teil, ein einfaches Zahnrad. So, wie es hier in meiner Hand liegt, ist es zwar schön anzusehen, aber nutzlos, und man könnte sich fragen, wozu es denn eigentlich mühsam, liebevoll hergestellt wurde. Um hier in meiner Hand zu liegen? Nein: Erst wenn ich es dort einsetze ...«, er hielt das Zahnrad zwischen zwei andere in der Uhr, »dann hat es seinen Platz gefunden, den es in diesem Bauplan hat und wofür es eigentlich bestimmt ist. Und wenn alles zusammengefügt ist und ich die Uhr aufziehe, ihre Triebfeder spanne, dann ist sie wie das Leben: Sie schnurrt, die Teile drehen und bewegen sich, eins greift ins andere, alle Teile haben ihren Sinn gefunden! Und wenn sie abgelaufen ist, dann ist ihr Leben zu Ende – es sei denn, ich ziehe sie wieder auf!«

Albrecht hatte auch ein Zahnrad zwischen die Finger genommen und blickte sinnierend auf die Uhr. »Setzt Ihr Euch nicht damit an die Stelle Gottes, und Euer Schlüssel ist der Lebenshauch?«

Bartholomäus war aufgestanden, holte die Flasche mit dem Kräuterlikör, goß die Gläser wieder voll, trank einen Schluck und dachte nach.

»Steht der Mensch nicht manches Mal in der Versuchung,

sich an die Stelle Gottes zu setzen? Und weiß er vorher, was er dadurch bewirkt? Als wir noch keine Uhren hatten, lebten wir nach dem Licht der Sonne. Seitdem wir diese göttliche Harmonie nachgebaut haben, treiben uns die Zeiger … Man könnte beinahe meinen, Gott straft uns für unsere Anmaßung, indem er uns eine Teufelei hat bauen lassen, der wir nun unterworfen sind, anstatt sie zu beherrschen.« Er trank noch einen Schluck und schien in sich hineinzulächeln. »Früher hat es den Abt niemals gekümmert, ob die Sonne richtigging. Ging sie auf, standen wir auf, versank sie, gingen wir schlafen. Aber du solltest ihn jetzt erleben, wenn der arme Bruder, der die große Uhr im Refektorium bedienen muß, vergessen hat, sie aufzuziehen und ihre Gongschläge nicht pünktlich um fünf Uhr durch das Kloster schallen, um uns aus den Betten zu treiben!«

»So habe ich das noch nicht betrachtet.«

»Ach, brauchst du auch nicht. Diese wunderbare Mechanik hat unser Leben bequemer gemacht. Früher mußte einer der Brüder nachts wach bleiben und die sandige Stundenuhr umdrehen, um dann bei Sonnenaufgang die Glocke zu läuten und uns dadurch aus dem Bett zu treiben. Da ist mir der Gong der Uhr schon lieber als das heftige Gebimmel der Glocke!« Er trank den Rest im Glas mit einem Schluck, füllte wieder nach und fuhr fort.

»Es gibt in der einen Wahrheit nicht nur eine Wahrheit. Haben wir nicht deshalb eine Dreieinigkeit als einzigen Gott? Gottvater kann durchaus hart und zornig sein, Gottsohn ist die Vergebung, die Liebe, und der Heilige Geist …? Darüber muß ich noch nachdenken!« Es schien ihn nicht im mindesten zu irritieren, daß er darauf keine Antwort wußte.

»Aber das Bauen der Uhren hat noch einen anderen Sinn: Als Benedikt von Nursia diesen Orden begründete, hat er ihm zwei Prinzipien mit auf den Weg gegeben: Beten und Arbeiten. Und so schützt uns unsere Arbeit, über Fragen nachzugrübeln, die wir nicht entscheiden können. Denn die Erbsünde der Menschen ist nicht die Erkenntnis ihrer Körperlichkeit, nicht der

Verlust der Keuschheit ihres Fleisches, als sie das andere Geschlecht erkannten – es ist die Anmaßung zu meinen, daß der Mensch nach Gottes Ebenbild geschaffen sei und ihn, aber eigentlich sich selbst, zum Maße aller Dinge machte.

Seit ich nach den klugen Regeln Benedikts lebe, bin ich dieser Versuchung nicht wieder anheimgefallen. Als Dominikaner war ich immer gefährdet, so wie Simon es war. Es gab eine Zeit, da wollte er Herr seines Schicksals sein und wurde von Gott dafür bestraft. Er hat es angenommen und ist dadurch in meiner Wertschätzung als Mensch nur noch gewachsen.«

Mit einer abrupten Handbewegung schob Albrecht sein Glas beiseite. »Wofür ist Simon bestraft worden? Dafür, daß er der Sohn seines Vaters war?«

Bartholomäus starrte auf die Uhr, dann wandte er sich wieder zu Albrecht: »Gregor von Mechtersheim hat dich das Gesuch lesen lassen, das Simon schrieb, um fortgehen zu dürfen?«

Albrecht nickte.

»Hat er noch mehr berichtet?«

»Nein.«

Albrecht zuckte zusammen, als der milde Bartholomäus nun mit der geballten Faust auf die Werkbank schlug. »Wie sollte er auch, dieser angebliche Stellvertreter Gottes auf Erden, dem das Wort Demut noch nicht einmal über die Zunge kommen würde, wenn man versuchte, es aus ihm herauszuprügeln. Dieses Wort ist in den wundersamen Perlen seines Sprachschatzes nämlich gar nicht vorhanden!« Er schluckte. »Verzeiht, ich weiß es selber, daß Hochmut und Zorn zu den sieben Todsünden zählen, und ich werde es beichten, daß ich nur ein Mensch bin und kein Ebenbild Gottes!«

Er blickte an sich hinunter, stand auf, hob die Ärmel seiner Kutte und drehte sich, daß seine mageren Beine sichtbar wurden. Dabei strich er sich über seine Glatze. »Oder meinst du etwa, Gott hätte Ähnlichkeit mit mir?«

Albrecht war nicht nach Scherzen zumute. Was war noch

weiter über Simon zu berichten? Was wußte dieser Mönch, wovon er nicht sprach?

Bartholomäus hatte den fragenden Ernst in Albrechts Miene wohl gesehen, und er lief wie ein gefangenes Tier in der Werkstatt umher. Er rang die Hände, blieb dann vor der halbfertigen Uhr stehen, riß sich wieder davon los, stand erneut vor der Uhr, nahm das daneben liegende Zahnrad auf und murmelte schließlich: »Alles greift ineinander, und erst wenn jedes einzelne an dem Platz ist, wo es hingehören soll, ist die Ordnung wieder hergestellt.«

Geraden Schrittes ging er zum Schrank, kam mit einer Kerze in der Hand zurück, die er an einer der Funzeln entzündete und neben Albrecht auf die Werkbank stellte, legte ein gefaltetes Papier, das er in der anderen Hand gehalten hatte, vor Albrecht hin, hielt seine Hand darauf und setzte sich auf seinen Hocker.

»Es ist kein Zufall, daß du mir begegnet bist, nachdem du bei Gregor von Mechtersheim gewesen warst und ich dich ansprach, weil du der Hilfe eines Menschen bedurftest. Bevor du nun dieses Schreiben lesen sollst, möchte ich dir erst noch etwas über die Zeit berichten, in der Simon diesen Brief an mich schrieb.«

Er faltete die Hände, spreizte die Finger gegeneinander, daß die Gelenke knackten, und hustete.

»Ich war damals unterwegs, auf einer Wallfahrt nach Santiago de Compostela. Als ich zurückkehrte, war Simon fortgegangen. Ich hatte keine Erklärung und konnte niemanden fragen. Im Kloster durfte sein Name nicht mehr genannt werden. Zu große Hoffnungen hatte der Inquisitor in seinen besten Assistenten gesetzt, als daß er an diesen schmerzlichen Verlust erinnert werden wollte. Es wurde manches zwar geflüstert, aber Gregor von Mechtersheim wachte streng darüber, daß jeder fürchtete, beim Gespräch plötzlich von ihm überrascht zu werden.«

Er betrachtete versunken die Kerze, an deren Docht die Hitze der Flamme das Wachs verbrannte.

»Als wir uns das letzte Mal gesehen haben, vor meiner Abreise nach Santiago, war Simon seit einigen Wochen wie umgewandelt gewesen. Aus dem grübelnden Bibliothekshocker, der einem manchmal auf die Nerven gehen konnte, wenn er sein ihn zutiefst beschäftigendes Thema von Schuld und Sühne immer wieder mit einem besprechen wollte, war ein Mensch geworden, dem eine Last von den Schultern genommen schien, der sich an der Sonne Gottes freute und sich sogar an unseren manchmal derben Scherzen beteiligte, was er vorher immer vermieden hatte. Die Führung der Prozesse überließ er Gregor von Mechtersheim.

War es vorher der Respekt vor seiner Bildung, die Achtung vor seiner Wortgewandtheit, das Wissen um die Tiefe seiner Erkenntnis, verwandelte sich in diesen Wochen alles aus einer Distanz zu einer großen Sympathie für einen Ordensbruder, der sich selbst und uns das Leben leichter machte, weil er fröhlich war.«

Die Kerze knackte trocken, und Bartholomäus holte eine Schere, um den Docht zu schneiden.

»Um so unverständlicher war es für mich, daß er fortgegangen war, ohne sich von mir zu verabschieden. Ich trug diesen Groll und diese Wehmut einige Tage mit mir herum, als ich dann abends zum Trost in meiner Bibel lesen wollte – mein Lieblingsgleichnis über den verlorenen Sohn, was Simon wußte – und dieses dünne, gefaltete Blatt zwischen den Seiten an dieser Stelle verborgen lag. Nun lies selber.«

Albrecht zögerte, das Papier auseinanderzufalten. Was würde schwerer sein, das Wissen zu ertragen oder das Unwissen? Wenn sich dadurch vielleicht etwas klären ließe? Er faltete das Blatt auseinander.

Die Schrift, die er an diesem Tag schon einmal gesehen hatte, erkannte er sofort wieder, doch schien sie hier flüchtiger, gehetzter und zugleich persönlicher zu sein als in dem offiziellem Gesuch.

Lieber Freund! Heute verlasse ich das Kloster – werde versuchen, so weit wie möglich nach Norden zu gehen. Du erinnerst den letzten Prozeß, den ich als Richter führte? Gegen den Kaufmann Jan Fredersen, der überall in der Stadt erzählte, er suche einen Mann, der ein bestimmtes Hexenmal auf der rechten Schulter trüge, den Halbmond in der Sonne? Den ich ergreifen ließ, als Hexer anklagte? Er hatte genügend Salben und Tinkturen unter seiner Ware, so daß der Beweis nicht schwierig war, der schließlich nach peinlicher Befragung auch gestand und der weltlichen Vollstreckung ausgeliefert wurde? – Der Mann, den er suchte, war ich selber, Sohn eines Vaters, an dem der Fredersen sich rächen wollte. – Ich dankte Gott, daß er mir diesen Mann schickte, als ich mich wehren konnte, nicht mehr machtlos war. Mit seinem Tod war eine Bürde von mir genommen. Das Damoklesschwert der Rache, daß er über mich und meine Nachkommen gehängt hatte. Ich konnte es gegen ihn selber wenden. Ich wurde frei zu leben, frei zu lieben. Es war eine Dienstmagd, die ich liebte, und als sie ein Kind von mir erwartete, wurde sie von einem anderen Mann, dem sie sich verweigert hatte, als Hexe vor das Tribunal gezerrt. Trotz aller Bitten gab Gregor von Mechtersheim das Verfahren nicht an mich weiter. Er hat wohl von uns gewußt, ließ sie den Weg gehen, den ich selbst den Kaufmann Fredersen hatte gehen lassen. Ich konnte es nicht verhindern.

Ich nahm ein Leben, Gott nahm mir zwei. Er hat mich hart gestraft in seinem Zorn. Ich habe erst zu spät erkannt, als er mir die Liebste nahm, daß ich der Macht, die mir mein Amt gab, nicht widerstehen konnte, nur meinen Vorteil sah. Es soll mir eine Lehre sein. Vielleicht ist Gott mir gnädig, läßt mich Ruhe finden. Lebe wohl! Simon.

Albrecht hatte den Brief mit bleierner Konzentration gelesen, um das Zittern seiner Hand nicht zuzulassen. Langsam ließ er das Blatt sinken.

Bartholomäus betrachtete ihn aufmerksam und schwieg. Die Luftbewegung brachte die Kerze zum Flackern und zog Albrechts Aufmerksamkeit auf sich.

»Wenn es dir richtig erscheint, junger Freund, dann tu es nur – ich habe nichts dagegen.«

Albrecht hielt das Blatt immer noch mit den Fingern fest, hob es langsam, wie im Trance wieder hoch, drehte es so, daß die eine Ecke in der Kerzenflamme Feuer fing und die Glut gierig züngelnd das Papier verschwärzte und in Rauch aufgehen ließ.

Bartholomäus griff hinter sich, brachte eine Schale mit Wasser zum Vorschein, die er auf die Werkbank hinstellte, und die glimmenden Reste des Briefes taumelten dem Wasser entgegen.

Endlich fand Albrecht seine Worte wieder: »Und Ihr sagtet, er sei in Eurer Wertschätzung gestiegen?«

Bartholomäus nickte ruhig. »Wer ist so alt wie ich geworden und könnte sagen, er sei ohne Schuld geblieben? Simon aber hat sie angenommen und sich zu ihr bekannt.«

In Gedanken versunken malte sein Zeigefinger Kreise mit den Wassertropfen, die aus der Wasserschale übergeschwappt waren. »Mein junger Freund, du hast heute einen anderen Menschen getroffen, der sich genau wie Simon einst verhielt und immer noch das ist, was er damals war! Mehr noch: Gregor von Mechtersheim ist sogar emporgestiegen.«

»Und Ihr?«

»Ich habe die Dominikaner verlassen, war eins der Schäfchen, die nicht wieder eingefangen werden konnten, und habe meine Zuflucht hier gefunden, wo ich bete, meine Uhren baue und nun, da ich alt und würdig bin, den Rosenstock pflegen darf.«

»Warum habt Ihr mich den Brief verbrennen lassen, wenn Ihr ihn alle diese Jahre für Euch bewahrt habt?«

»Er war ein Band zwischen mir und Simon. Er hat mich immer beschützt, Torheiten zu machen. Nun sind meine Knochen alt«, er kicherte, »nur mein Geist ist vielleicht noch töricht. Ich brauche diesen Schutz nicht mehr. Dir konnte ich noch erklären, wer Simon war, was es mit diesem Blatt auf sich hatte, und du weißt jetzt auch darum. Mir ist nur noch wenig Zeit vergönnt, den Rosenstock zu pflegen, und wenn ich die Gärtnerschürze endgültig abgelegt haben werde, ein anderer meine

Bibel übernehmen wird und diesen Brief findet – könnte er ihn denn verstehen? Nein! Wenn die lebendige Erinnerung begraben wurde mit denen, die sie in sich trugen, dann sterben wir ein zweites Mal. Unwiderruflich. Das Papier, das übrig bleibt, ist dann ebenso tot, wie der Mensch, der es geschrieben hat.«

»Aber man kann es doch weiterhin lesen! Und, es heißt doch, wer schreibt, der bleibt!«

»Ach, trinkt lieber noch einen Likör, wir vertrödeln eh zu viele Zeit mit Grübeln. Was bleibt, ist die Farbe der Buchstaben, die ein anderer vielleicht später noch lesen kann, wenn das Papier nicht schon verdorben ist. Was sind aber schon die Buchstaben, wenn ich nicht um ihren geistigen Gehalt weiß. Das ist ebensogut wie eine Flasche Likör, die leer ist, trocken, ausgedünstet, und jemand wollte dann behaupten, er würde den Geschmack empfinden!«

Nicht nur das flackernde Kerzenlicht ließ hektische Flecken auf Albrechts Wangen aufglühen. »Und alles Studieren, Lernen, Lesen, die ganzen Bibliotheken, Universitäten?«

Bartholomäus war aufgestanden, zum Schrank gegangen, holte ein Buch heraus und legte es neben die Likörflasche auf den Tisch.

»Das ist …«, er schlug den Deckel zurück, »wie du selber lesen kannst, das Alte und das Neue Testament. Es hat die Form eines Buches, und diese seltsamen Krixelkraxel sind kein Fliegendreck, sondern Buchstaben – aber eigentlich …«, Bartholomäus machte eine Pause, um die Spannung zu erhöhen, »ist es eine leere Flasche.«

»Wie meint Ihr?«

»Jede Generation hat sich einen anderen Reim darauf gemacht, was diese Wörter bedeuten sollen. Wenn diese Buchstaben ihren Sinn behalten hätten, dann brauchte kein Theologe etwas anderes darüber schreiben. Jeder hat aber einen anderen Geist in diese leere Flasche gefüllt, nicht nur nacheinander, sondern auch gleichzeitig. Die ganze Kirchengeschichte ist nichts anderes, als die Abfolge verschiedener Braumeister, die immer neue Mixturen ansetzten –, und seit der Reformation gibt es nun sogar verschiedene Brauhäuser mit noch mehr Braumeistern. Alle füllen zwar die gleichen Buchstaben hinein, doch, oh Wunder, nicht nur das Etikett ist unterschiedlich, auch der Inhalt ist tatsächlich ein anderer geworden!«

Er lachte. »Man könnte beinahe meinen, Gott legt nicht nur keinen Wert darauf, sondern will vielmehr verhindern, von uns Menschen erkannt zu werden.«

Bartholomäus goß noch einmal die Gläser voll. »Junger Freund, nimm es nicht so ernst: Ich bin nur ein törichter alter Narr, dem seine Uhren wichtiger geworden sind als alle Theologie und den man nicht mehr erschrecken kann. Ich werde bald selber vor meinem Herrn stehen, und er wird mir dann persönlich sagen, ob ihm meine Reime gefallen haben oder nicht. Doch nun, erlaube mir, will ich noch eine neue Flasche holen.«

Allein gelassen wanderte Albrecht in der Werkstatt umher. Ihn fröstelte. Er blieb vor der Wasserschale stehen und starrte auf die spiegelnde Oberfläche, an deren Rand ein weißer Rest des Briefes wie ein Rosenblatt auf dem Wasser schwamm. Die Tinte der drei Worte, die noch erhalten waren, begann, sich im Wasser aufzulösen: »Lebe wohl! Simon.«

Albrecht spürte, wie seine Panzerung schwächer wurde und Fragen sich unerbittlich einen Weg bahnten. Da lagen nun die verkohlten Fragmente des Briefes vom Wasser benetzt in der Schale: Warum hatte er den Brief verbrannt, wenn er die Worte Simons in seinen Kopf übertragen hatte? Er war so unbedarft hierher gekommen, nun schien sich alles in einem Wirbel zu bewegen – der Abgrund, von dem Bartholomäus gesprochen hatte, der sich auftat, als Simon das Kloster verließ, der tat sich jetzt für ihn auf, als er diese Orte der Vergangenheit Simons besuchte.

Was hatte er selber gesucht, was hatte er gemeint, zu finden, als hierher kam? Wenn Simon davon nichts erzählt hatte, dann hatte er seinen Grund dafür.

Er, Albrecht, hätte doch wissen müssen, daß es blutige Geheimnisse sein würden, für die Simons Blut geflossen war. Er, Albrecht, hatte doch die Kapseln der Vergangenheit geöffnet, öffnen lassen, von denen, bei denen sie gut verborgen lagen. Wäre es mit Simons Willen geschehen, wenn er sich dazu hätte äußern können? War er zu früh gestorben? Ja. Und auch wieder nein! Wäre er nicht so gestorben, dann stünde er, Albrecht, jetzt nicht hier.

Simon selbst hatte durch sein Schweigen die Schaufel bereitgestellt, mit der jetzt andere in seiner Vergangenheit gruben und eine Antwort suchten! Welche Antwort hatte er gefunden? Zumindest keine, derentwegen er hierhergekommen war. Albrecht stöhnte auf und preßte sich wieder die Hände gegen die Schläfen. Jetzt verstand er, was sein Philosophielehrer in London meinte, als er seine Schüler gewarnt hatte:

»Die Frage ist der Beginn jeder Philosophie. Aber wenn ihr zu fragen beginnt, seid euch darüber im klaren, daß jede Antwort eine neue Frage ist. Wenn ihr zu fragen beginnt, habt ihr einen Weg begonnen, von dem ihr nicht wißt, wohin er euch führen wird. Nehmen wir an, ihr wollt ein euch fremdes Dorf besuchen und geht auf der Landstraße. Weil ihr euch nicht ganz sicher seid, fragt ihr einen Bauern, ob ihr auf dem richtigen Weg seid. Wenn er euch einen anderen nennt, dann fragt ihr euch, warum der Freund, der euch den Weg beschrieben hatte, euch einen falschen nannte, oder ihr fragt euch, ob der Bauer tatsächlich den richtigen kennt. Wenn er eure Ansicht bestätigt, dann mag da etwas in seiner Miene gewesen sein, ein schiefes Grinsen, daß ihr euch fragt, ob er nicht absichtlich etwas Falsches sagte, weil er Leute aus der Stadt nicht mag und seinen Spaß hat, sie auf einem falschen Weg weiterwandern zu lassen. Also fragt ihr euch, was ihr jetzt tun sollt.

Wahrscheinlich werdet ihr jetzt einen anderen fragen, der euch dann begegnet, wenn ihr überhaupt weitergegangen seid. Die zweite Antwort wird vielleicht sogar eine Frage sein, daß es nämlich zwei Dörfer mit demselben Namen gibt und welches ihr denn meint? Wie sollt ihr das wissen, denn wüßtet ihr es, hättet ihr nicht gefragt. Am einfachsten wäre es gewesen, ihr wäret gar nicht erst losgegangen oder hättet nicht gefragt, als ihr unterwegs wart. Ob ihr dann allerdings dort angekommen wäret, wo ihr hin wolltet, das ist dann wieder eine neue Frage.«

Durch den Gang war das Schlagen der Uhr im Refektorium zu hören. Neun Uhr. Gleichzeitig begannen die Glocken der Klosterkapelle zu läuten.

»Nein!« hatte Albrecht derart laut herausgeschrien, daß Bartholomäus vor Schreck beinahe die Flasche aus der Hand gefallen wäre.

Irritiert fragte er zaghaft: »Wenn du vielleicht an unserer Abendmesse teilnehmen willst? Wenn wir das Domine singen, klingt es überirdisch schön, und ich könnte dir, wenn du willst, erklären …«

Albrecht hatte nicht zugehört. Er blickte auf, seine Augen glichen denen eines gehetzten Tieres, und er stammelte: »Entschuldigt, ich muß fort … bevor die Wachen aufziehen … habe keine Laterne …« Es war offensichtlich, daß alles nur ein Vorwand war.

Bartholomäus hatte seine Flasche abgestellt, sah voller Mitempfinden und gleichzeitigem Unverständnis auf seinen verwirrten Gast und umarmte ihn. »Dann geh, junger Freund. Versprichst du mir noch etwas?«

»Ja, sicher!« Albrecht hätte alles versprochen – er wollte jetzt nur noch hinaus aus diesen Mauern.

»Wenn du später wieder einmal nach Hildesheim kommst, besuch mein Grab, und denk an mich als guten Menschen, so …«, er blickte Albrecht prüfend an und drückte mit beiden Händen fest gegen seine Arme, »wie ich an Simon immer als guten Menschen denke.«

Albrecht nickte hastig: »Das will ich gerne tun, und danke … für alles … und bleibt noch lange leben!«

Das laut herausgeschriene Nein war in seinem Empfinden auf ein Ja geprallt: Mechthilds Stimme klang in seinem Kopf.

Kaum war Albrecht aus der Werkstatt hinaus, sprang er über die Balustrade des Kreuzgangs, rannte über den grün keimenden Rasen, vorbei am Rosenstock, riß die Tür der Apsis auf, hatte in wenigen Augenblicken das Kirchenschiff durchquert und stemmte das Portal auf. Er sprang über die Beine von zwei Bettlern hinweg, die im Eingang lungerten, um sich vor dem Regen zu schützen, und nun voller Schreck unter ihre Decken krochen, als wäre Albrecht ein Besessener, der Teufelsaustreibung entflohen, der nun über den Domplatz raste, zum Markt hinunter, am prachtvollen Knochenhaueramtshaus vorbei, über den leeren Marktplatz, auf dem nur ein verschlafener Nachtwächter in einer Nische aufschreckte, seine Hellebarde aufnahm und meinte, nun wäre es Zeit, seine Laterne anzuzünden, denn er hatte nicht erkannt, wer da über das Pflaster lief, wessen Schritte sich in einer Seitenstraße verloren und dann verklungen waren.

Mechthild hatte an der Tür auf ihn gewartet und winkte, als sie Albrecht erkannte, der sich in ihre Arme warf und sie küßte, als wolle er sich in ihr verlieren.

Sie drückte ihn weg von sich, sah voller Sorge sein bleiches Gesicht. »Ich fürchtete schon, du würdest heute nicht mehr kommen.«

Wieder zog Albrecht sie wortlos heftig in seine Arme, und widerstrebend ließ sie es sich einen Augenblick gefallen, bis sie sich wieder befreite, »Komm herein. Vater ist schon schlafen gegangen und sagte, ich sollte warten und dir deine Kammer zeigen.«

Sie nahm ihn an der Hand und geleitete ihn die Treppe hinauf, durch einen dunklen, langen Gang, der ins hintere Haus führte, in ein Zimmer, in dem eine Kerze brannte und ein Bettgestell mit weichen Kissen für ihn bereitstand.

Albrecht wollte sie wieder umarmen, doch Mechthild wehrte ab: »Nicht so schnell. Ich muß erst die Haustür verschließen, die Lichter löschen und sehen, ob mein Vater wirklich schläft.«

Hastig zerrte Albrecht sich die Kleidung vom Leib, rieb sich mit einem Lappen die Nässe und den kalten Schweiß vom Körper und kroch unter die wärmende Decke.

Das Blut pochte in seinem Körper, als wären die Adern zu eng geworden, durchpulste seinen Kopf, der ihm zu bersten schien, und Albrecht zog die Luft so laut in seine Lungen und stieß sie durch die Nase wieder aus, daß Mechthild ihm über die Stirn strich: »Ruhig, Albrecht! Tschhhh!«

Er war so davon getrieben, alles zu vergessen, daß Mechthild erst entzückt war, sich dann aber beinahe zu fürchten begann, als er nicht von ihr ablassen wollte und so heftig und immer wieder in sie eindrang, als würde er etwas vernichten wollen, bis er nach einer endlos anmutenden Zeit erschöpft zur Seite rutschte und schwer atmend in ihrem Arm lag.

Selbst außer Atem, verwundert, doch zutiefst befriedigt, strich sie ihm über die verschwitzten Haare: »Es ist ja alles gut, Liebster!« und war sich nicht sicher, ob er sie überhaupt wahrgenommen hatte, als sie wieder in die Kammer kam. War das wichtig? dachte sie. War es nicht die Unschuld des Paradieses, falls er sie nicht erkannt hatte? Sie genoß es, daß er wie ein gefallener Engel an ihrer nackten Brust lag, und streichelte ihn sanft in den Schlaf.

Albrecht hatte tief und traumlos geschlafen, erwachte ausgeruht, schob eine Hand beiseite, die er unter der Decke spürte, und blinzelte: Es war Heilwichs Hand.

»Ich hätte gestern gerne noch auf dich gewartet. Doch mein Bruder meinte, wenn schon, sollte es Mechthild sein. Er schien sich etwas davon zu versprechen.« Sie machte einen spitzen Mund: »Mechthild auch, aber vermutlich etwas anderes – hat sie es bekommen?«

Sie ließ ihre Hand unter die Decke gleiten, die Albrecht wieder wegschob. »Das war gestern.«

Heilwich schmollte: »Nun gut. Das Frühstück steht bereit.«

Sie stand auf und drehte sich noch einmal um. »Wenn es noch ein Heute gibt, dann denk an mich.«

Albrecht blickte ihr nach, rubbelte sich durch die Haare und fragte sich, ob es wohl ein Badehaus in der Stadt gäbe, wo er sich reinigen konnte. Er suchte seine umher liegende Kleidung zusammen und zog sich an.

Kaufmann Benningstedt unterließ es dieses Mal, ihm seine Tochter anzubieten und beschränkte sich auf Plauderei, da Albrecht auch nicht sehr gesprächig war, was die Ergebnisse seiner Nachforschungen über Simon anbelangte.

Sie klärten noch die Frage, wo er am besten ein neues Pferd kaufen konnte – der Edelstein würde ein Mehrfaches von dem erbringen, was er zu zahlen hatte –, und Benningstedt verabschiedete sich: Er wollte noch zur Kaufmannsgilde gehen.

Albrecht und Mechthild blieben am Tisch sitzen. Als sie alleine waren, griff er nach ihrer Hand. »Kommst du mit mir nach Hamburg?«

Mechthild legte vor Überraschung ihre Hand aufs Herz und blickte ihn verwundert an. »Du willst mich heiraten?« Ihre Brust hob und senkte sich schneller. »Warum? Weil mein Vater mich unter die Haube bringen will?«

»Brauchst du dafür eine Begründung? Wenn du warum fragst, hast du damit doch schon nein gesagt.«

»Nur weil wir ein paarmal miteinander kopulierten?«

Sie griff über dem Tisch nach seiner Hand. »Auch wenn ich es immer wieder gern mir dir erleben würde – warum soll ich mit dir alleine vorliebnehmen, wenn ich noch so viele andere Männer haben kann?«

Dazu fiel Albrecht erst einmal nichts ein. Er starrte auf den Tisch, als könnte er im Labyrinth der Maserung eine Lösung finden, aber er kam zu dem Schluß, daß Mechthild wohl für das Bürgertum bereits verloren war.

Er spürte ihren mitfühlenden Händedruck, als wäre er ein armes Hündchen, das pudelnaß im Regen stand – dann hatte er eine Idee und richtete sich auf: »Doch, du könntest vielleicht dennoch mit nach Hamburg kommen! Dein Vater sprach davon: Er bedauerte, daß ihr nicht von Adel seid, weil er dich und auch Heilwich dann in ein Stift einkaufen könnte – damit ihr versorgt wärt und standesgemäß leben würdet!«

»Seit wann gibt es in Hamburg adelige Stifte? Ich dachte, in Hamburg kann kein Adeliger das Bürgerrecht erwerben?«

»Ja, aber genau das ist es doch! Es gibt in Hamburg zwar keinen Erbadel, der einen kaiserlichen oder königlichen Adelsbrief vorweisen könnte, aber die erbgesessenen Ratsfamilien fühlen sich als die Patrizier der Stadt und haben deshalb für ihre unverheirateten Töchter und Schwestern ebensolche Stifte eingerichtet. Genau das, wovon dein Vater sprach. Herwardeshude heißt es, glaube ich.«

»Meinst du wirklich, ich will in ein Damenstift und immer nur häkeln und singen – dann könnte ich ja gleich Nonne werden. Will ich aber nicht!«

Albrecht grinste breit. »Ich werde mich erkundigen. Ich habe nämlich munkeln gehört, daß es dort nicht wie in einem Kloster zugeht, sondern eher wie in eurem lustigen Haus, in dem ich vorgestern nacht zu Gast war.«

»Tsch, sei still.«

Albrecht beugte sich über den Tisch und flüsterte: »Als den Kirchenoberen zugetragen wurde, daß es dort eben nicht wie in einem Kloster zuginge, wollten sie eine Kommission schicken, um das zu überprüfen. Die Stiftsdamen sollen dann aber mit ihren Brüdern und Vätern im Rat gesprochen haben, der prompt als Kirchenaufsichtsbehörde der Kommission den Zutritt zum Stift verbot!«

Unschlüssig rollte Mechthild einen Becher zwischen ihren Handflächen hin und her.

»Ich könnte dich dann auch ab und zu besuchen!«

Das hätte er nicht sagen dürfen. Damit war für Mechthild die Frage geklärt. »Nein, ich will da nicht hin. Das wäre ja so eine Art Stifts-Ehe! Ich muß immer auf dich warten und darf dich nicht besuchen, wenn ich dazu Lust habe! Nein, schlag es dir aus dem Kopf. Ich bleibe hier.«

»Schade«, murmelte Albrecht, sichtlich enttäuscht. »Nun gut, dann werde ich mich auf den Weg machen.«

War es das neue Pferd, das anscheinend nicht mehr gewohnt war, lange Strecken bewegt zu werden und immer unwilliger wurde, oder war er es selbst, der zunehmend nervöser wurde, je mehr er sich Hamburg näherte?

Albrecht hatte sich in Hildesheim einer Gruppe von Reitern angeschlossen, die bis Celle zusammen blieb und sich die Zeit kurzweilig vertrieb, indem sie zwischendurch bis zu bestimmten Zielen galoppierte, wobei jeder der erste sein wollte. Einer fiel gleich zweimal vom Pferd, was Lachsalven und anhaltende Neckereien durch die anderen nach sich zog.

Jetzt, am zweiten Tag, ritt er neben einer vierspännigen Kutsche, die vorneweg durch zwei bewaffnete Reiter eskortiert wurde. Der gleichmäßige Trab neben der Kutsche, die gleichförmige Bewegung im Sattel, die geringe Ablenkung von sich selbst bekamen ihm nicht.

Hatte er gestern noch das Gefühl gehabt, Hildesheim und alle Erlebnisse hinter sich gelassen zu haben, schien die Handschrift von Simon ihn jetzt wieder eingeholt zu haben.

Was sollte er Laurentz berichten?

Sollte er einfach schweigen?

Konnte er versuchen, sein Wissen zu vergessen?

Wenn er so tat, als hätte er nichts in Erfahrung bringen können: Wen würde es wundern? Wer würde nachforschen? Und wenn, wem würde der Prior noch einmal sein Buch heraussuchen? Der Brief von Bartholomäus war vernichtet. Warum nicht alles in der Vergangenheit ruhen lassen?

Nein, widersprach er sich selbst: Dann wäre ich genauso wie

Simon und würde seinen tragischen Fehler wiederholen, indem ich schweige und nicht rede.

Er grübelte, und eins wurde ihm gewiß: So wie er sich jetzt fühlte, hatte Simon vermutlich auch empfunden, als er schwieg. Er hatte keine Angst vor der Vergangenheit. Nein. Er hatte Angst vor seiner Zukunft.

Albrecht hatte der Versuchung widerstanden, an Hamburg vorbeizureiten oder in Bergedorf, vor der Stadt, noch eine Übernachtung einzulegen, das Zusammentreffen mit Laurentz hinauszuzögern.

Seine Mutter Agathe umarmte ihn herzlich, musterte ihn aber genau. »Was ist geschehen? Du reitest ein anderes Pferd und siehst aus wie ein erwachsener Mann, dem die letzten Jugendpausbacken in den vergangenen Tagen abgeschmolzen wurden!«

»Mutter, später erzähle ich dir alles gerne und ausführlich. Wo sind die anderen? Wo ist Großvater?«

»Dein Vater Harald ist nach Norwegen unterwegs, Karl ist am Hafen, Marthe sitzt bei Kobi und den Mägden in der Spinnstube, und dein Großvater sitzt bei Mönckebronn im Niedergericht.«

»Ist heute denn Gerichtstag? Was will er dort?«

Agathe strich ihm über die schmalen Wangen. »Lauf nur eben hin. Er müßte sowieso bald nach Hause kommen. Geh ihm entgegen. Er selber wird es dir besser erzählen und erklären können, was passiert ist.«

Der Weg verwirrte Albrecht noch mehr. Eines seiner Beine wollte laufen, das andere sperrte sich dagegen, und er war außer Atem, als er schließlich das Niedergericht erreichte, hinkend wie ein Krüppel.

Im Niedergericht stellte Laurentz gerade abschließend fest: »Simon ist tot und der letzte Nachkomme dieser Familie, Jan Fredersen, ist seit Jahren verschollen. Keiner der beiden hat Nachkommen. Damit ist diese verdammte Privatfehde beendet!«

Lütjehann mußte ein Grinsen unterdrücken, da Moellendorff nicht ahnen konnte, daß er wußte, was in den langen Regalen des Gerichtsarchivs so alles vor sich hin schlummerte.

Albrecht, der gerade das Besprechungszimmer des Niedergerichtes betrat und hörte, was Laurentz mit lauter Stimme verkündet hatte, wurde leichenblaß. »Wie hieß diese Familie und dieser Mann, der verschollen ist?«

Laurentz stand auf, kam ihm lächelnd entgegen, umarmte ihn und sagte beiläufig: »Ach so, der: Jan Fredersen.«

Albrecht schluckte. Der Hals wollte ihm verdorren – doch er wußte augenblicklich, wenn er jetzt schwieg, würde er es niemals wieder sagen, und preßte es heraus: »Jan Fredersen? Der ist in Hildesheim gestorben.«

Warum schlich er um die Tatsachen herum?

»Auf dem Scheiterhaufen!«

Der erstarrte Blick von Laurentz ließ ihn beschämt auf den Boden hinunterschauen, und doch, nun mußte es ganz heraus: »Simon hat ihn selbst dazu verurteilt, obwohl er wußte, daß er nicht schuldig war.«

»Willst du damit sagen ...«, Laurentz packte Albrechts Schultern mit einem schmerzhaften Griff, »daß Simon den Fredersen vorsätzlich getötet hat?«

»Ja, Großvater.«

Laurentz schwankte. »Simon! Ein Mörder?«

Während Mönckebronn abrupt aufstand, stützte Albrecht den aschfahlen Laurentz, der nach der Tischkante tastete, und Lütjehann setzte eine möglichst unbeteiligte Miene auf sein Gesicht. Das würde heute abend eine Sensation geben, wenn er das seinen Zechkumpanen beim Kartenspiel berichtete – so ganz nebenbei.

Laurentz richtete sich wieder gerade auf, schloß kurz die Augen und zog seinen Enkel auf die Bank neben sich. »Berichte bitte alles, was du in Hildesheim in Erfahrung gebracht hast.«

Albrecht erzählte von der Unterhaltung mit Gregor von

Mechtersheim, dem Gesuch, seiner Bestürzung, und dann von Bartholomäus und seinem Brief. Schließlich von seiner Furcht, ihm davon berichten zu müssen.

Laurentz nahm ihn mitfühlend in den Arm. »Dann will ich dir erzählen, wer Simons Vater war: der Pirat Claus Kniephof. Er war es wohl auch, den er mit ›Vater‹ meinte, als er starb.«

Albrecht schloß die Augen und versuchte, seine durcheinanderschwirrenden Gedanken zu ordnen. »Ein Freibeuter! Deshalb schrieb er davon, daß sein Vater ein Mörder gewesen sei und er selber fürchtete, ein ...«

Er vermied es, weiterzusprechen. Wenn es ihm in Hildesheim schon beinahe den Kopf zerrissen hatte, wie mußte sich jetzt erst Laurentz fühlen, der mit einem anscheinend gleichmütigen Gesicht von Kniephof erzählt hatte.

»Du kannst es nicht erinnern, wer das war. Auch ich habe es nicht selber erlebt, als in Hamburg ein düsteres Fest des Todes stattfand, das in dieser Weise seitdem nicht mehr gefeiert wurde und von dem mein Vater mir berichtete: Es dauerte drei Tage, und 71 Männer wurden durch das Schwert des Henkers hingerichtet. Ihr Sterben begann, als ich geboren wurde.«

Er hielt inne und schien zurückzublicken: »Simon war fünf Monate älter als ich. Dann könnte Wilma van Leyden nach Hamburg gekommen sein, um ihren Geliebten bis zu seiner letzten Stunde zu begleiten.« Er verstummte, zu viele Gedanken wirbelten in seinem Kopf durcheinander.

»Komm, laß uns nach Hause gehen.« Albrecht hatte Mantel und Hut von Laurentz vom Haken genommen und hielt sie ihm entgegen.

Mönckebronn nickte, was sie zu besprechen hatten, war geklärt. Die Frage, was mit der Schatulle und den Juwelen passieren sollte, mußte der Rat als Obergericht entscheiden. Lütjehann schob seine Papierblätter hastig zusammen und brachte sie mit Tintenfaß und Feder zu einem Schrank, den Mönckebronn verschloß.

Albrecht sah vom Küchenfenster auf den Hof hinaus. »Nur der Stall steht noch vom Gesindehaus: Wie schnell ist ein Haus doch niedergerissen, und um wieviel länger hat man gebraucht, es aufzubauen?«

»Nimm etwa eins zu dreißig Tagen, das kommt so hin. In drei Tagen ist niedergerissen, wofür man neunzig Tage brauchte, um es aufzubauen!« Karl zog an seiner Pfeife. »So ist das im Leben! Nein«, verbesserte er sich: »Im Leben wird durchaus an einem Tag zerstört, wofür der Mensch wohl sechzig Jahre brauchte, um es aufzubauen.«

»Du meinst damit doch nicht etwa Simon?«

Laurentz hatte noch immer Schwierigkeiten, sich an die ihm fremd gewordene Art seines Drittgeborenen zu gewöhnen.

»Warum nicht? Nehmen wir doch nur die Tatsachen: Sohn eines hingerichteten Seeräubers, uneheliche Geburt, Verschweigen seines christlichen Namens, ...«

»Es reicht, Karl! Du kannst nur so reden, weil du ihn nie kennengelernt hast – weil er dir nichts bedeutet!«

»Ach ja? Nur hätte schon jede einzelne dieser drei Tatsachen, denen noch weitere weitaus gravierendere folgen könnten, ausgereicht, daß er diese Stadt nicht einmal hätte betreten dürfen!«

Laurentz versuchte, die Erregung seines Sohnes zu dämpfen: »Bei einem guten Wein und einem guten Mann sollte man nicht nach seiner Herkunft fragen!«

Überrascht funkelte Karl seinen Vater an. »Wirklich? Dreht sich dein Ratsherrenmantel jetzt mit dem Wind? Das sind ja völlig neue Ansichten!«

Laurentz reichte es jetzt. »Wenn jeder einzelne Grund bei Simon gereicht hätte, was ist denn dann mit dir? Du Kaperkapitän! Warst du etwas Besseres als ein Seeräuber?«

Karl stemmte seine Hände in die Seiten und blickte Laurentz stolz an. »Ja! Francis Drake ist dafür geadelt worden! Weil wir es nicht auf eigene Rechnung und zum eigenen Vorteil taten, sondern im Auftrag ihrer königlichen Majestät!«

Albrecht drehte sich vom Fenster weg und ging dazwischen: »Könige unterliegen demselben Gesetz wie jeder freie Mensch!«

Karl paffte und drehte sich langsam zu seinem jungen Neffen. »Sieh an! Der junge Dachs will mich über Gesetz und Moral belehren?«

Albrecht wischte Karls Pfeifenqualm beiseite. »Nicht über Moral! Sie ist das letzte Argument des Schwächeren, wenn das Gesetz nicht mehr auf seiner Seite ist. Wer die Macht hat, braucht sie nicht!«

»Ihr schreit mir noch das ganze Haus zusammen!«

Agathe war aus dem oberen Stockwerk heruntergekommen und betrachtete kopfschüttelnd die Streithähne in ihren Revieren: Albrecht am Fenster, Karl auf der einen Seite des Tisches, Laurentz an der anderen Seite. »Geht nach vorne: Marthe muß sich um das Essen kümmern und möchte nicht zwischen eure Fronten geraten.«

Es war überhaupt kein Diskussionspunkt, wer die Herrin des Hauses war. Die drei Männer verließen wortlos die Küche und gingen. Je mehr Männer im Haus waren, um so wichtiger wurde die Aufgabe von Agathe, den Hausstand zu organisieren.

Karl nahm im großen Raum eine Rolle vom Regal und legte sie auf den Tisch. »Laßt endlich die Vergangenheit ruhen und uns an die Zukunft denken! Hier, die Zeichnungen für das neue Gesindehaus.«

Laurentz und Albrecht war es recht. Sie hatten beide das Gefühl, in einer Sackgasse festzustecken und Zeit zu brauchen, ihre Orientierung wiederzufinden, also nickten sie zustimmend. Ohne darüber geredet zu haben, hatte sich zwischen Karl und seinem Vater die Übereinkunft herausgebildet, daß Karl für den Wiederaufbau des Gesindehauses verantwortlich war. Laurentz war froh, Aufgaben delegieren zu können, und Karl hatte es stillschweigend angenommen.

Das Papier lag auseinandergerollt auf dem Tisch, vier Becher auf den Ecken, um das Zurückrollen zu verhindern, und er deutete auf den Plan: »Hier unten neben dem Stall ist unsere eigene Badestube und daneben ein Waschhaus vorgesehen. Der Brunnen im Innenhof liegt direkt vor den Eingängen: Es ist nur ein kurzer Weg für die Mägde, die Wassereimer hinüberzutragen.«

Albrecht zeigte auf den Bereich zwischen Vorderhaus und Gesindehaus: »Sollen die Abtritte dort im Hof bleiben, wo sie jetzt noch sind?«

»Ja, sicher! Willst du den Jauchegestank etwa im Haus ertragen?«

»Sollte nicht auch die Küche neben das Waschhaus kommen – hier neben der Treppe? Das wäre eine direkte Verbindung zwischen den Räumen. Die Mägde brauchten mit dem heißem Wasser nicht immer über den Innenhof zu laufen.«

Laurentz unterbrach die beiden und wandte sich an Albrecht: »Frag Agathe, ob sie zu uns kommen kann. Das können wir nicht ohne sie entscheiden.«

Der Abend verlief in eigenbrötlerischer Ruhe, in der sich alle nach dem Essen mit Planungen, Aufräumen und anderen Arbeiten beschäftigten, als gäbe es eine Vereinbarung, einem Gespräch über Vergangenheit und Zukunft aus dem Weg zu gehen. Der folgende Tag verlief ähnlich: Laurentz entwich ins Rathaus, Karl hatte die Zimmerleute und Maurer zu Absprachen wegen des Gesindehauses zu treffen, und Albrecht war den ganzen Tag beim Sattler, um das Zaumzeug des neuen Pferdes in den letzten Feinheiten abzustimmen.

Erst am Abend saßen alle wieder um den Tisch. Unter dem Gesinde auch der schwarze Kobi, dessen Rolle im Haushalt noch nicht näher bestimmt war. Als persönlicher Diener von Karl hatte er keine Aufgaben, da Clara, Wilfriede, Matthias, Knut und Ingvar, die beiden Mägde und die drei Knechte, unter Marthes Regiment alle Arbeiten im Haus erledigten. Körperliche Arbeit betrachtete er sowieso unter seiner Würde als persönlicher Diener.

Am liebsten saß Kobi bei den Mägden im Spinnraum im ersten Stock und erzählte die abenteuerlichsten Geschichten aus der Seefahrt, wobei er mächtig mit den Augen rollte und es mit der Wahrheit auch nicht so genau nahm – Hauptsache, Clara und Wilfriede sperrten Mund und Augen auf. Es schien sich auch etwas anzubahnen, da er der kräftigen Clara nicht von der Seite wich und die anderen schon heimlich lästerten, sie hätte neuerdings zwei dunkle Schatten.

Wenn die anderen zu sehr beschäftigt waren, ging er anfangs häufig allein in den Garten der Moellendorffs vor dem Neuen Wall hinaus – doch nachdem die Hamburger Kinder ein neues Spiel entwickelt hatten, wurde es ihm allmählich lästig: Kaum war Kobi auf der Straße und ein paar spielende Kinder erblickten ihn, schrie das frechste von ihnen: »Wer hat Angst vorm schwarzen Mann?« Alle anderen schrien dann aus vollem Hals: »Niemand!« und sie stoben kreischend in alle Himmelsrichtungen auseinander.

Erst hatte er noch gelacht und Grimassen gezogen, dann wurde es ihm zuviel – den Kindern war es egal. Als Kobi sich nicht mehr blicken ließ, malten sie dem schwächsten Spielkameraden mit einem Stückchen Kohle einen schwarzen Strich auf Nase und Wange, der mußte sich dann die Augen zuhalten, aus Leibeskräften brüllen: »Wer hat Angst vorm schwarzen Mann?«, und mit »Niemand!« rannten die anderen auseinander, versteckten sich und der arme schwarze mußte sie suchen.

Beim heutigen Abendbrot wollte und wollte keine Unterhaltung aufkommen. Kobi füllte sich gerade mit einem Löffel Dinkelmus auf seinen Teller, als die Scheiben des rechten Straßenfensters mit ohrenbetäubendem Knall und Klirren in den Raum fielen, ein Brett scheppernd hinterher auf den Boden polterte und draußen unter Gejohle wohl ein Dutzend Menschen davonrannten.

Kobi war der Löffel aus der Hand gefallen, Clara und Wilfriede, die mit dem Rücken zum Fenster saßen, waren schreiend aufgesprungen. Karl, Albrecht und Marthe liefen schon zur

Tür, während Agathe die Hand von Laurentz hielt, der die Augen aufgerissen hatte, als würde er nicht verstehen, was gerade passiert war. Augenblicke später polterte Karl zurück in den Raum. »Das feige Gesindel ist schon fort!«

Marthe stand gleich neben ihm und gab bereits Anweisungen, Schaufel und Besen zu holen, die Scherben zu beseitigen.

Agathe hatte die Hand von Laurentz losgelassen und war in Sorge aufgestanden. »Wo ist Albrecht?«

»Der ist in den Stall gelaufen. Sattelt die Pferde.«

Sofort lief der Stallknecht hinaus, um ihm beizustehen.

Karl stieg über die Scherben und das zersplitterte Holz der Fensterrahmen und hob das lange, schmale Brett hoch: Es war das Totenbrett von Simon, das am Großen Burstah eingerammt gestanden hatte – nun lief eine rote Pampe über die Buchstaben seines eingeschnitzten Namens.

»Ratsherr Moellendorff!« schrie von draußen ein uniformierter Büttel der Stadtwache durch das zerstörte Fenster: »Eine Rotte Pöbel will den toten Bischof aus der Erde graben! Sie sind mit Schaufeln bereits auf dem Weg zu den Kirchhöfen!«

»Vater! Geh du mit der Wache und nimm die Knechte mit! Albrecht und ich, wir reiten voraus!« Damit waren nur noch die Schritte Karls im Hausflur zu hören und wenig später das Hufgeklapper der zwei Pferde.

Laurentz, aus seiner Erstarrung gelöst, winkte den beiden Knechten Matthias und Knut, die noch völlig verdattert herumstanden. »Holt euch jeder einen festen Knüppel und bringt meinen Säbel mit!« Er ging nach draußen, zerrte sich den Mantel über, den Marthe ihm reichte und eilte mit dem Uniformierten in seiner Begleitung Richtung Ackertor.

An Simons Grab trafen sie auf Albrecht, Karl und den Stallknecht. »Keiner von diesem Gesindel hat es gewagt, die Pferde anzugreifen! Wir haben sie mit ihren Leibern in die Gräben hineingetrieben!«

»Diese feige Torwache hat sich doch tatsächlich in ihre Unterstände verzogen, als der Mob aus dem Stadttor drängte!«

Karl hielt seinen Säbel in der Hand, Albrecht seinen Degen. Laurentz, der schnaufend am Grab von Simon angekommen war, die beiden Knechte und zwei Uniformierte im Gefolge, setzte sich schwer atmend auf einen Grabstein und ließ den Wachtmeister der Stadtwache berichten.

»In der Abendpredigt hat der Hauptpastor von St. Nikolai gefordert, daß die Leiche«, der Wachtmeister zeigte auf das Grab von Simon, »aus der geweihten Erde wieder ausgegraben und ihm der Prozeß gemacht werde. Er sei ein Mörder, der nicht auf dem Kirchhof seine letzte Ruhe finden dürfe, sondern an den Galgen gehöre.«

»Gnade ihm Gott!« knurrte Karl – wobei unklar blieb, wen er damit meinte.

»Es ist immer noch Sache des Rates und seiner Gerichte, zu entscheiden, wer wofür angeklagt wird und wer nicht!« Laurentz hatte sich vom Knecht den Leibriemen mit dem Säbel geben lassen, griff fest in den Korb und versuchte ein paar Hiebe mit der schweren Waffe. Aufgrund seines Alters brauchte er nicht mehr an den Übungen der Bürgerwehr teilzunehmen und war etwas ungelenk geworden.

»Karl, reite du jetzt nach Hause. Nimm Matthias, Knut und die braven Stadtwächter mit. Haltet Wache im Haus und laßt das Fenster richten. Albrecht und ich werden noch eine Weile bleiben, falls das Gesindel sich doch trauen sollten, hier wieder aufzutauchen.«

»In Ordnung, Vater!« Damit hatte er sein Pferd losgebunden, sich in den Sattel geschwungen und war losgaloppiert. Die beiden Knechte und die Stadtbüttel stolperten hinterher und fragten sich schnaufend, wozu denn diese Herumrennerei von Nutzen sei.

Albrecht schob seinen Degen zurück und fragte: »Warum Simon? Das gleiche würde doch auch für die Badefrau gelten?«

»Ich nehme an, dieser Pastor will sein Mütchen kühlen und will speziell mich Mores lehren, da er weiß, wie wichtig Simon für mich war. Doch ich denke, er hat sich dabei überschätzt.«

Laurentz blickte prüfend umher, betrachtete die Stute, die Albrecht an ein Grabkreuz gebunden hatte und die dort Gras zupfte. »Warum hast du ein neues Pferd?«

Endlich fand Albrecht die Gelegenheit, von der Reise, dem Überfall, Teile des vermeintlichen Traums und ein wenig von Mechthild zu berichten. Dann hingen beide ihren Gedanken nach.

Plötzlich lachte Albrecht auf. »Ich dachte gerade daran, daß dieser Pastor Simon ausgraben lassen will. Wäre es nicht sinnvoller, alle Toten nicht mehr zu begraben, sondern gleich zu verbrennen? Das Feuer würde sie von jeder Schuld reinigen, und ihre Seelen könnten geläutert gen Himmel steigen. Dann könnte es wieder heißen: De mortuis nihil nisi bene!«

»Ein schöner Grundsatz: Über die Toten nichts, es sei denn Gutes. Aber wenn wir die Toten verbrennen, dann würde es bedeuten, daß sie alle Ketzer waren!«

»Sind wir es denn nicht? Hat nicht jeder von uns schon Unchristliches getan und als Evangelischer keine Absolution dafür erhalten?«

»Nichts als Gutes!« murmelte Laurentz in Gedanken.

»Du denkst an Simon?«

»Ja. Wie einfach wäre es, er könnte aus seiner Kiste nur für eine Stunde wieder herauskommen und seine Sicht der Dinge erzählen.«

»Hat er uns nicht durch sein weiteres Leben genügend davon berichtet?«

»Was hat er uns dadurch berichtet?« Laurentz stocherte, ohne sich dessen bewußt zu sein, mit der Säbelspitze im frischen Erdreich, das Simons Sarg bedeckte. »Ein liebenswerter Mensch, der sich von dem Schauplatz der Machtkämpfe der Theologien entfernte? Der bescheiden, fröhlich und ironisch war? Mit dem man sich streiten konnte, ohne verletzt zu sein, in dessen Nähe man sich besser fühlte als alleine? Das ist alles richtig, das habe ich früher auch so gedacht und empfunden.«

Er rammte seinen Säbel in den Boden, stand auf und wanderte ruhelos auf und ab. »Wenn er mir in allen diesen Jahren immer nur die helle Seite seines Charakters gezeigt hat, über seine dunkle Seite schwieg – warum sollte er sich in Norwegen verändert haben?«

»Hättest du die dunkle Seite seines Wesens sehen wollen, als er noch lebte? Hat er vielleicht Andeutungen gesagt, dich eingeladen, mit ihm darüber zu sprechen, ihm zu helfen, und du hast es nicht wahrhaben, nicht erkennen wollen?«

Laurentz stand gebeugt, kaute auf den Lippen. »Was soll ich dir dazu sagen? Wenn ich es damals nicht erkannt habe, wie soll ich es heute erkennen, ohne seine Hilfe, ohne, daß er mit mir spricht?«

Er begann, seine Wanderung wieder aufzunehmen. »Die helle und die dunkle Seite – das Bild einer Wahrheit, die zwei Seiten hat, wie eine Münze, und dennoch eine Einheit bildet. Ein Bild, das auch für den Menschen gelten könnte, als ob seine Seele aus zwei Seiten besteht, einer guten, die wir Gott zuschreiben, und einer bösen, in der der Teufel steckt! Mir geht es anders: Wenn ich vorher an Simon dachte, war er ein klarer See, bei dem ich meinte, den Grund sehen zu können. Nun weiß ich, daß ich nicht bis auf den Grund blicken konnte. Der Morast, der den Boden bedeckte, hat nun, aufgewirbelt, auch das klare Wasser verdunkelt.«

Laurentz breitete die Arme aus, und in der Abendsonne lag sein Schatten wie ein Kreuz über dem Grab seines Bruders.

Albrecht schwieg, dachte daran, daß nicht nur der Prior des Klosters in Hildesheim ihn mit Simon verglichen hatte. Worin bestand der Eindruck ihrer Ähnlichkeit? Der Spaß an friedlichen Wortgefechten, die er wie Simon liebte? Oder ihre theoretische Ausbildung? Hatte sie ihr natürliches Empfinden verbildet und statt dessen ihre Fähigkeit entwickelt, Ideen zu formulieren, denen Böses innewohnte?

Und Seele? Sollte er Laurentz von den italienischen Wissenschaftlern erzählen, die vor dreihundert Jahren einen zum Tode Verurteilten vergifteten, in eine Tonne steckten und diese fest verschlossen? Nach vier Tagen öffneten sie den Stopfen wieder in der Erwartung, daß die Seele nun entweichen müßte. Und sie begannen zu zweifeln, als sie nichts bemerkten.

»Liebt man nur das, was man von dem anderen weiß? Aber: Was verändert sich, wenn ich etwas über einen anderen Menschen erfahre, was meiner Liebe zu ihm widerspricht? Der andere Mensch ist so geblieben, wie er vorher war, nur mein Wissen um ihn hat sich verändert. Er ist derselbe geblieben, nur ich habe mich verändert, indem sich mein Wissen erweiterte – in Bereiche, die ich an mir selbst nicht lieben könnte! Diese beiden Seiten einer Münze, von der man immer nur die eine Seite sehen kann – entweder die gute oder die böse – widersprechen unserem innersten Bedürfnis, uns selbst und jeden anderen Menschen als Einheit zu erleben: Entweder er ist gut, oder er ist böse.«

Das Licht der untergehenden Sonne warf lange Schatten über die Gräber und ließ das Gesicht von Laurentz kantiger erscheinen. »War Simon ein guter Mensch, obgleich er ein Mörder war?«

Albrechts Pferd schnaubte, und die beiden Männer blickten auf: Ihre Annahme, es näherte sich jemand in böser Absicht und sie müßten ordentlich auf ihn einschlagen, löste sich in einem Lächeln auf: Marthe kam den Weg entlang, einen Korb unter dem Arm, mit Kobi im Gefolge.

»Ihr werdet vermutlich hungrig sein, so wie ihr mitten beim Essen aufspringen mußtet.« Damit stellte sie den Korb auf den Weg, zog sich das Umhängetuch von den Schultern und breitete es auf der Erde aus.

Albrecht starrte Kobi an, als sehe er ihn zum ersten Mal. »Sag mal, Kobi, hast du auch eine schwarze Seele?«

Kobi schien nicht überrascht zu sein und antwortete grinsend: »Nicht zu dienen. Da wir das Dunkle auf der Haut tragen, haben wir eine helle Seele. Weiße, die das Helle außen tragen, die haben eine dunkle Seele!«

»Wie kommst du denn darauf?«

»Hab nicht gehört, daß schwarze Männer Weiße wie Tiere einfangen und zu ihren Sklaven machen.«

»Potztausend! Das ist gut. Dann müßten wir Hamburger Ratsherren ja auch eine helle Seele haben. Wir haben keine Sklaven, und unser Äußeres ist ebenfalls schwarz!«

Kobi schüttelte den Kopf. »Nein. Kleidung kann man wechseln, Hautfarbe nicht.«

»Wenn Männer sich vom Reden ernähren könnten, dann hätten sie vermutlich alle einen dicken Bauch! Da dem nicht so ist, eßt jetzt!« Marthe sah nicht ein, daß sie den Korb so weit geschleppt hatte und die Männer wieder mal redeten, statt zu essen.

Albrecht ließ sich nicht zweimal auffordern und langte zu. »Habt ihr beide keine Angst gehabt, ohne Bewaffnung hierher zu kommen?«

Kobi lachte nur: »Hab auch ein großes Messer!«

Er hatte tatsächlich das große Küchenmesser in seinem Umhang, das er jetzt hervorholte und zeigte. »Hat keine Blutrille wie Säbel, aber zum Totmachen ist gut!«

Albrecht lachte wie befreit über Kobis Gesicht, der seine Zähne fletschte und dann in sein Lachen einfiel.

»Kindsköpfe!« Marthe hatte die Hände auf die Hüften gestützt: »Wenn noch mal jemand mit meinem friedlichen Küchenmesser in den Krieg zieht, gibt es nichts zu essen!« Damit nahm sie Kobi das Messer ab, der verwundert auf seine leere Hand blickte.

Laurentz hatte, während er aß, still nachgedacht. »Wir können hier nicht auch noch die nächsten Tage sitzen. Heute nacht brauchen wir nicht länger zu bleiben. Der aufgestachelte Pöbel wird sich bald in die Stadt zurückziehen und nach dem Schließen der Stadttore in seinen Kellerverschlägen und Buden verkriechen. Morgen werde ich eine schwere Steinplatte herbringen lassen, die auf das Grab gelegt wird und zwanzig Mann nicht hochstemmen können.«

Albrecht kaute noch. »Woher willst du so einen massiven Block bekommen?«

»Gestern kam ein Phram mit Sandstein aus dem sächsischen Pirna im Hafen an. Ich werde mit dem Schiffer reden.«

Der neue Kran am Niederhafen hatte die große Sandsteinplatte am nächsten Tag vom Schiff gehoben, ein stabiler Vierspänner zu den Kirchhöfen hinausgebracht, und mit vereinten Kräften wurde sie von den Rundhölzern, auf denen sie lag, über eine schräge Rampe auf das Grab bugsiert.

Aufgrund der Vorgänge bei den Moellendorffs wurde der sterbenskranke Superintendent vor den Rat zitiert und verließ anschließend mit hochrotem Kopf die Sitzung. »Dieser Hauptpastor wird noch der letzte Nagel zu meinem Sarg.«

Der Bürgermeister hatte ihn mit eisiger Höflichkeit darauf hingewiesen, daß die Geduld des Rates an ihrer äußersten Grenze angekommen sei. Wenn er als Superintendent seiner Aufsichtspflicht über die Pastoren nicht nachkomme, werde der Rat selbst durchgreifen. Es war zwar richtig, aber immer wieder peinlich lästig, daß Luther so klar formuliert hatte, daß sich aus dem Glauben keine moralischen Maßstäbe für weltliches Handeln ableiten ließen. Und die Frage, ob eine Leiche exhumiert werde, sei immer noch die Angelegenheit des Obergerichtes, also des Rates, zu dessen Entscheidungen die Kirche zu schweigen habe.

Der Hauptpastor hatte eine Machtprobe gewagt, die ihn jetzt seine Stellung kosten würde.

Laurentz überließ in den folgenden zwei Wochen die Arbeit im Kontor seinem Drittgeborenen Karl, der sich schnell in die Arbeit hineinfand und als dessen Sekretär Kobi nun stolz fungierte.

Laurentz selbst hatte sich in das Landhaus vor dem Neuen Wall zurückgezogen. Er ging morgens früh hinaus, kam abends spät, erst kurz vor dem Schließen der Stadttore, zurück und blieb nur zu den Ratssitzungen innerhalb der Stadtmauern. Die Frage, ob er Anfang Mai mit der Hamburger Delegation zum Hansetag nach Lübeck fahren würde, hatte er ebenso verneint, wie er Einladungen zu Familienfeiern der Ratskollegen ablehnte. Er sprach kaum, schien nur nachzudenken und auf etwas zu warten.

Marthe, die ihm mittags immer einen kleinen Korb mit Essen hinausbrachte, sagte den anderen, sie sollten sich keine Sorgen machen: »Er sitzt friedlich in der Sonne, beobachtet, wie die Natur wieder wächst, blüht und gedeiht, redet freundlich mit mir und ißt sein Essen. Was will man mehr: Jeder Mensch muß sich mal ausruhen!«

Woher sollte sie auch wissen, daß Laurentz die meiste Zeit des Tages am Grab von Simon saß und grübelte. Pünktlich mit dem Ein-Uhr-Läuten machte er sich immer auf den Weg zum Gartenhaus, um dort dann in der Sonne zu sitzen und auf Marthe zu warten.

Währenddessen wurde Albrecht für Mönckebronn immer unersetzlicher. Er bekam insbesondere die Aufgabe, die Revisionen für das Obergericht vorzubereiten, da die Procuratoren des Niedergerichtes vor dem Rat kein Vertretungsrecht besaßen und der Rat immer mehr dazu neigte, Schriftsätze als Grundlage der Verhandlung des Obergerichtes zu bevorzugen, anstatt sich auf längere mündliche Erörterungen einzulassen.

Der Zweitgeborene, Harald, war mit der MARGARETA aus Norwegen zurückgekehrt, wunderte sich, daß ihn sein Bruder anstelle des Vaters am Kai erwartete, und war dann zum Landhaus hinausgegangen.

Laurentz war früher als in den vergangenen Tagen mit ihm nach Hause gekommen, hatte mit Marthe in der Küche getuschelt und dann beim Abendbrot folgendes verkündet: »Ich werde mit Harald nach Norwegen segeln. Simons Dinge dort müssen besorgt werden – das will ich tun. Marthe wird mich begleiten. Harald wird seine Frau Agathe mit auf die Reise nehmen, und Karl wird in dieser Zeit die Geschäfte führen, wie er es auch schon die vergangenen Wochen getan hat. Auf gute Fahrt!«

Die Mannschaft der MARGARETA freute sich, als der Proviant geladen wurde und neben den üblichen Fässern mit Getreide und eingepökelten Fischen auch noch Käfige mit lebenden Hühnern und Enten an Bord gebracht wurden. Sie staunten nicht schlecht, als der Kaufherr an Bord kam und mit dem Kapitän seine Unterbringung besprach. Er würde also auf dieser Fahrt an Bord sein. Dann guckten sie skeptisch, als mit dem letzten Boot außer Kobi auch noch zwei Frauen die Schiffsplanken betraten und es schließlich deutlich wurde, daß sie auf dem Schiff bleiben würden: Das konnte nur Unglück bedeuten.

Laurentz hatte die Blicke der Decksleute sehr wohl bemerkt, als Agathe und Marthe an Bord kamen und rief die Bootsmänner zu sich: »Sagt euren Leuten, daß sie sich nicht vor dem Klabautermann fürchten müssen, weil Frauen an Bord sind. Schließlich tragen alle unsere Schiffe schon immer einen Frauennamen, ohne daß es ihnen Unglück gebracht hätte!«

An Kobi störte sich niemand. Karl hatte ihn mitgeschickt, damit er sich in Bergen umschauen sollte.

Bereits vor Erreichen des höchsten Pegelstandes wurde der Anker eingeholt, und die Kommandorufe zum Setzen der Segel schallten über das Deck. Mit Beginn des ablaufenden Wassers sollte die MARGARETA bereits am Blankeneser Sand und darüber hinweg sein.

Laurentz hatte sich mit Agathe und Marthe in eine Ecke der Reling zurückgezogen, wo sie der Mannschaft bei den Segelmanövern nicht im Weg standen, wenn die langen Seile zum Segelsetzen über Deck gezogen wurden, und erklärte ihnen den Aufbau der Takelage. Er war gerade am Besan angekommen, als sich der Kapitän zu ihnen gesellte und guter Dinge war. »Wir machen gute Fahrt, und so wie das Wetter aussieht, werden wir auch reichlich Sonne haben.« Er freute sich, seine Frau mit an Bord zu haben, und war zuversichtlich, daß sein Vater nach dieser Reise verstehen würde, warum er Kapitän bleiben und nicht ins Kontor wechseln wollte.

Laurentz nickte und blickte immer noch zum Besanmast. »Was meinst du, würde etwas dagegen sprechen, wenn unsere Schiffe drei Wimpel am Besan tragen würden? Einen grünen, einen weiß-gelben und einen roten?«

Harald nahm seinen grünen Dreispitz vom Kopf und wischte das Schweißband trocken. »Was versprichst du dir davon?«

»Nichts Besonderes. Es wäre nur eine schöne Erinnerung an einen alten Steuermann«, und er erzählte seinem Sohn und den beiden Frauen die Eigenart von Hinnerk, dem Steuermann, der sie immer hatte setzen lassen.

»Du bist der Eigner dieses Schiffes, Vater, und wenn du es so möchtest, dann soll es so geschehen.«

Laurentz legte seinem Zweitgeborenen die Hand auf die Schulter. »Hier an Bord bist du der Kapitän, ich bin nur dein Gast. Wenn du damit sagen wolltest, daß mein Wunsch so etwas wie ein Befehl ist – das möchte ich wahrlich nicht.«

»Herr Kaptain!« Der Schiffskoch hatte anscheinend ein Problem und rang die Hände. »Kann mir jemand zeigen, wie man lebende Hühner schlachtet und bereitet?«

Marthe löste sich aus der Gruppe, faßte den verzweifelten Koch am Ärmel und amüsierte sich über dessen Hilflosigkeit: »Dann wollen wir mal zusammen ein Hühnchen rupfen gehen.«

Sie war zum ersten Mal an Bord eines großen Schiffes und fand alles sehr verwirrend – laufendes Gut, stehendes Gut, jede einzelne Holzstange hatte ihre eigene Bezeichnung – und war nun froh, etwas tun zu können, worin sie sich auskannte.

Laurentz hatte für sich und Marthe zwei Klappsessel am Heck des Schiffes aufstellen lassen, dort störten sie am wenigsten. Er beobachtete nachdenklich, wie sich der Kapitän offensichtlich in seinem ureigensten Element befand, genoß die warme Maisonne und den Seewind, der das Schiff mit aufgeblähten Segeln vor sich herschob.

Als sie die Elbmündung verlassen hatten, ein plötzlicher Sonnenregen über das Deck peitschte und ihm in der leichten Dünung übel wurde, hatte Harald herzlich gelacht. »Vater! Du mußt dich nicht dagegen stemmen. Überlaß dich einfach den Bewegungen der Wellen und des Schiffes!«

Das war einfacher gesagt als befolgt, und Laurentz brummte: »Wenn ich in meinem Leben keinen festen Willen gehabt hätte, wären wir heute nicht auf diesem, unserem eigenen Schiff!« Doch nach dem Tag und der folgenden Nacht, die er wie in einer sanft schaukelnden Kinderwiege in Marthes Armen verbrachte, hatte sein Gesicht wieder seine gesunde Färbung angenommen, und seine Lebensgeister tummelten sich frischer als je zuvor in den vergangenen Jahren.

»Ein seltsamer Widerspruch der Elemente«, meinte Laurentz. »Das Wasser bringt mir die Übelkeit, und der frische Wind bläst sie wieder fort. Das eine bekommt man auf dem Meer offensichtlich nicht ohne das andere! Vielleicht lassen sich diese Widersprüche irgendwie lösen?«

Auch Marthe war froh, daß sowohl dieses Jahr als auch Laurentz in einem neuen Frühling standen, was sich unter anderem in seinem kräftigen Appetit äußerte. Der Schiffskoch brauchte ihre Hilfe nicht mehr, er wußte nun selber, wie man am besten den Hühnchen den Hals durchhackte und sie dann rupfte, so daß sie nicht nur, wie in Hamburg, die Nächte mit Laurentz verbrachte, sondern auch den ganzen Tag mit ihm zusammen sein konnte.

Laurentz lernte dabei ganz andere Seiten an ihr kennen: welche Empfindsamkeit unter ihrem kräftigen Bäuerinnenkörper verborgen lag, welche Scherze sie kannte und wie fröhlich und unbeschwert sie nun war, nachdem ihre Verantwortung für die Küche eines großen Haushaltes in Hamburg zurückgeblieben war. Agathe hatte alles wohl bemerkt – was blieb auf einem Schiff auch schon vor den anderen verborgen –, setzte sich, wenn ihr Mann keine Zeit hatte, mit ihrem Stickrahmen an den Bug und ließ Laurentz mit Marthe allein für sich.

»Schiff in Sicht!« schrie plötzlich der ausguckende Matrose in seinem Mastkorb zum Deck hinunter und zeigte mit dem Arm in Richtung backbord voraus. Sofort traten alle an die Reling und sahen auch das kleine Schiff am Horizont. Der Kapitän kniff die Augen zusammen und fixierte das näherkommende Schiff. »Wir fahren noch auf der Nordroute, die auch die Hamburger Spanienfahrer nördlich um England herum segeln. Doch die Engländer sind nicht dumm. Wenn die Schiffe der Hanse meinen, sie könnten die englischen und niederländischen Kontrollen im Kanal umgehen, wenn sie ihre Waffentransporte für Spanien um Schottland herum fahren lassen ... Ist es ein englisches Kaperschiff?« schrie er zum Mastkorb hinauf.

»Nein, Captain! Soviel ich erkennen kann, ist es eine spanische Galeone!«

»Ein Spanier?« Der Kapitän schien erstaunt zu sein.

»Was wundert dich daran?« wandte sich Laurentz an seinen Sohn.

»Wir haben hier oben noch niemals eine spanische Galeone angetroffen. Und falls es so ist, warum ist sie ganz alleine? Seit die spanische ARMADA von den Engländern geschlagen wurde, ergibt das keinen Sinn.«

Neugierig blickten alle dem Schiff entgegen, das voll im Wind lag und herangegischt kam.

»Kannst du die Flagge schon erkennen?« schrie der Kapitän erneut zum Mastkorb hinauf.

Eine gespannte Ruhe legte sich über das Schiff. Der Wind knarrte in den Wanten, und die MARGARETA pflügte ungerührt durch die Wellen.

Das fremde Schiff näherte sich schnell.

»Sag Bescheid, wenn du die Flagge erkennen kannst!« rief der Kapitän zum Mastgast hinauf, was der Matrose mit einem »Aye, Aye, Herr Kaptain!« beantwortete.

»Keine Flagge? Spricht für ein Freibeuterschiff«, murmelte Harald nachdenklich. Und als wollte der Kapitän des anderen Schiffes seine Annahme bestätigen, wurde an der Seite der Galeone eine Qualmwolke sichtbar, der ein Kanonenknall folgte. Augenblicke später spritzte eine hohe Wasserfontäne auf, als die Kanonenkugel vor dem Bug der MARGARETA in die Wellen einschlug.

»Brasst die Segel!« schrie der Kapitän sofort, und die Bootsmänner trieben ihre Decksleute mit Gebrüll an, die Rahen mit den Segeln aus dem Wind zu drehen.

»Ein Engländer!« schrie der Ausguck im Mastkorb, und alle an der Reling sahen nun, wie sich am Heck der spanischen Galeone das große Tuch einer englischen Flagge stolz im Wind entfaltete.

»Warum versuchst du nicht, ihm zu entkommen?« schrie Laurentz im Lärm der schlagenden Segel und der Kommandoschreie der Bootsmänner zum Kapitän und Sohn hinüber.

»Willst du, daß sie uns mit ihren Kanonen versenken? So haben wir noch eine Chance, uns unserer Haut zu wehren! Kobi!« Sein Blick suchte den Gerufenen. »Lauf und hol die Säbel!« Dann wandte er sich an den Ersten Offizier: »Die Frauen unter Deck, und die Mannschaft soll sich mit Knüppeln bewaffnen!«

Der Offizier konnte zwar der Mannschaft kommandieren, bei den beiden Frauen gab er seine Versuche bald als unnütz auf. Marthe und Agathe weigerten sich schlicht, unter Deck Zuflucht zu suchen. »Ihr wollt doch nicht etwa eine Ladung Bier mit Eurem Blut verteidigen?«

Der Offizier schnaubte. Wie sollte er den beiden erklären, daß es hier um das Prinzip des freien Handels ging und Schiffe der Hanse sich nicht einfach aufbringen ließen. Egal, von wem!

Die Galeone schien die MARGARETA rammen zu wollen, drehte knapp vor dem kritischen Punkt längsseits, und kurz darauf flogen an dicken Trossen Enterhaken über die Reling und gruben sich mit ihren scharfen Zacken in das Holz, daß die beiden Frauen und Laurentz erschreckt einige Schritte zurücksprangen. Sie mußten sich festhalten, als das Schiff abrupt zum Stehen kam und dann nach rückwärts gezogen wurde.

Mit lauten Rufen schwangen sich die englischen Matrosen an langen Seilen von ihrem Schiff zur MARGARETA hinüber. Ein großer Kerl mit langschaftigen Stiefeln und einem breitkrempigen Hut schien die Bande anzuführen, stand auf der Reling und riß sich seinen Säbel aus dem Gürtel.

Kobi, der endlich an Deck aufgetaucht war, sah den Anführer, schmiß die mitgebrachten langen Eisenklingen scheppernd auf das Deck, riß sich den Hut vom Kopf und schrie aufgeregt: »Hyppolite Dawson! Hey! Ye bastard son of a bloody bitch!«

»Was hat er gerufen?« wollte Marthe wissen.

Laurentz lachte. »Er hat gesagt: Hallo, alter Freund!«

Marthe runzelte die Augenbrauen, erstaunt, daß so ein langer Satz nur eine so kurze Übersetzung hatte, während der Kerl mit dem breitkrempigen Hut seinen Säbel sinken ließ, Kobi anstarrte, dann den Säbel wieder hoch riß und nach beiden Seiten fuchtelnd »Stop!« schrie.

Überrascht ließen die englischen Seeleute ihre Eisen und Knüppel sinken und starrten stirnrunzelnd ihrem Kapitän nach, der von der Reling gesprungen war und mit ausgebreiteten Armen auf Kobi zuging.

»Hey, ye bastard! What's with you on this damned ship?«

»Was ich auf diesem Schiff will?« Kobi lachte, verdrehte grinsend die Augen, und die beiden Männer umarmten sich. Dann faßte Kobi den Engländer am Ärmel und zog ihn zu Laurentz und Harald hinüber, die diese seltsame Szene stirnrunzelnd betrachtet hatten.

Kobi deutete auf den Engländer: »Darf ich vorstellen: Kapitän Hippolyte Dawson.« Der Engländer machte eine elegante

Verbeugung und zog vor den beiden Frauen mit großer Geste seinen Hut vom Kopf. Dann deutete Kobi auf Laurentz und Harald und stellte sie dem englischen Kapitän vor: »May I introduce: Sir Lawrence Moellendorff and Captain Harald Moellendorff.«

Der Engländer starrte die beiden an, lachte plötzlich schallend laut heraus und grinste dann, als ob er sich entschuldigen wolle: »Oh what a shame! Dann bist du der Vater und du der Bruder von Karl!« Er bot ihnen seine Hand zum Gruß, in die beide mit fragendem Blick einschlugen.

Hippolyte Dawson hielt die Hand von Laurentz fest in seiner Hand und schüttelte den Kopf: »Das glaubt mir nobody zu Hause, daß ich meinen Großonkel aufbringen wollte!« Auf den verwunderten Blick von Laurentz ergänzte er gutgelaunt und stolz: »Meine Großmutter war auch ein Baroneß von Stocktonwood, Schwester Eurer Mutter! Deshalb konnte Karl auch Captain in der englischen Flotte werden! Yeah! Und ich bin sein Erster Offizier auf unserem BLACK DRAGON gewesen!«

»Und deshalb sprichst du auch unsere Sprache?«

Hippolyte Dawson nickte. »Es ist gut, wenn die Offiziere in einer Sprache miteinander reden können, die von der Mannschaft nicht verstanden wird.« Dann wurde er wieder ernsthaft: »Bei Gott, das Meer ist so groß! Welche Freude, euch zu begegnen. Was habt ihr geladen?«

»Hamburger Bier für Norwegen!«

Hippolyte Dawson schnaufte erleichtert. »Dann bin ich froh, daß ich euch nicht an den Haken nehmen muß. Hätte ich müssen, falls ihr Waffen für die Spanier transportiertet.«

Abwehrend hob Harald die Hand: »Wir Hamburger sind neutral und können mit jedem Handel treiben.«

Hippolyte Dawson schüttelte sehr bestimmt den Kopf: »No. Im Krieg gibt es keine Neutralität – es sei denn, ihr habt Bier geladen, was die Spanier nicht trinken.« Lachend schlug er dabei Harald auf die Schulter, und Laurentz verstand nun besser, woher sein Sohn Karl die ihm fremde Art hatte.

Hippolyte Dawson drehte sich um, pfiff gellend auf zwei Fingern und rief zu seinen Leuten: »Finish, you bastards! Back to the DRAGON!«

Mißmutig brummend steckten alle englischen Seeleute ihre Waffen weg, denn nun war klar, daß es kein Prisengeld geben würde, während die braven Hamburger und friesischen Decksmänner erleichtert ihre Knüppel in eine Tonne warfen. Die Enterseile hielten die beiden Schiffe weiterhin nebeneinander, und Laurentz, Harald, Agathe und Marthe betrachteten neugierig die spanische Galeone.

»Auf diesem Schiff war mein Sohn Karl Kapitän?«

Laurentz musterte nachdenklich das dunkle Holz des Rumpfes, die Kanonen und die bärtigen Engländer.

Überrascht blickte ihn Hippolyte Dawson an. »Hat er dir nie davon erzählt?«

Harald räusperte sich und warf schneidend ein: »Es hat in Hamburg keinen guten Leumund, Kapitän in der Flotte von Drake und Hawkins gewesen zu sein!«

Hippolyte Dawson faßte seinen wackeren Cousin an den Schultern. »Mann, laßt ihn erzählen. Es waren gute Jahre seines Lebens! Er kam als höflicher, zurückhaltender Hanseat und hat in diesen Jahren dann gelernt, daß Höflichkeit nicht angebracht ist, wenn du dich zwischen Erfolg oder Tod zu entscheiden hast!«

Doch als er den weiterhin skeptischen Blick von Harald sah, setzte er grinsend nach: »Nun gut, das mag die Handelsflotte anders sehen. Nur ist es so, daß wir Soldaten für euch immer erst die Türen gewaltig aufstoßen müssen, durch die ihr Händler dann bequem hindurchspazieren könnt!«

Auf beiden Schiffen wurden die Segel gerefft und nicht nur Hippolyte Dawson und die Moellendorffs hatten sich einiges zu erzählen, auch die Mannschaften tauschten ihre Erfahrungen aus und probierten eingehend, ob das Bier gegen den Whisky bestehen konnte. Am nächsten Morgen wurden die Haken mit den Enterseilen aus dem Holz gezerrt und die MARGARETA wie die BLACK DRAGON setzten wieder ihre Segel.

Hippolyte Dawson gab Harald noch eine kleine englische Flagge, die er am Hauptmast aufziehen sollte, wenn sich ihm ein englisches Schiff näherte, damit er nicht wieder eine Kanonenkugel vor den Bug geschossen bekam.

Zwei Tage später hatten sie die norwegische Küste erreicht, und Harald erläuterte Laurentz die Situation.

»Du hast Glück, daß du den Mai gewählt hast, um mit nach Bergen zu kommen, dann regnet es dort am wenigsten! Wir sind heute morgen in den Byfjord eingelaufen und werden gegen Mittag ankommen.«

Die Sonne war über den Bergweiden aufgegangen, und das Schiff segelte an den vorgelagerten Inseln vorbei, bis sich im innersten Winkel des Fjordes eine Ansammlung bunter Häuser erkennen ließ: Bergen.

Nun verstand Laurentz seinen Sohn Harald. Es war alles so, wie er es ihm schon auf See beschrieben hatte, wie er es erwartet hatte. Es enttäuschte ihn nicht – es blieb, wie es war und wohl auch bleiben würde. Er bedauerte es, seinen Sohn nicht schon früher nach Norwegen begleitet zu haben. Er hätte Simon besuchen und auch Haralds Wirklichkeit erleben können – dessen eigene, die ihm so viel bedeutete.

»Rechts dort«, der Kapitän zeigte auf die Einfahrt in die Hafenbucht, »liegt die Festung Bergenhus, daneben der Rosenkrantz-Turm. Der Statthalter des dänischen Königs hat sie ausgebaut, um uns Hansen seine Macht zu demonstrieren. Wir sind hier mit unseren Privilegien nur geduldet!«

Der salzige Geschmack der Luft mischte sich nun mit intensivem Fischgeruch. Bergen war die große Tauschzentrale des Nordens. Fische aus ganz Norwegen, besonders Stockfisch von den Lofoten, wurden gegen Salz aus Mitteleuropa getauscht. Das feine Hamburger Bier war für die Menschen, die hier in dem rauhen nordischen Klima lebten, Nahrung und Erquikkung zugleich.

»Das ist die Bucht Vagen. Am Ende unser abgegrenztes Hansekontorviertel, in dem lübisches Recht gilt.«

Harald zeigte auf die bunte Häuserreihe. »Dort am Kai der Deutschen Brücke, der Tyskebryggen, werden wir anlegen.«

Er schien noch etwas auf dem Herzen zu haben, hatte seinen Dreispitz abgenommen und drehte ihn in den Händen. »Könntest du Marthe als deine Frau ausgeben?«

Laurentz hob die Hände, als wolle er damit sagen »Sei's drum«, und wartete auf die Begründung.

»Offiziell haben Frauen keinen Zutritt zu unserem Hanseviertel – bei den Ehefrauen der Kapitäne und Kaufleute macht man allerdings eine Ausnahme.«

Laurentz nahm Marthe zärtlich in die Arme. »Hast du gehört? Ab heute bist du also meine Frau.«

Marthe hatte nichts dagegen einzuwenden. Sie brauchte nicht den Segen der Kirche, um mit Laurentz eine Ehe zu führen.

Harald hatte alle Formalien geklärt: Agathe und Marthe bekamen einen Passierschein und konnten das Hanseviertel verlassen und betreten, wie es ihnen beliebte.

»Wenn ihr mich sucht, ich bin im Haus ›Zum braunen Einhorn‹!«, und über den Warenstapeln war nur noch sein auf- und abtauchender Dreispitz zu erkennen und der schwarze Kopf von Kobi, der den Kapitän begleitete.

Zwischen den Handelsschiffen landeten Fischerboote ihre frische Ladung an. Neben langen Stellagen mit den aufgezogenen und den Stapeln mit verpackten Stockfischen, den Heringsfässern, Kabeljau und geräuchertem Lachs, standen Krabbenkocher und Gemüsehändler, die nicht müde wurden, ihre Waren schreiend anzupreisen. Die beiden Frauen zogen viele verwunderte und begehrliche Blicke auf sich.

Agathe lachte. »Kommt, wir gehen zum Versammlungshaus, es soll besonders schön sein: Männlich, herb, wie überhaupt das Hanseviertel die keuscheste Zone in ganz Nordeuropa sein soll!«

Als sie das Versammlungshaus betraten, blieb Laurentz der Mund vor Staunen offen stehen: An der Balustrade war eine große Schutzgöttin angebracht, wie eine Galionsfigur, mit wahrhaftig riesigen, nackten Brüsten.

»Mmh, Mmh!«, murmelte er, »die keuscheste Ecke in ganz Nordeuropa!«

Auch wenn er wußte, daß er eigentlich anderes zu tun hatte, überredete er die beiden Frauen, mit ihm auf den Berg hinaufzusteigen, der sich hinter den Lagerhäusern erhob. Er wollte diesen ersten Tag an Land vertrödeln, und sie genossen den weiten Blick über die Stadt, den Fjord und die sie umgebenden Berge. Erst spät kamen sie wieder an Bord zurück.

Nun, am zweiten Tag, wollte Laurentz nicht mehr vor sich herschieben, weshalb er hierher gekommen war. Die große Holzkirche stand außerhalb des Hanseviertels, das neben der breiten Kaianlage und den Kontorhäusern mit ihren dahinter liegenden Lagerhäusern keinen weiteren Platz ließ, schon gar nicht für etwas wirtschaftlich so Uninteressantes wie ein Gotteshaus.

Laurentz bekam einen Handelsgehilfen als Dolmetscher zur Seite und machte sich auf den beschwerlichen Weg zum Kirchenvorstand, um die Nachricht von Simons Tod zu überbringen.

Der breitschultrige Fischer, dessen wettergegerbtes Gesicht von grauem Haar und weißem Bart umrahmt wurde, drückte Laurentz fest die Hand. »Er sprach von dir als seinem Bruder.« Dabei befühlte er den teuren Stoff der schwarzen Kleidung. »Wie verschieden Brüder doch sein können! Wie die unterschiedlichen Zweige eines Baumes: Sieht man sie alleine, denkt man nicht, sie seien vom gleichen Stamm.« Er ließ den Stoff wieder los. »Du willst seine Wohnung sehen?«

Laurentz nickte stumm und folgte dem Mann, der um die Kirche herum zu einem schmalen Holzanbau ging.

»Er hat keinen Wert darauf gelegt, irgend etwas zu besitzen. Aber nicht deshalb haben die Menschen ihn hier so verehrt und geliebt – es war seine Herzensbildung und sein Gottvertrauen, das niemanden vom Glauben ausschloß. Was andere Prediger von der Kanzel verkünden, hat er uns allen vorgelebt, daß nämlich die Toleranz gegenüber anderen nicht bedeutet, keine eigenen Prinzipien zu haben. Im Gegenteil. Der Mensch kann nur tolerant sein, wenn er seine eigenen Grundsätze nicht in Frage stellt. Wenn ich stark bin, brauche ich meine Stärke anderen gegenüber nicht zu beweisen. Amen.«

Der Fischer öffnete eine unverschlossene Tür, trat zur Seite und deutete in den kleinen Raum hinein: »Hier hat er gewohnt.«

Zögernd überschritt Laurentz die Türschwelle und sah sich um: Ein schmales einfaches Bett, ein offener Schrank mit Simons Kirchentracht und seinem Bischofsstab, ein Ofen, zwischen den beiden Fenstern ein Schreibtisch, davor ein Hocker und darüber ein Regal mit Büchern, unter dem eine Zeichnung hing. Das war alles.

Laurentz schluckte. Dieser einfache Raum war für Simon die vergangenen Jahre das Zuhause gewesen. Andächtig ging er die wenigen Schritte zum Schreibtisch, setzte sich vorsichtig auf den Hocker und sah aus dem Fenster hinaus: Der Hafen lag vor ihm, die Hügel – ein weiter Blick.

Dann betrachtete er die Zeichnung an der Wand und lächelte. Ein ungelenkes Bild des Moellendorffschen Hauses ›Zum goldenen Schiff‹ in Hamburg. Voller Sympathie nahm er einen Stift, der neben einem flachen Stapel Papiere lag, und malte die Säulen neben der Tür richtig ein. Dann verharrte er, blickte entgeistert auf den Stift in seiner Hand und begann, seine Korrekturen wieder wegzuwischen – und er verwischte dabei alles, auch Simons Zeichnung der Erinnerung.

Hilflos, ärgerlich über sich selbst und seine Anmaßung, blieb sein Blick an der Schrift auf dem obersten Blatt des flachen Papierstapels hängen. Simons Handschrift und das Wort: »Reflectiones.«

Unwillkürlich wollte er den Stapel zu sich heranziehen, verharrte, blickte aus dem Fenster und wieder zurück zu dem Stapel. Behutsam nahm er das oberste Blatt in die Hand und las:

Meine Mutter nannte mich Simon – nach dem Hamburger Bürgermeister Simon van Utrecht, der vor zweihundert Jahren Klaus Störtebeker und seine Vitalienbrüder gefangengenommen hatte. Demnach hätte sie mich eigentlich Dietmar nennen müssen – nach dem Hamburger Dietmar Koel, der später auch Bürgermeister wurde und der meinen Vater besiegte, gefangennahm und nach Hamburg brachte. Sie meinte, der Name Simon würde mich als unverdächtig schützen – denn welcher Seeräuber würde sein Kind schon Simon nennen!

Laurentz spürte Schmerzen in seiner rechten Schulter. Er ließ den Arm auf dem Oberschenkel ruhen und blätterte mit der linken Hand langsam durch die Seiten.

Die unbeschwerte Jugend meines Lebens fand ihr Ende, als ich aus England zurückkam, Laurentius war noch dort geblieben, und meine Mutter mir eröffnete, wer mein Vater war. Sie berichtete von einem Fehdebrief und beschwor mich, Priester zu werden. Es wäre unverdächtig, wenn ich nicht heiraten würde und keine Kinder hätte, um deren Leben ich ebenso fürchten müsse, wie um mein eigenes. Als Priester könnte ich auch die Schuld des Vaters sühnen – als ob ein Priester und ein Freibeuter sich per saldo zur Unschuld ausgleichen! So ging ich nach Genf: Es war weit genug entfernt.

Laurentz rieb sich die Augen – deshalb war Simon also Priester geworden.

Dieser Kaufmann Jan Fredersen schien seinen Lebenszweck darin gefunden zu haben, mich überall zu suchen, und zog durch ganz Norddeutschland, die Niederlande und Flandern, weil er mich dort vermutete. Warum bedrohte er mich? Was hatte ich ihm getan? Welche Schuld hatte ich auf mich geladen? Die Blutsverwandtschaft zu meinem Vater, der durch mich weiterlebte, dessen Nachkommen er mit Stiel und Stumpf ausrotten wollte? Wie Unkraut in Gottes Garten? Und als ich vor ihm stand, erkannte er mich nicht.

Laurentz stützte den Kopf in die Hände und seufzte: »Simon, warum hast du mich nicht teilhaben lassen an deiner Verzweiflung? Mein Vater hätte dir als Ratsherr sicher helfen können – später dann ich selber. War ich, nein, bin ich so engstirnig und kleinherzig, daß du kein Verständnis von mir erwarten konntest? Warum hast du es zugelassen, daß ich dich alleine ließ?«

Eine Träne tropfte auf das Papier. Laurentz zog ein Tuch aus der Manteltasche, um sie aufzutupfen, sich die Augen zu trocknen und weiterzulesen, was Simon geschrieben hatte.

War Fredersen derjenige, der da heimsucht der Väter Missetat an den Kindern bis in das dritte und vierte Glied – so, wie es im zweiten Buch Mose geschrieben steht? Ich hatte ein Gottesurteil herausgefordert: Wenn dieser bluträchende Kaufmann mich erkennen würde, dann wäre Gott auf seiner Seite, wenn nicht, würde er mir damit zeigen, daß ich mich von diesem Fluch befreien sollte. Gott hatte sich zu meinen Gunsten entschieden. So war es mir ein leichtes, diesen gottlosen Verfolger seinem Schicksal zu überlassen.

Es war ein Rausch der Freiheit: Meine Sympathie für eine Dienstmagd durfte sich zur Liebe entfalten, ich durfte nun selber Kinder haben, und wir waren glücklich, als sie in gesegneten Umständen war. Wir waren glücklich, wann immer wir uns sahen, und damit sie immer bei mir sein konnte, schenkte sie mir ein Medaillon mit einem Bild von sich, das ich immer bei mir tragen sollte.

Laurentz suchte in seiner Manteltasche, fand dann das Medaillon und legte es neben die verrutschten Papierblätter. Er hatte es mitgenommen, weil er sich nicht sicher gewesen war, ob es hier in Norwegen einen Platz geben könnte, wo es gut aufgehoben wäre.

Und dann wurde diese geliebte Frau vor das Inquisitionsgericht gezerrt. Ich bat Gregor von Mechtersheim, ich kniete vor ihm, er möge mir das Verfahren überlassen, um sie zu retten. Er ließ sie nur noch strenger bewachen. Ich hatte ihm von uns berichtet, ihn umzustimmen versucht, doch er antwortete nur kalt: »Dann betrachte es als Gottesurteil«, und ich erkannte endlich meine eigene Verblendung. Es war meine Schuld, daß die geliebte Frau und unser unge-

borenes Kind den Tod in den Flammen fanden. Ich hatte sie begehrt, umworben, für mich eingenommen und verführt, alle Gerichtsverfahren abgegeben und sie dadurch der Gewalt von Gregor von Mechtersheim ausgeliefert. Ich selber hatte mich an Gottes Stelle gesetzt, ihn für meine Zwecke benutzt – welcher Mensch sollte mir dafür Absolution erteilen können? So habe ich den Orden verlassen, habe mich zum Evangelium bekannt, daß sich niemand zwischen Gott und den einzelnen Menschen stellen soll. Es gibt keine Stellvertreter Gottes auf Erden, die befugt wären, seine Gnade zu verwalten, zu gewähren oder zu verweigern, die aber so tun, als sei Gottes Gnade ein Mehl, aus dem sie die Oblaten backen. Ich habe mein Leben geändert. Was kann ich als Mensch mehr tun? Irgendwann werde ich wissen, ob es Gott gefällt.

Laurentz starrte aus dem Fenster über das Wasser des weiten Fjords. Beim Zusammenlegen der Blätter rutschte ihm das letzte Blatt entgegen.

Diesen Sommer werde ich in Hamburg verbringen, bei meinem Bruder Laurentius. Wir werden endlich Zeit haben, miteinander zu reden. Seit England sind wir uns nicht mehr oft begegnet: Ich war stets auf der Flucht vor der Vergangenheit, er hatte immer weite Ziele in der Zukunft im Blick. Ich hoffe, wir werden uns in der Gegenwart finden und können miteinander reden.

Laurentz vergrub den Kopf in seinen Händen: Es war bitter, doch es stimmte. Immer waren andere Verpflichtungen dringlicher gewesen: der Rat, das Kontor, die Einladungen, denen er folgen mußte – stets hatten sie, hatte er, es auf das nächste Mal verschoben.

Nun war es zu spät.

Der Kirchenvorsteher, der mit dem dolmetschenden Handelsgehilfen vor der Tür gewartet hatte, stand nun neben Laurentz und räusperte sich. »Ich verstehe, daß sein Tod dir nahe geht. Nimm die Papiere und das Bild mit dir, wenn du möchtest. Es war sein einziger persönlicher Besitz. Komm morgen in den Trauergottesdienst, wenn du Trost brauchst, wie wir selber alle auch.«

In der Kirche übersetzte der Handelsgehilfe für Laurentz die Worte des Pastors: »Unser Bischof wird in seiner alten Heimat bleiben: In der Stadt, in der er aufwuchs, ist er nun gestorben und begraben.«

Ein stöhnendes Gemurmel erfüllte das vollbesetzte Kirchenschiff. Als die Nachricht sich verbreitete, hatte es keiner glauben wollen, aber nun war sein Tod nicht mehr zu leugnen. Tücher wurden vor die Gesichter gehalten und Laurentz konnte endlich seinen Tränen freien Lauf lassen, als er Teil dieser ehrlichen Trauergemeinde wurde.

Er hatte den Handelsgehilfen gebeten, nicht mehr zu übersetzen, lauschte, mit Tränen in den Augen, der tragenden Stimme des Pastoren, der mehr als zwei Stunden sprach und immer wieder den Namen Simon beschwor, und damit das einzige, was Laurentz verstand.

So sehr die Gemeinde auch trauerte, man sollte nicht meinen, daß sie nicht auch saufen konnte: Der Abschluß der Predigt war die Aufforderung des Pastors, auf Simons Wohl ein Lebenswasser zu trinken, und der Aquavit machte die Runde durch die Kirchenbänke.

Als sich herumsprach, daß er Simons Bruder sei, wollten alle Laurentz ihr Beileid ausdrücken, kamen zu ihm, schüttelten ihm kräftig die Hand und stießen mit ihm auf Simon an: Auf daß er lebe!

Das Tränenwasser mischte sich mit dem Lebenswasser, und später wußte niemand mehr zu sagen, welches davon reichlicher geflossen war. Die sieben Fäßchen Aquavit, soviel war sicher, die waren schließlich leer, und Laurentz hatte bis zur Abfahrt einen höllischen Brummschädel.

Er war froh, den frischen Seewind um die Nase zu spüren und daß die See mitfühlend ruhig war. Gleichmäßig furchte die MARGARETA mit Fischfässern, Fellen und leeren Bierfässern beladen durch das Wasser.

Laurentz saß mit Marthe wieder am Heck des Schiffes oder wanderte mit ihr, Arm in Arm, über das Deck. Er sprach davon, daß er zwar nie Kapitän gewesen sei und es doch Harald nachfühlen konnte, daß man nicht so einfach das Kommando abgab. War nicht auch für ihn selbst die Zeit gekommen, die Verantwortung für die Firma an einen Jüngeren weiterzugeben?

Harald und Kobi sprachen über ihre Eindrücke und tauschten Informationen aus, denn Kobi hatte in den Spelunken für mächtige Aufregung gesorgt und dabei von den Matrosen mehr erfahren, als Kaufleuten und Kapitänen normalerweise bekannt wurde.

Und die Mannschaft hielt nicht mehr furchtsam Ausschau nach Klabautermännern oder Feuerzeichen in den Mastspitzen.

Die Entscheidung

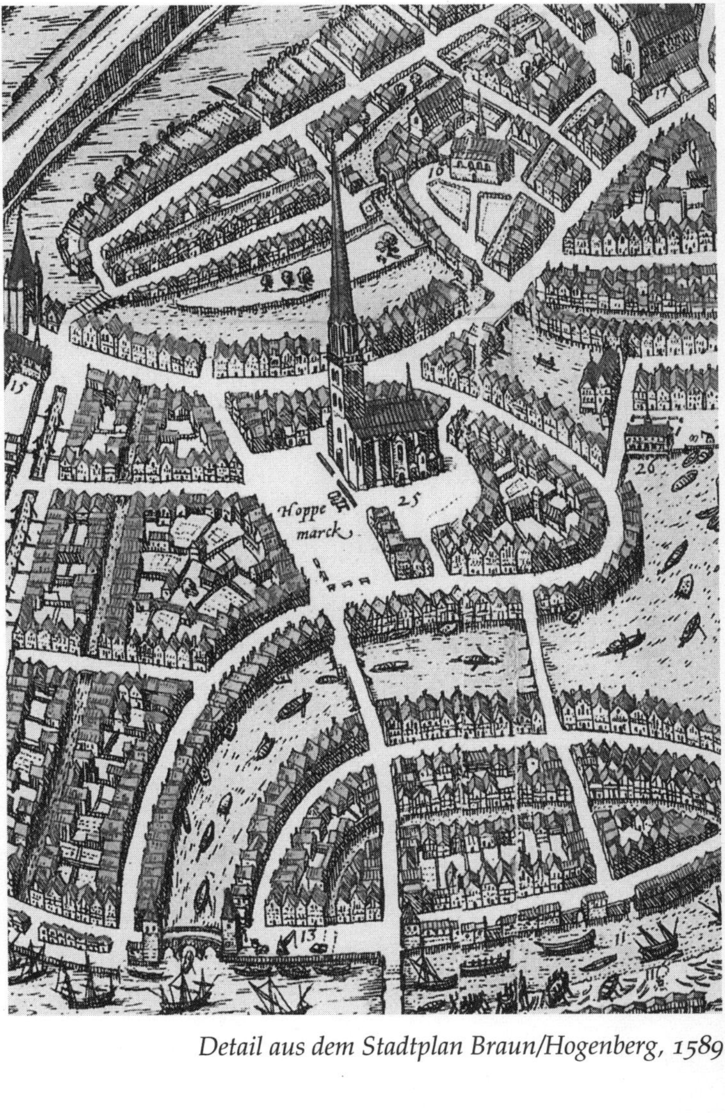

Detail aus dem Stadtplan Braun/Hogenberg, 1589

Albrecht hatte am neuen Kran gewartet, und als er sie endlich zwischen den vielen Ewern und Leichtern, die auf der Elbe kreuzten, erkannte, winkte er heftig mit beiden Armen.

»Hoffentlich springt er jetzt nicht in die Elbe«, knurrte Laurentz. »Das sieht ja aus, als ob er uns entgegenschwimmen wollte!«

Womit er nicht unrecht hatte, denn Albrecht barst beinahe vor Neuigkeiten und konnte es kaum erwarten, sie loszuwerden. Das Beiboot schien sich nur im Schneckentempo zu bewegen, bis es endlich gegen die Kaimauer knirschte und er das Tau festhielt, damit Laurentz, Marthe, Agathe und Harald auf die Treppe übersteigen konnten.

Laurentz nahm ihn kräftig in die Arme und zwinkerte ihm zu: »Na, die Stadt steht ja noch – da haben wir wohl Glück gehabt, daß ihr zwei Junggesellen nicht allzu viel Unfug getrieben habt!«

Er schob seinen Enkel die Stufen hinauf, der gerade sagen wollte, daß es nur noch einen Junggesellen gab, als Laurentz die Augen zusammenkniff und einer vorbeifahrenden Kutsche hinterherschaute, als hätte er gerade eine unglaubliche Erscheinung gesehen. »War das eben nicht …?«

»Jaha! Das war eben Lütjehann!«

»Wie …?«

»Er ist arbeitslos geworden. Mönckebronn hat ihn entlassen, weil er vertrauliche Gerichtsdokumente zu seinem eigenen Vorteil verwendet hat.«

»Verstehe ich nicht. Und seitdem fährt er in einer Kutsche umher?«

»Nicht nur das, er hat auch das große Bürgerrecht erworben!«

Laurentz hob abwehrend beide Hände. »Nun mal langsam, und bitte, ganz von vorne.«

Albrecht schmunzelte. »Das ist eine lange Geschichte. Laß uns erst nach Hause gehen.« Wenn schon, denn schon, dachte er. Es gab schließlich noch manches andere zu berichten.

Zur Feier der Rückkehr lag ein Damasttuch auf dem großen Tisch. Clara und Wilfriede standen aufgeregt und schwitzend in der Tür zur Küche und hofften, daß ihre Kochkünste von der strengen Marthe für gut befunden wurden.

Karl war zur Begrüßung aus dem Kontor herübergekommen, und auf der Treppe hörten die Angekommenen leichtfüßige Schritte, die von keinem der Knechte stammen konnten: Eine anmutige junge Frau, in langem gelbem Rock mit weißen Streifen, hochgeschlossenem Mieder und fein geflochtenem Haar kam ihnen entgegen. Sie war die Anmut in Person und lächelte unbefangen.

Wie selbstverständlich nahm Karl sie in den Arm, strahlte über das ganze Gesicht und stellte sie vor: »Mechthild Benningstedt, meine Verlobte.«

Laurentz hatte entschieden, daß es nicht die Nachwirkungen des Aquavits sein konnten, die ihm einen dröhnenden Kopf bescherten. »Die Tochter des Kaufmanns Benningstedt aus Hildesheim?«

»Kennst du einen anderen Benningstedt?«

»Nein.«

»Kommt, setzen wir uns um den Tisch. Die Mägde haben einen Umtrunk und Essen vorbereitet.«

Laurentz setzte den Becher ab und blickte Karl und Albrecht an, zwischen denen Mechthild saß. »Also, von Anfang an bitte.«

»Gut, dann beginne ich.« Albrecht berichtete von Benningstedt und seiner Klage, daß sie nicht adelig seien und er deshalb seine Tochter und deren Tante nicht in einen Stift einkaufen könne. Er erzählte von seinem eigenen Hinweis auf das Stift Herwardeshude nahe der Stadt Hamburg, in dem auch nicht adelige Töchter aufgenommen wurden.

»Deshalb war ich hierhergekommen«, fuhr Mechthild fort, »ich dachte, Albrecht könnte mir wohl weiterhelfen, wo ich dieses Stift finden könne, und ich kam in dieses Haus, um ihn zu fragen ...« Sie verstummte und gab Karl einen zärtlichen Stups in die Seite, der ergänzte:

»Ja, und da war ich. Als sie zur Tür hereinkam, muß ich sie wohl wie ein Ochse angestarrt haben.« Karl schmunzelte bei der Erinnerung und drückte Mechthilds Hand. »Na ja, sie blickte auch so blöd wie eine Kuh. Dann sind wir beide wohl rot geworden, und zum Glück sah keiner zu, wie wir unbeholfen umeinander herumschlichen, uns beäugten und langsam annäherten. Amor, der Liebesgott, hatte mit nur einem Pfeil unsere beiden Herzen gleichermaßen getroffen.« Liebevoll legte er seinen Arm um Mechthilds Schultern.

Albrecht hatte sich quer auf die Bank gesetzt, seinen Kopf am Kinn gestützt und betrachtete versonnen das Liebespaar. Es gab keinen Argwohn zwischen ihnen. Er hatte sich erst unwohl gefühlt, als er das Glück der beiden sah, hatte herumgedruckst, nach einer Gelegenheit gesucht, mit seinem Onkel darüber zu sprechen – doch Mechthild selber hatte Karl bereits von ihrer Zeit des freien Geistes berichtet und ihren Kopulationen mit Albrecht. Karl hatte gefragt, ob es vorüber sei, und es dann fröhlich beiseite geschoben: »Vergangenheit! Ich war auch kein Kind der Traurigkeit.« Albrecht könne ja dann auch bestens verstehen, warum er mit Mechthild so glücklich sei. Was interessierte ihn die Vergangenheit! Wenn er von jeder Frau erzählen sollte, der er die letzten Jahre beigelegen hatte, das würde eine dammich lange Zeit verbrauchen. Schwamm drüber.

Agathe blickte zu ihrem Sohn Albrecht hinüber und wünschte ihm, daß er auch bald so glücklich werden würde. Ihr Mann Harald war praktischer. Wenn neue Ladung an Bord kam, mußte sie auch gut verstaut werden. »Wann wird geheiratet?«

»Im August!« antworteten Karl und Mechthild gleichzeitig, und alle lachten.

Karl wurde wieder ernsthaft: »Mechthild stellt noch ihre Aussteuer zusammen, sie muß noch Monogramme sticken, und ich bin jetzt häufiger in Lübeck als in Hamburg: Der Hansetag zieht und zieht sich hin, als wolle er kein Ende finden.«

Laurentz verschob die Frage, was das bedeutete, auf später und wandte sich an Albrecht: »Was ist denn nun mit Lütjehann?«

Albrecht setzte sich wieder gerade an den Tisch und sortierte seine Gedanken neu.

»Du warst kaum fort, da trat ein Anwalt vor die Schranken des Niedergerichtes und forderte im Namen von Lütjehann, der wie immer neben Mönckebronn als Schreiber saß, die Einlösung eines Legates, das der Kaufmann Jan Fredersen vor fünfzig Jahren bei Gericht hinterlegt hatte. Mönckebronn fiel vor Überraschung sein Gerichtsstab aus der Hand, und die weitere Verhandlung dieser Frage wurde auf den nächsten Gerichtstag verschoben.«

»Ein Legat von Fredersen? Wofür und für wen?«

Albrecht starrte erst auf den Tisch, faltete die Hände, als müsse er sich selber Mut zusprechen, und blickte dann Laurentz in die Augen. »Für den, der Simon tötet.«

In die lähmende Stille hinein räusperte sich Karl. »Entschuldigt mich: Albrecht und ich haben schon lange und oft darüber gesprochen – ich muß noch im Kontor arbeiten.« Mit ihm verschwand auch Kobi.

Agathe forderte Mechthild mit einem stillen Lächeln auf, mit ihr zu kommen: Endlich war eine Schwägerin im Haus, und sie wollte mehr von ihr wissen.

Marthe zog sich in die Küche zurück, um die Arbeit von Clara und Wilfriede zu loben, während Harald sich mit der Begründung verabschiedete, er müsse sich um das Schiff und den Zoll kümmern.

Albrecht löste sich von der Betrachtung seiner Hände und berichtete nun weiter: »Juristisch hat dieses Legat zwei Seiten:

Einerseits ist es gültig, da alle Formalien deutscher Rechtstradition von Jan Fredersen eingehalten worden waren. Er hatte seinerzeit die Privatfehde öffentlich erklärt, und dieses Legat ist ein korrektes Vermächtnis: entsprechend dem Stadtrecht, eine Übergabe auf den Todesfall – im Notarbuch des Rats protokolliert und das Testament in der Kämmerei hinterlegt.

Andererseits aber verbietet das römische Recht des Kaisers seit dem Ewigen Landfrieden vor einhundert Jahren ausdrücklich gerade solche Privatfehden. Allerdings hatte der Ewige Landfrieden erst einmal nur den Wert des Papiers, auf dem er geschrieben steht. Nicht nur in der peinlichen Halsgerichtsordnung des Kaisers von 1532, sondern seitdem in weiteren fünfundzwanzig Verordnungen und Gesetzen, wurde dieses Verbot wiederholt, was bedeutet, daß territoriale und regionale Rechtstraditionen gültig blieben – was von der Halsgerichtsordnung des Kaisers ja auch gebilligt wurde, dadurch aber gleichzeitig den Landfrieden schwächte.«

»Ja nun, das mag ja alles so sein, mach's nicht so kompliziert. Was bedeutete das für Lütjehann und dieses Legat?«

»Du kennst doch den Vorbehalt des Rates und der Bürgerschaft – die sich in diesem Punkte ausnahmsweise völlig einig sind –, daß die Reichsgesetze nur zweitrangig seien und in Hamburg vorrangig das Stadtrecht, die Burspraken und Rezesse als Rechtsgrundlage dienen sollen?«

»Und das heißt, daß dieses Legat anerkannt wurde?«

»Kurz gesagt: Ja. Aber die Sache hatte noch einen Pferdefuß, von dem der Rat nichts ahnte, da er der Meinung war, daß sowohl Jan Fredersen als auch Simon ohne Nachkommen gestorben seien, damit also diese Privatfehde endgültig beendet wäre ...«

Laurentz nickte: Der Meinung war er auch gewesen.

»... und das Erbe, was Fredersen in diesem Legat ausgelobt hatte, gar nicht mehr vorhanden oder so geringfügig sei, daß Lütjehann es als Trinkgeld ruhig bekommen sollte, schließlich war er immer ordentlich und fleißig gewesen.«

»Und dem war nicht so?«

Albrecht lachte. »Doch dem war so. Lütjehann war sehr fleißig gewesen und hatte als Gerichtsschreiber unter einem Vorwand alle Testamente durchgekramt, in denen der Stadt ein Erbe zugefallen war. Du kannst dir nicht vorstellen, welcher Aufruhr im Rat ausbrach, als Lütjehann das Dokument auf den Tisch legte und bekannt wurde, was die Stadt als Erbe an ihn herausgeben mußte!«

»Nun sag es schon!«

»Du hast also auch keine Ahnung davon gehabt?«

»Wieso soll ich wissen und erinnern, wem nun was gehörte. Es ist Jahrzehnte her, und außerdem kümmern sich ja schließlich die Kämmereibürger um die Stadtfinanzen und den Besitz, der an die Stadt gefallen ist. Es wird wohl nicht ausgerechnet das Rathaus sein?«

»Nein. Das hätte der Rat ja noch verschmerzt. Es soll sowieso ein neues gebaut werden. Es ist noch viel schlimmer: Es sind die drei größten Brauhäuser der Stadt! Ein Teil des Tafelsilbers sozusagen.«

Laurentz schwieg, dann lächelte er.

Albrecht fragte erstaunt: »Es regt dich gar nicht auf?«

»Im Augenblick ist es ein seltsamer Trost für mich, daß Simons Tod doch mehr wert war als nur die zehn Schillinge.« Er schwieg wieder nachdenklich und schnaubte dann: »Ein guter Mensch hat also doch seinen Preis!«

»Du meinst Simon?«

»Ja. Wenn ich auch zwischendurch schwankend geworden war – nach meiner Reise bin ich nun überzeugt, daß er ein guter Mensch gewesen ist. Er hat sein Leben geändert – und was kann ein Mensch mehr tun, um sich zu seiner Schuld zu bekennen?«

Laurentz bemerkte sehr wohl den zweifelnden Blick seines Enkels. »Du bist nicht meiner Meinung?«

»Nein. Er ist und bleibt für mich schuldig. Für ihn spricht allerdings, daß die Gesetze der Kirche ihm eine Freiheit gaben, ihm geradezu im Namen dieser Gesetze die Möglichkeit nahelegten, seinen persönlichen, niederen Motiven nachzugeben. Deshalb brauchen wir bessere Gesetze, um die Beklagten vor dem Richter und die Richter vor sich selbst zu schützen.«

Die Haustür klappte, Stiefelschritte kamen über den Hausflur, und Mönckebronn betrat den Raum.

»Ich hörte gerade, Moellendorff, daß Ihr wieder in der Stadt seid und wollte Euch zu einer Sondersitzung des Rates abholen.«

Laurentz blickte unwillig. »Seit wann gibt es Sondersitzungen des Rates?«

Mönckebronn rieb sich an der Nase. »Seitdem der Rat überlegt, wie er dem Lütjehann die drei Brauhäuser wieder abnehmen kann.«

Ungefragt mischte sich nun Albrecht ein: »Wie stellt sich der Rat das vor? Einerseits beharrt er aus politischen Gründen darauf, die Reichsgesetze nicht anzuwenden, und andererseits droht Lütjehann, falls man das Legat nicht anerkennt, vor dem Reichskammergericht zu klagen, was der Rat partout vermeiden will.«

Albrecht hatte sich mit diesen beiden Sätzen in Rage geredet und beinahe auf den Tisch geschlagen: »Es sind doch Taschenspielertricks, wenn der Rat den Erbschaftswert der Brauhäuser mit fünfhundert rheinischen Goldgulden angesetzt hat, weil er auf das kaiserliche Privileg von 1553 pocht, nach dem das Reichskammergericht erst als Berufungsinstanz gegen das Obergericht angerufen werden darf, wenn der Streitwert über sechshundert Gulden liegt. Jeder weiß doch, daß die Brauhäuser mindestens das Zehnfache wert sind! Lütjehann läßt sich jedenfalls davon nicht beeindrucken!«

Ratsherr und Prätor Mönckebronn betrachtete den jungen Heißsporn nachdenklich. »Der Rat hat recht, wenn er nicht das Risiko eingeht, das Reichskammergericht auf Hamburger Eigentümlichkeiten aufmerksam zu machen – was passieren würde, wenn Lütjehann aktiv wird –, denn solange die Klage auf die Anerkennung der ausschließlichen Elbhoheit unserer Stadt vom Reichskammergericht nicht zu Gunsten Hamburgs entschieden ist, so lange sollten wir so klug sein, stillzuhalten.«

»Das heißt also, daß eine Berufung vor dem Obergericht zu dem gleichen Ergebnis zu Gunsten Lütjehanns führen würde?«

»Erstens, wer soll denn diese Berufung einlegen? Und zweitens, hätte der Rat seine Maßgabe für das Niedergericht, daß Lütjehanns Legat anerkannt wird, so formuliert, wenn er nicht entschlossen wäre, eine Berufung vor dem Obergericht gänzlich abzulehnen? Wer A sagt, muß auch B sagen.«

»Vielleicht im politischen Alphabet – nicht im juristischen ABC!«

Mönckebronn schien überrascht zu sein. »Ihr macht da einen Unterschied?«

»Ja! Und ich denke, es gibt auch einen juristischen Weg, die Angelegenheit im gewünschten Sinne zu klären. Setzt einen Termin für die Berufungsverhandlung auf die Liste des Obergerichtes. Ich muß darüber nachdenken und werde dem Rat die Argumente liefern.«

Mönckebronn nickte erleichtert und zustimmend. Und die Zeit war knapp.

Albrecht war den Nachmittag schon dreimal um St. Nikolai herum gelaufen, dann auf den Neuen Wall gestiegen, oben hin und her gegangen, hatte über die Kleine Alster, die Dachgiebel der Stadt und die Gartenhäuser vor dem Wall in die Weite geblickt, um seine Gedanken zu sortieren. Erst mit Beginn der Abenddämmerung kam er wieder im Haus ›Zum goldenen Schiff‹ an. Laurentz, der erst kurz vorher von der Ratssitzung zurückgekommen war, blickte ihm gespannt entgegen. »Nun, hast du eine juristische Lösung für unser Problem gefunden?«

»Ja! Es geht um die Frage der Zurechnungsfähigkeit der Tat zu Lütjehann. Der Leichnam von Lütjehanns Frau Antje wurde nicht ausgegraben, damit sie als Mörderin gehängt werden kann, weil sie der Kirche egal war und weil ihre Anstiftung zum Mord als Ausführung des Legates hingenommen wurde. Damit hat das Legat seinen Schutz für den Täter verloren.«

Albrecht rieb sich die müden Augen. »Lütjehann hat sich nicht unter den Schutz dieses Legates gestellt, da sein Anwalt ihn vermutlich auf die Fragwürdigkeit dieses Schutzes hingewiesen hat – der Rat hat das Legat ja auch nur aus politischen Gründen akzeptiert ...«

»Da bin ich gespannt. Aber, bitte, ich bin kein Jurist, du kannst es morgen Mönckebronn erklären. Er wird dir dabei auch eine Neuigkeit mitteilen.«

Laurentz machte ein geheimnisvolles Gesicht, auf das Albrecht aber nicht mit einer Frage einging.

»Nun gut, auch wenn du mich nicht fragst, erzähle ich es dir trotzdem: Der Rat hat beschlossen, einen öffentlichen Ankläger zu bestellen.«

»Einen Fiskal?«

»Ja, dieser Ausdruck wurde dafür gebraucht. Und du bist für dieses Amt vorgeschlagen!«

Albrecht wurde plötzlich blaß. »Dann will der Rat die ganze Verantwortung auf meine Schultern legen und sich auf die wertende Position des Berufungsgerichtes zurückziehen?«

Laurentz lachte. »Nun beschließt der Rat schon mal eine Reform, die deinen Vorstellungen entspricht, daß Gesetz und Politik unterschiedlichen Sphären angehören, und nun paßt dir das nicht?«

»Doch, ja, aber es ist ein schwieriges Amt.«

»Das stimmt, aber wenn du stark bist, wirst du daran wachsen.«

Mönckebronn stimmte kopfnickend dem zu, was Albrecht als Argumentation vorzutragen gedachte.

»Euer Großvater hat Euch schon verraten, was Euch bevorsteht?« Mönckebronn schien sich zu freuen, als hätte er ein

Geschenk für Albrecht, der jetzt heftig schluckte und fragte: »Der Rat will mich zum Fiskal ernennen?«

Mönckebronn nickte. »Nur zu, die Runde wartet schon.«

Damit schob er den Zögernden zur Tür, die von dem Ratsdiener aufgerissen wurde, führte ihn an den aufwendig geschnitzten Bänken der Ratsherren vorbei, bis sie vor dem worthaltenden Bürgermeister standen, der sich von seinem Platz erhob und Albrecht gegenübertrat. »Ihr seid bereit, dieses Amt zu übernehmen?«

»Ja.«

Der Bürgermeister hatte dem Gerichtsherrn zugenickt, der mit einem Folianten neben die beiden trat, das dicke Buch aufschlug und Albrecht das Titelblatt lesen konnte: Der Stadt Hamburg Statuta und Gerichtsordnung. Auf der linken Seite war ein Blatt eingeklemmt, auf das der Bürgermeister hinwies: »Dann sprecht diese Sätze und schwört.«

Die Ratsherren standen alle von ihren Plätzen auf, Albrecht hob die rechte Hand, legte die linke auf das Stadtrecht, holte tief Luft und leistete seinen Schwur als Öffentlicher Ankläger der Stadt: »Im Namen der heiligen Dreifaltigkeit: Ich schwöre, die Gesetze dieser Stadt zu achten und zu verteidigen, Unrecht zu verfolgen, dem Rat untertan zu sein und alles Übel, das sich gegen unsere Stadt und seine Bürger wendet, ohne eigenen Vorteil zu beklagen. So wahr mir Gott und sein Heiliges Wort helfe.«

Während der Bürgermeister ihm die Hand schüttelte und die Ratsherren applaudierten, fiel Albrecht ein Stein vom Herzen. Er hatte flüssig gesprochen, sich nicht verhaspelt und nicht gestottert: Sonst wäre der Schwur ungültig gewesen, und er hätte nach Hause gehen können. Unauffällig blinzelte er zu Laurentz hinüber, der stolz aufrecht stand und ihm genauso unauffällig die Daumen drückte. Offensichtlich freute er sich im Augenblick mehr als sein Enkel.

Mönckebronn hatte das Stadtrecht beiseite gelegt, bekam von einem Ratsdiener eine zusammengelegte Lage schwarzen

Stoffes gereicht, die er entfaltete und dem frisch bestallten Ankläger über Kopf und Schultern zog: der Amtstalar.

Überrascht fühlte Albrecht den weichen Stoff, und Möncke-bronn schüttelte ihm nun die Hand. »Ihr tragt nun diese Robe als Zeichen, daß Ihr einen Amtseid geschworen habt und nicht immer neu vereidigt werden müßt. Sie ist schwarz wie unsere Ratskleidung, da ihr nun ein Vertreter und Mitglied der Obrigkeit geworden seid.«

»Rot ging nicht?«

»Nicht doch, nur die Richter, die Todesurteile aussprechen können, tragen die Farbe des Blutes. Der Bürgermeister dürfte es – aber dann müßte er sich ständig umziehen, je nachdem, ob unser Kollegium als Rat oder als Obergericht tagt.« Die Vorstellung eines sich ständig umziehenden Bürgermeisters schien ihn zu amüsieren.

»Ach, bevor ich es vergesse«, er faßte Albrecht an der Schulter und schob ihn wieder hinter den Bänken entlang. »Ihr habt hier immer dann Zutritt, wenn der Rat als Obergericht tagt. Da wir nun noch etwas Politisches besprechen wollen, müßt Ihr jetzt bitte noch draußen warten.«

Damit hatte er ihn wieder durch die Tür in die Vorhalle der Ratsstube hinausgeschoben, in der Lütjehann bereits wartete, ein Papier in der Hand. Lüttjehann betrachtete den schwarzgewandeten Ankläger, Albrecht musterte den in roten Samt gehüllten Lütjehann, der einen farblich passenden Hut keck schräg auf dem Kopf trug und nun auf ihn zukam. »Ich habe eine Ladung bekommen, daß ich vor dem Rat erscheinen soll!«

»Das stimmt, es wird heute vor dem Obergericht neu verhandelt.«

Lütjehann plusterte sich. »Das Reichskammergericht wartet bereits auf meine Klage.«

Achselzuckend ließ Albrecht den ehemaligen Gerichtsschreiber stehen, wanderte in der Vorhalle umher und memorierte seine Rede.

Nach einer Weile öffneten sich die Türen zur Ratsstube, und

ein Ratsdiener bat Albrecht und Lütjehann herein. Mönckebronn, der jetzt neben dem wortführenden Bürgermeister saß, bedeutete Albrecht rechts, Lütjehann links an dem Tisch Platz zu nehmen, der innerhalb der hufeisenförmigen, umlaufenden Bank der Ratsherren stand.

»Es wird verhandelt: Die Stadt Hamburg gegen den ehemaligen Gerichtsschreiber Franz Lütjehann, betreffs eines ihm vom Niedergericht zugesprochenen Legats.«

Lütjehann war aufgestanden, hatte sich kurz verbeugt und sagte: »Kaufmann und Brauereibesitzer.«

Der Bürgermeister klopfte unwirsch mit seinem Gerichtsstab auf den Tisch. »Lütjehann, machen Sie hier keine Faxen. Sie wissen doch aus Ihrer eigenen Zeit als Ratsbediensteter, daß Sie hier nur zu reden haben, wenn Sie gefragt werden, und zweitens steht genau das heute zur Verhandlung!«

Lütjehann knickte wieder zusammen. Sein frischer Reichtum war ihm nicht allzu gut bekommen – er war wie eine Gier, die sich nicht befriedigen läßt, und das Spottlied in den Kneipen »Mehr ertrinken im Weinglas als im Meer!« war auf ihn gemünzt.

»Das Wort hat der Fiskal!«

Albrecht stand auf, konzentrierte sich – eingedenk der Grundsätze: frei reden, möglichst kurz, nur zur Sache – und begann: »Der Geladene hat als Ehemann der Badefrau Antje Lütjehann das Legat des Kaufmanns Jan Fredersen für sich beansprucht. Wenn er selber den Bischof getötet oder selber die beiden Mörder gedungen hätte, würde er wie seine Frau vor weiterer Verfolgung geschützt sein. Da er aber nur das Erbe seiner Frau beansprucht, sind auf ihn die Rechtsgrundsätze des Erbrechtes anzuwenden!«

Ein anerkennendes Raunen ging durch die Reihe der Ratsherren, und nicht nur Lütjehann fragte sich, worauf der Ankläger eigentlich hinaus wollte.

»Da dieses Erbe aus einer Bluttat entspringt, ist zu klären, inwieweit diese Tat dem Geladenen zurechnungsfähig ist. Das

Wissen um dieses Legat hatte von allen Beteiligten ursprünglich nur der Geladene, der seiner Frau davon erzählte und sie damit erst auf die Idee brachte, den im Legat Beschriebenen zu suchen. Als sie ihn auf Grund dieses Wissens zu erkennen meinte, beauftragte sie die beiden Mörder. Der Geladene hat selber zugegeben – am Leichnam seiner Frau –, daß es sein eigenes Geld war, mit dem sie die gedungenen Mörder bezahlte. Sowohl von der Information her, mit der er die Niedertracht seiner tatkräftigeren Frau erst ermöglichte, wie von der für die Ausführung der Bluttat erforderlichen Geldsumme ist die Ermordung des Bischofs dem Geladenen zuzurechnen. Damit verfällt nicht nur sein Erbanspruch, denn blutige Hände erben nicht …«

Lütjehann war aufgesprungen und schrie: »Wie soll denn die vom Legat geforderte und vom Niedergericht als rechtmäßig anerkannte Blutrache ausgeführt werden, ohne blutige Hände zu bekommen? Was Recht war, kann jetzt nicht Unrecht sein!« Er wurde von zwei Ratsdienern gepackt und auf seinen Stuhl heruntergezerrt.

Albrecht setzte noch einmal neu an: »Damit verfällt nicht nur sein Erbanspruch, denn blutige Hände erben nicht, sondern gleichzeitig, aufgrund seiner Zurechnungsfähigkeit zur Tat, ist er der vorsätzlichen, heimtückischen Bluttat aus Geldgier schuldig und des Mordes überführt!«

Mönckebronn frohlockte und fühlte sich bestätigt, daß sie diesem jungen Mann das Amt des Anklägers angetragen hatten. Er hatte dem Obergericht ein scharfes juristisches Schwert geschmiedet. Lütjehann saß glotzend auf seinem Schemel, zerrte an dem grünen Tischtuch und griff sich an den Hals.

Der Bürgermeister war sich unschlüssig. Dieser neue Ankläger war so sehr von seiner Argumentation überzeugt, daß er bei den Beratungen des Obergerichtes nur schwer zu integrieren sein würde. Aber wohin sollte sich das Obergericht zurückziehen, um unter sich nun zu beraten? Er besprach sich kurz mit Mönckebronn, der veranlaßte, daß sowohl der Ankläger wie der Geladene, der nun Beklagter war, draußen in der Vorhalle warten sollten. Zwei Ratsdiener wurden Lütjehann sicherheitshalber zur Seite gestellt.

Das kreidebleiche Gesicht Lütjehanns, zu dem der rote Samtstoff seiner Kleidung einen scharfen Kontrast bildete, bekam allmählich wieder Farbe, als vom Marktplatz her vielstimmiger Lärm ins Rathaus drang. Ein Ratsdiener war durch die Vorhalle gelaufen und in der Ratsstube verschwunden. Lütjehann lächelte kalt. Der Diener würde dem Bürgermeister berichten, daß sich vor dem Rathaus eine Menge Leute versammelt hatten, die drohten, Krawall zu machen, falls Lütjehann sein Erbe abgesprochen wurde – wozu hatte er ihnen gestern abend schließlich reichlich Freibier ausschenken lassen und noch mehr versprochen?

Die Tür öffnete sich wieder und lautes Stimmengewirr klang heraus. Der Ratsdiener durchquerte wieder eilig die Vorhalle und wollte vermutlich die Stadtwache alarmieren, das Rathaus zu beschützen.

Nach einiger Zeit wurde Lütjehann von einem Ratsdiener in die Ratsstube gebeten, und Albrecht wartete allein weiter. Er betrachtete die geschnitzten hohen Türen mit dem Stadtwappen in der Mitte, wanderte an die Fenster zum Marktplatz und sah auf die etwa fünfzig Leute herunter, die von den Stadtbütteln zurückgedrängt worden waren und sich still verhielten. Er wanderte weiter und fragte sich, warum er bei den Beratungen nicht anwesend sein durfte. Er dachte daran, was Mönckebronn ihm gesagt hatte, wann er als Ankläger Zutrittsrecht zur Ratsstube hatte, und ihm wurde deutlich, daß dieses Kollegium wie ein doppelgesichtiger Januskopf war: einerseits Rat, andererseits und gleichzeitig Obergericht. Sein Gedankengang wurde von einem Ratsdiener unterbrochen, der ihn in die Ratsstube holte.

Die Ratsherren schienen zufrieden zu sein, auch wenn Laurentz auf einen Blick von Albrecht hin mit den Schultern zuckte und Mönckebronn ihn nachdenklich ansah. Lütjehann saß friedlich auf seinem Schemel und stand auf, als Albrecht an den Mitteltisch trat.

Der Sekretär des Obergerichts erhob sich von seinem Platz: »In der Sache Stadt Hamburg gegen Franz Lütjehann wurde folgendes Urteil gefunden: Das vom Niedergericht dem Lütjehann zugesprochene Erbe wird ihm aberkannt und fällt an die Stadt zurück. Franz Lütjehann wird das Bürgerrecht aberkannt, und er wird der Stadt verwiesen. Er hat Hamburg noch heute vor dem Schließen der Stadttore zu verlassen. Sollte er diese Stadt noch einmal betreten, wird er ohne weiteres Verfahren als Mörder dem Galgen überantwortet.«

Albrecht mußte sich beherrschen, um nicht vor Freude in die Hände zu klatschen. Also hatte den Lütjehann endlich sein gerechtes Schicksal ereilt, doch, stutzte er nun, warum blieb der so ruhig, als würde ihn das alles gar nicht interessieren?

»Als Schadenersatz für das ihm in der Berufung abgesprochene Erbe werden dem Lütjehann zwei von drei Teilen des von der Wilma van Leyden aufbewahrten Sühnegeldes zugesprochen. Er hat es bereits erhalten, kann nun gehen und sollte sich hier nie wieder blicken lassen.«

Mit dem letzten Wort des Sekretärs griff Lütjehann den Beutel, der neben ihm auf dem Tisch lag, verbeugte sich lächelnd triumphierend nach allen Seiten, und es fehlte nur noch, daß er gewunken hätte. Dann verließ er den Raum als reicher Mann.

Albrecht blieb wie erstarrt stehen.

Schwere Schuhe scharrten über den Boden, als die Ratsherren aufstanden, und Mönckebronn, der Albrechts Erstarrung sehr wohl bemerkt hatte, bedeutete Laurentz, von ihm fernzubleiben, ergriff Albrechts Arm und kommentierte: »Ein sehr kluges Urteil, nicht wahr?«

Mönckebronns Worte hatten auf Albrecht die Wirkung eines Dammbruchs, und es quoll aus ihm hervor, ja, er hätte es beinahe geschrien: »Dieses …, dieses Urteil ist Rechtsbeugung!«

Mönckebronn erinnerte sich an seine ersten Jahre als Syndikus des Rates, seinen eigenen Zwiespalt zwischen dem subjektiven Recht des persönlichen Anspruchs und dem objektiven Recht der Gesetze, und wußte, daß Albrecht in der gleichen Falle steckte.

»Seid Ihr in der Lage, Euch die Überlegungen des Gerichtes anzuhören?«

»Überlegungen? Ich habe eher den Eindruck, der Rat und Lütjehann haben die Sache beim Würfelspiel entschieden oder es wurde nach dem Prinzip der Gauner verfahren: Eine Hand wäscht die andere!«

Damit zerrte er sich hastig die Robe über den Kopf, drückte sie dem verblüfften Mönckebronn abrupt in den Arm und stürzte wutentbrannt hinaus.

Laurentz hatte die Szene beobachtet und ging nun zu seinem Ratskollegen, der die Robe gerade an einen Diener weiterreichte. Mönckebronn blickte mitfühlend lächelnd hinter Albrecht her und wandte sich ihm zu: »Da muß er durch, unser junger Held. Er hat sicherlich das Gefühl, sich tapfer geschlagen zu haben – hat er doch dem Obergericht den Hals von Lütjehann schon auf dem Richtblock zurechtgelegt –, und was macht nun das Gericht? Belohnt den Missetäter!«

Mönckebronn betrachtete sinnierend die Robe Albrechts. »Die Rechtsprechung hat die politischen Entscheidungen des Rates zur Grundlage. Es scheint mir, als wollten unsere jungen Juristen die Gesetze einer eigenen Sphäre zuordnen und sie dem Rat entziehen. Aber nur Kaufleute können die Geschicke einer Stadt und eines Landes lenken!«

Laurentz suchte erst gar nicht lange, wo er Albrecht finden konnte, sondern ging gleich zum Stall und fragte Ingvar, den Stallknecht: »Hast du Albrecht gesehen?«

»Ja, Herr. Der kam vor kurzem hier hereingestürmt, sattelte sein Pferd, so schnell, ich konnt ihm gar nicht helfen, und ist davon geritten. Er schien sehr aufgebracht zu sein.«

»Na ja, der wird sich schon wieder beruhigen«, brummte Laurentz, und – was sollte er sonst tun? – ging ins Kontor, um mit Karl zu reden, der in den nächsten Tagen wieder zum Hansetag nach Lübeck reisen wollte.

Dort empfing ihn Karl mit der Klage: »Ach, Vater, es ist ein bejammernswerter Bund geworden, unsere Hanse. Seit drei Wochen sitzen die Abgesandten der Hansestädte nun schon in Lübeck, und wenn es so weitergeht, dann werden sie noch die kommenden Monate dort sein und reden.«

»Ist denn schon etwas entschieden worden? Wie geht es weiter?«

Karl zog an seiner Pfeife und stieß den Rauch aus. »In Lübeck geht überhaupt nichts weiter. Seit Jürgen Wullenwever den Rat abgesetzt und das Regiment der Bürger in Lübeck geherrscht hat, bis er dann selber abgesetzt und hingerichtet wurde, sitzt denen der Schreck noch dermaßen in den Knochen, daß sie nur noch auf der Stelle treten und ihre alten Rechte verteidigen. Das ist eine Versammlung von Gestrigen!«

Seinem Zorn verschaffte er durch ein ironisches Lachen Luft. »Die großartigste Idee dieses Jahres ist es, den Getreideexport nach England zu verbieten. Diese Hansen glauben doch tatsächlich, sie könnten mit England noch immer so umspringen wie vor hundert Jahren, als sie in London und in Dänemark die Handelspolitik bestimmten! Aber die englische Königin heißt nicht Christian, und die Hansen sollen sich mal nicht wundern, wenn sie den Stalhof in London schließen läßt. Ich würde sie sogar verstehen!«

»Du hast anscheinend Sympathien für diese Königin?«

Durch eine dicke Rauchwolke hindurch kam die Antwort: »Das eine hat doch mit dem anderen nichts zu tun. Was ich will, ist eine klare Politik, die sich durchsetzen läßt. Und was macht die Hanse? Auf der einen Seite finanzieren die Hansestädte Amsterdam, Hamburg und Danzig erstmals einen regelmäßigen Post-Botendienst zwischen ihren Städten, was allen anderen auch zugute kommt, und andererseits dieses Exportverbot für Getreide, das unmittelbar Danzig treffen wird, mittelbar Hamburg! Von diesen Hansestädten kann man doch wahrlich nicht erwarten, daß sie diesen Beschluß ratifizieren werden!

Wir müssen diese Post- und Botendienste weiter ausbauen: Hamburg muß Nachrichtenzentrum werden! Was meinst du, warum der von Thurn und Taxis das Reichspostprivileg vom Kaiser bekommen hat? Ganz einfach, weil er dem Kaiser schon früher berichten kann, was geschrieben wurde, als der eigentliche Empfänger davon erfährt.«

Er machte eine wegwerfende Handbewegung. »Doch egal. Der Hansetag ist ein Debattierclub, der keine Entscheidungen treffen und umsetzen kann – das war früher wohl noch kein Problem, als alle Entscheidungen Monate oder sogar Jahre dauerten, aber heute doch: Die Zeit ist schneller geworden und verlangt schnellere Entscheidungen. Wir stehen bald vor der Jahrhundertwende, und die Hanse tut so, als schrieben wir immer noch das Jahr 1500 und nicht schon bald 1600!«

Laurentz schnaufte: »Das ist aber ein starker Tobak!«

Karl blickte erst erstaunt auf seine Pfeife, dann lachte er und schien sich beruhigt zu haben. »Kobi, reich mir mal ein Papier herüber.«

Kobi legte das Papier vor Karl auf den Tisch, der drehte es zu Laurentz, nahm eine Feder aus dem Tintenfaß und malte eine Gruppe kleiner Männchen, um die er dann drei Kreise zog. »Siehst du, Vater, das war die Hanse einmal: Städte, die einzeln zu schwach waren und sich zusammenschlossen, um erstens das Risiko für den einzelnen zu mindern, zweitens größere Unternehmungen zusammen zu realisieren, und sich drittens gegen den Machtzugriff des Adels und der Seeräuber zu verteidigen. Einigkeit macht stark. Das war noch vor hundert Jahren goldrichtig. Doch wie sieht es heute aus?«

Er malte drei Männchen nebeneinander und deutete auf jedes einzelne. »Das Geld wird heute im Fernhandel verdient. Du selber arbeitest doch nicht mehr kooperativ, sondern als Einzelfirma. Du läßt deine eigenen Schiffe nach Bergen, nach Spanien, England und Italien fahren. Das Kapital dafür haben die Moellendorffs, wie andere auch, in den vergangenen Generationen selbst zusammengetragen – damit fällt der erste Grund fort. Weiter: Nachdem die Reformation das Zinsverbot der alten Kirche endlich aufgehoben hat, finanzierst du größere Unternehmungen durch Kredite von Geldverleihern. Und der dritte Grund ist ebenso verschwunden: Die Territorialstaaten sind so mächtig geworden, daß sie jede Hansestadt und die gesamte Hanse zusammenschlagen könnten, wenn wir nicht klügere Wege gehen als bisher!«

»Und was denkst du dir?«

»Wir müssen neue Formen und Gebiete finden! Nimm zum Beispiel die Beziehung zwischen Kaufmann und Geldverleiher. Die Kapitalkraft des einzelnen Geldverleihers ist auch begrenzt. Wenn er sie zu sehr ausreizt, werden die vorübergehenden Verluste eines Kaufmanns ihn in den Abgrund reißen. Es müssen sich mehrere Kaufleute einer Stadt zusammenschließen und, wie es uns die Niederländer doch vormachen, eine Bank gründen, um aus der Abhängigkeit von den Geldverleihern herauszukommen und größeres Kapital zusammenzubringen. Entsprechend müßte man, nach englischem und holländischem Vorbild, Versicherungen auf Gegenseitigkeit beschließen, um das Risiko des einzelnen im Schadensfall auf viele zu verteilen: Risikoversicherungen, wie sie Bartolotti vor drei Jahren zum ersten Mal hier in Hamburg abgeschlossen hat. Als Fernhandelskaufleute können wir doch nicht mehr so tun, als ginge es nur darum, das Lüneburger Salz nach Hamburg zu kutschieren, das Brabanter Tuch nach Lübeck zu bewegen und dafür Heringe nach Frankfurt zu bringen!«

Laurentz hatte zugehört, abwechselnd zustimmend genickt und dann wieder ablehnend den Kopf geschüttelt.

Karl setzte nun zu seinem Schlußpunkt an: »Unsere Hamburger Schiffe tragen zusammen etwa 9.000 Tonnen, jedes Jahr wächst die Tonnage weiter – und wir sollen uns von Lübeck immer noch vorschreiben lassen, was rechtens ist? Ich habe mit Johann Hulscher, mit Hans Alvermann und Lukas Beckmann gesprochen, die ihre Schiffe direkt bis nach Rio de Janeiro segeln lassen. Es ist an der Zeit, daß wir die guten Grundsätze der alten Hanse ausschließlich und allein auf unsere Stadt Hamburg übertragen: Jeder für sich und alle für einen!«

»Und du meinst, die Stadt ist stark genug dafür, alleine zu bestehen? Und wir sollten Handel und Finanzierung voneinander trennen?«

»Ja, Vater! Das ist zumindest unsere Richtung. Das muß unser Ziel sein! Und durch diese Trennung stünden wir endlich sicher auf zwei Beinen.«

Das mußte Laurentz erst einmal verdauen. Er spazierte nachdenklich über den Hopfenmarkt, als ihm Mönckebronn entgegenkam. »Nun, hat sich unser Heißsporn wieder beruhigt?«

»Er hat sein Pferd geholt und ist ausgeritten.«

»Dann ist er anscheinend gleich danach zu mir gekommen.« Mönckebronn war gut gelaunt. »Oh, ja, er war noch voll in Fahrt. ›Advokaten machen das Recht zu einem Teig und kneten ihn, wie sie das Brot dann haben wollen‹, so sagt es der Volksmund, hat er genölt. Dabei sei es der Rat, der die Gesetze knete, wie er wolle!«

»Das hat er gesagt?«

»Ja! Und dann habe ich wohl einen Fehler gemacht. Ich habe ihn gefragt, ob er aus dem Abschnitt A des Stadtrechtes den Artikel XVI kennen würde?«

»Ja?«

»Ich will Euch selber nicht befragen – Albrecht wußte es auswendig: ›Der Rat ist mächtig in peinlichen Sachen: ein Urteil, das zu schwer ist, zu erleichtern, und das zu leicht ist, zu erschweren.‹ Und er hat es dann so interpretiert, daß der Rat sich wohl als von Gott eingesetzte Autorität betrachten würde, die an kein Gesetz gebunden sei und die früher, als es noch die ungeteilte Doppelspitze Europas mit Kaiser und Papst gab, sich der Kaiser zugesprochen hatte!«

»Er hat aber nicht auch gleich vorgeschlagen, daß wir unser schönes Rathaus mit richtigen Kaiserfiguren verzieren sollen?«

»Das nicht – er war dann gleich wieder verschwunden –, doch das ist eine schöne Idee, die gemalten Paneele mit den Kaiserfiguren an der jetzigen Fassade durch große Statuen in Nischen zu ersetzen. Vielleicht können wir sie für den geplanten Anbau noch berücksichtigen. Doch, ja! Das wäre nicht nur eine schöne Dekoration, es wäre auch von tiefster, guter Symbolik. Irgendein Gremium muß schließlich die höchste weltliche Autorität besitzen. Wer sonst, als wir, die Obrigkeit?«

»Mmh. Habt Ihr ihm auch die Gründe für das Urteil nennen können?«

»Nein, ich werde ihm unsere kluge Konstruktion erst später nahebringen können: Wie wir erstens die Brauhäuser zurückbekommen haben, was die Kämmereibürger freuen wird, wie wir zweitens das ekelhafte Gesicht des Lütjehann losgeworden sind, indem wir ihm eröffnet haben, er werde hängen, falls er sich hier noch einmal blicken läßt, und wie wir ihm drittens gleichzeitig das Maul stopften und damit am Reichskammergericht vorbeigekommen sind, indem wir ihm einen Teil des blutigen Schatzes von diesem Seeräuber gaben. Den hätten wir sonst ganz der Kirche schenken müssen, die nun mit ihrem Drittel für den Gotteskasten der Armenpflege auch sehr zufrieden ist! Gibt es ein klügeres Urteil, als eines, mit dem alle zufrieden sind?« Er stutzte. » Na ja, so gut wie alle.«

Die Argumentation von Mönckebronn erinnerte Laurentz spontan an die Fähigkeit von Simon, mit fünf Bällen zu jonglieren.

»Ich werde ihm, denke ich, schon erklären können, daß diese allgemein zufriedenstellende Lösung nur möglich war, weil er uns diese treffliche Anklage zusammengezimmert hat.«

»Nehmt lieber einen anderen Ausdruck in diesem Zusammenhang als ›zusammengezimmert‹ – ich glaube, er könnte es falsch verstehen.«

Mönckebronn nickte nachdenklich. »Ja, ich hatte auch schon mehrmals den Eindruck, daß er wirklich an das Gute glaubt, wenn er von Gesetzen spricht.«

Die Marktzeit war wieder einmal zu Ende, die Haustür klappte, Marthes harte Holzschuhe müßten jeden Moment auf dem Steinboden des Flurs zu hören sein mit ihrem lauten Klacken. Laurentz schreckte auf: Er hörte nichts.

Sorgenvoll steckte er seine kleinen Finger in seine Ohren, aber die schienen in Ordnung zu sein. Er sagte laut: »Buuh!«, und das konnte er gut hören.

Er blickte auf, als Marthe ins Kontor kam, und sah sie fragend an. »Meinst du, ich werde alt?«

Marthe, die ihn gerade um etwas bitten wollte, schüttelte den Kopf. Was sollte eine Frau einem Mann, mit dem sie Tisch und Bett teilte, auf eine solche Frage antworten? Er wußte doch selber, wie viele Jahre er schon auf dem Kerbholz hatte – das wollte er bestimmt nicht als Antwort haben. Wollte er hören, ob er als Liebhaber noch etwas taugte? Sie hatte keinen Grund, sich zu beklagen – aber das mußte er ja nicht unbedingt wissen. Wenn sie einen Mann wollte, der Baumstämme ausreißen konnte, dann hätte sie sich einen jungen Bauern ausgesucht. Also entschied sie sich, seine Frage pragmatisch zu beantworten: »Ist dir irgend etwas auf den Kopf gefallen?«

»Nein. Aber anscheinend auf die Ohren. Ich habe das harte Klacken deiner Schuhe nicht gehört.«

Marthe stellte sich neben ihn, beugte sich zu ihm herab und flüsterte ihm sehr leise ins Ohr: »Konntest du auch nicht, weil ich sie ab heute hinter der Haustür abstelle und Hausschuhe aus Leder überziehe!«

»Oh, Gott!« stöhnte Laurentz mit gespielter Miene. »Daß ich das noch erleben durfte!«

Er drehte sich um und faßte Marthe um die Hüfte. »Nun kann ich endlich aufhören, im Rat herumzusitzen und über die schlimmsten Strafen bei Nichtbeachtung der städtischen Müllverordnungen nachzudenken, wenn ich es geschafft habe, daß du die Straßenschuhe an der Tür ausziehst!«

»Was hast du geschafft? Hast du mir etwa die Schuhe ausgezogen? Eingebildeter Kerl!« Spielerisch wollte sie sich aus seiner Umfassung befreien.

»Nein, bitte, bleib noch einen Augenblick. Ich werde wirklich älter. Meine Schulter schmerzt häufiger, was ich früher nicht kannte. Ich habe mir überlegt, das heißt, es wäre mein Wunsch, falls du nichts dagegen hättest ...«

»Nun sag es schon! Ich werde schon nicht nein sagen!«

»Dann pack die Truhe mit Wäsche und ein paar persönlichen Utensilien. Wir beide ziehen den Sommer über in unser Landhaus vor dem Neuen Wall!« Laurentz war aufgestanden und umarmte Marthe fest, die ihr Einverständnis zeigte, indem sie ihn küßte.

Dann schob sie Laurentz ein wenig zurück. »Könntest du bitte vorher noch eine Kleinigkeit klären?«

»Ich werde schon nicht nein sagen!«

»Karl und Albrecht sind gerade dabei, meine Küche zu demolieren, und du würdest mir einen Gefallen tun, wenn ...«

Sie hatte noch nicht zu Ende gesprochen, als Laurentz schon auf dem Weg in die Küche war.

Bereits auf dem Flur hörte er die Stimme von Karl: »Siehst du, so sieht diese Stadt aus, wenn du sie mal von oben betrachtest!«

Laurentz öffnete die Tür zur Küche und blieb vor Überraschung stehen. Karl stand mit einem der großen Küchenmesser in der erhobenen Hand auf der einen Seite des Tisches, Albrecht ihm gegenüber auf der anderen Seite. Kobi saß auf einem Hocker, rauchte und schien sich zu amüsieren.

»Wie sieht unsere Stadt aus?« mischte sich Laurentz betont ruhig ein, um die vermeintlich erhitzten Gemüter zu beruhigen.

Karl deutete abfällig mit dem Messer auf den Tisch: »Wie eine halbierte Runkelrübe!«

Laurentz Sorge, daß die beiden sich ernsthaft stritten, fand keinen Anhaltspunkt, weder bei dem grimmig aussehenden Karl, noch bei Albrecht, der erst vor einer Stunde nach Hause gekommen war. Inzwischen hatte er noch einmal mit Mönckebronn gesprochen und anscheinend seine Mitte wiedergefunden.

»Hier …«, Karl fuhr mit der Messerklinge an der Schnittfläche entlang, »… das ist das Bleichenfleet und die Kleine Alster, die Rundung ist die jetzige Stadtbefestigung und hier unten, beim Strunk, ist der Baumwall bei der Einfahrt zum Binnenhafen.«

»Und was ist daran auszusetzen? So sieht die Stadt nun eben aus. So ist sie gut gewachsen.«

»Nein!« Karl hatte das Messer aus der Hand gelegt, griff nach der anderen Hälfte der Rübe und klatschte beide Hälften zusammen. Dann griff er wieder nach dem Messer, hackte Dreiecke aus einer zweiten Rübe und verteilte sie so um die zweigeteilte Rübe, daß sie mit den Spitzen nach außen lagen: »So sollte Hamburg aussehen: wie ein runder Igel, mit vielen Stacheln nach außen, die jedem Angreifer schon beim Zupackenwollen den Mut in seine Hosen sacken lassen!«

»Karl!« Laurentz war an den Tisch getreten. »Hast du mit Kieckering gesprochen wegen seiner kostspieligen Idee der neuen Stadtbefestigung?«

»Ja! Und nicht nur mit dem!« Er drehte sich um, suchte in einer Kiepe etwas, kam wieder an den Tisch, zerbrach ein großes Hühnerei und klatschte es neben die Rüben, daß das Eigelb zu allen Seiten wegspritzte: »Das ist die Politik des Hamburger Rates – was das Stadtgebiet betrifft!«

Laurentz verstand, was Marthe gemeint hatte, als sie um ihre Küche fürchtete und wollte etwas einwenden, doch Karl ließ sich nicht beirren. »Das Eigelb ist das Stadtgebiet innerhalb des Walls. Und das hier …«, er zeigte auf einen Eiweißflecken, der am weitesten weggespritzt war, »das ist das Amt Ritzenbüttel an der Elbmündung draußen, und der Klecks hier, das sind die Walddörfer im Norden, und der Klecks dort, das ist die Moorburg im Süden, … soll ich noch weitere verstreute Enklaven aufzählen?«

»Nein, es reicht, und wenn du vielleicht die Essenswaren bei deinen Erklärungen beiseite läßt, wäre es nicht weniger überzeugend.«

»Auch gut. Ich wollte Albrecht nur demonstrieren, was dieser gottgesandte Hamburger Rat in den letzten Jahrzehnten für eine kluge Politik betrieben hat. Es ist ja gut, daß es keinen direkten Elbeübergang nach Süden gibt und der breite Fluß uns als Sperre den Harburger Grafen vom Halse hält. Aber wir müssen uns mehr nach Norden orientieren. Die holsteinischen Großgrundbesitzer liefern uns viel Getreide, die Rantzaus und Reventlovs kaufen die Hamburger Stadtanleihen und helfen uns, den Stadthaushalt zu finanzieren!«

»Ja, ja! Wir haben es eben bisher nicht anders gewußt. Hast du noch mehr Kritikpunkte oder Vorschläge, wie man etwas besser machen könnte?«

»Reichlich. Zum Beispiel zu eurem Lieblingsthema Müll. Vor einundzwanzig Jahren, ich wiederhole, im Jahre 1570, denn wir schreiben bekanntlich bereits 1591, hat die Versammlung der erbgesessenen Bürgerschaft einen Forderungskatalog an den Rat bewilligt, der unter anderem nachdrücklich vermehrte Anstrengungen zur Vertiefung der Elbe und zur Reinhaltung der Alster umfaßte. Und was ist bisher passiert? Nichts! Aber auch gar nichts!«

Karl hob das Messer hoch, rammte es in die Rübenhälften und knurrte: »Was macht ihr im Rat eigentlich hinter den dicht verschlossenen Türen? Würfeln und Kartenspielen?«

Laurentz wußte nicht, ob er lachen oder schimpfen sollte. Sie hatten im Rat wahrlich keine Zeit für derartige Vergnügungen, doch manchmal fragte er sich auch, ob er nicht noch ein Schiff mehr hätte bauen lassen, wenn er mehr Zeit gehabt hätte, im Rat weniger geredet und mehr gehandelt worden wäre. Er sagte: »Ich habe Marthe gerade vorgeschlagen, mit mir in unser Landhaus umzuziehen, und wenn ich wegen der Ratssitzungen nicht immer in die Stadt kommen will, könntest du meinen Platz im Rat einnehmen.«

»Ich?« Karl zeigte überrascht mit der Hand auf seine Brust und lachte aus vollem Hals. »Willst du mich bestrafen? Ich will weiter daran arbeiten, was ich in den vergangenen Wochen begonnen habe, unsere Firma weiter voranbringen, neue Absatzgebiete erschließen, neue Waren nach Hamburg holen – aus Archangelsk, aus Brasilien, aus der Weite des Stillen Ozeans!«

Noch immer schüttelte er beinahe empört seinen Kopf, als hätte ihm jemand zugemutet, das Deck eines Schiffes zu schrubben. »Aber ich wüßte jemanden, der an deiner Stelle im Rat sitzen könnte!« Langsam drehte er den Kopf und zeigte mit ausgestrecktem Arm auf Albrecht. »Unser junger Doktor Juris, der an das Gute und die Gesetze glaubt!«

Albrecht ging nicht auf die Ironie seines Onkels ein. »Glaubte ich an das Gute im Menschen, bräuchte ich keine Gesetze. Erwarte ich aber, daß die Bürgerschaft, und damit auch jeder einzelne Bürger, den Rat als oberste Autorität anerkennt, dann brauche ich gute und zeitgemäße Gesetze, die für jeden und alle gelten. Und was haben wir in Hamburg? Ein Flickwerk aus einem alten Stadtrecht, das mein Ururgroßvater noch mitgeschrieben hat, diverse Verordnungen und mehrere Rezesse. Das Hamburger Recht ist ein veraltetes Durcheinander, unübersichtlich und widersprüchlich, und es müßte dringend neu geordnet, der Zeit angepaßt werden. Und es muß für alle gelten.«

»By God! Der junge Dachs will unsere Freiheit mit Gesetzen schnüren?«

»Welche Freiheit meinst du? Deine eigene? Den Kampf, den Bürgerkrieg, den du dir zu gewinnen zutraust? Oder eine Ordnung, die dir in Ruhe und Sicherheit ermöglicht, deinen Handel in Freiheit zu betreiben?«

»Ruhe und Sicherheit? Ah! Ba!« Karls Mimik erweckte den Eindruck, als hätte ihm jemand Milch zum Trinken angeboten und er müsse sich übergeben. »Das ist so recht für Stubenhocker, die hinter ihrem Ofen sitzen und sich beklagen, daß es zieht, wenn mal ein Fenster zum Lüften geöffnet wird!«

Albrecht ließ sich nicht beeindrucken. »Wenn nur tausend,

ach was, nur hundert friedliche Bürger, die du als mimosige Stubenhocker bezeichnest, hinter ihren warmen Öfen hervorkommen, gibt es einen Tumult auf den Straßen, daß die Karren, die deine aus der Ferne für teures Geld herbeigeschafften Güter transportieren, in den Dreck gekippt werden und du sehen kannst, wo unsere schöne Handelsfirma bleibt!«

»Ich werde meinen teuren Waren bewaffnete Begleitung geben, und wer es wagen sollte, sie nur anzufassen: Prrt, Zack!« Das Messer sauste nieder.

Albrecht lächelte. »Nun sind die Stubenhocker aber als Teil der Bürgerwehr bewaffnet. Deshalb brauchst du so viele bewaffnete Begleitung, wirst so viel Geld dafür bezahlen müssen, nur um deine Waren zu beschützen, daß du es dir gleich ersparen kannst, damit zu handeln, weil ihr Schutz mehr als deinen Gewinn verzehrt!«

»Und das willst du mit deinen guten Gesetzen also verhindern?«

Albrecht lächelte. Auch Karl würde einsehen müssen, daß die Politik das Primat besaß. »Nein, nicht durch die Gesetze – das sind nur Übereinkünfte, die auf dem Papier stehen – durch eine Obrigkeit, einen Staat, der sie gegen jedermann, der dagegen verstoßen sollte, durchsetzt und ihnen Geltung verschafft.«

»Staat? Wo hast du denn dieses Wort her?«

»Ich habe in London auch die Schriften studiert, mit denen in Italien schon seit Jahrzehnten um die beste Verfassung gestritten wird.«

»Aha. Das hieße aber, die Obrigkeit müßte sich bewaffnen, um eine Ordnung sicherzustellen, in der ich mich nicht bewaffnen muß, um mein Recht selber zu verteidigen?«

»Ja, das heißt es unter anderem.«

»Was noch?«

»Das du dich verpflichtest, den Gesetzen und ihren Vertretern zu gehorchen …«

»Was?« Karl hatte das Messer wieder aus der Rübe herausgerissen. »Ich soll irgendeinem Büttel Folge leisten, vielleicht einem Arschloch, nur weil er eine Uniform trägt oder ein Amt hat?«

»Ja! Du hast dem Vertreter der Gesetze sogar zu gehorchen, wenn er gottlos oder ungerecht sein sollte. Es unterliegt nicht deiner Beurteilung, ob er, mit Verlaub, ein Arschloch ist, sondern er ist nur die austauschbare Personifizierung des Gesetzes als der höchsten Autorität!«

Karl faßte sich an den Kopf. »Ich glaube, ich möchte dich doch nicht im Rat sitzen sehen. Du bist ja noch schlimmer als unsere bisherigen Honoratioren. Mit denen konnte man ja noch gemütlich etwas korrigieren, wenn sie aus Dummheit falsch entschieden hatten. Du zeigst dagegen eine Unerbittlichkeit, die mir grausam erscheint.«

Albrecht ließ sich nicht beirren. »Diese Unerbittlichkeit wird dir nichts abfordern, was sie dir nicht wiedergibt: deine Freiheit, ungestört zu leben und deiner Arbeit nachzugehen.«

Albrecht und Karl machten eine Pause und blickten beide zu Laurentz, der still zugehört hatte, sich nun einen Hocker heranzog, hinsetzte und seine beiden Hände sinnierend betrachtete.

»Ich denke, ich verstehe euch beide: So, wie ich zwei Hände habe …«, dabei stand er auf, stellte sich zwischen Sohn und Enkel und legte jedem der beiden eine seiner Hände auf die Schulter, »so gebe ich euch dieses Vermächtnis: Du Karl sollst die Handelsfirma weiterführen, und du, Albrecht, wirst mein Nachfolger im Rat. Es ist richtig, daß die Zeit vorbei zu sein scheint, in der die Ratsherren alles gleichzeitig machen konnten. Sowohl der Handel wie die Politik sind schwieriger geworden, brauchen die ausschließliche Konzentration auf ihre Sache. So gebe ich jedem von euch beiden jeweils eine Hälfte meiner Arbeit – doch so wie meine beiden Hände immer durch meinen Körper zusammen blieben und ich immer wußte, was die rechte Hand und was die linke tat – vergeßt niemals, daß es eine größere Einheit über euren beiden nun getrennten Sphären gibt.«

Karl nickte zustimmend, Albrecht zögerte: »Und wenn ich nicht in den Rat will?«

Laurentz klopfte ihm aufmunternd auf die Schulter. »Wenn der Rat dich in sein Kollegium wählt und du es ablehnen solltest, dann wirst du nach den Bestimmungen unseres, wie du meintest, verstaubten Stadtrechtes, dein Bürgerrecht verlieren und für immer der Stadt verwiesen werden.«

Karls Nachfolge war seine persönliche Entscheidung, aber wegen Albrecht saß Laurentz nun mit Mönckebronn und dem Bürgermeister zusammen.

»Seit vier Generationen haben die Moellendorffs einen Sitz im Hamburger Rat. Ich bin schon über sechzig Jahre alt und habe damit weit über die übliche Zeit auf diesem Stuhl gesessen, weil meine Söhne andere Wege gingen. Was meinen Enkel betrifft: Ich weiß, nach dem Gesetz ist er zu jung, er wird erst im Winter zwanzig Jahre alt und sollte fünfundzwanzig zählen. Wie wäre es, wenn der Rat die Zeit, die ich überzogen habe, mit dem verrechnet, was ihm noch fehlt?«

Der Bürgermeister nickte und war dazu bereit, nur Mönckebronn hielt dagegen: »Wollen wir unseren guten Fiskal gleich wieder hergeben? Es scheint sich doch zu bewähren, wenn der Ankläger kein Ratsherr ist und damit auch kein Mitglied des Obergerichts. Lassen wir Albrecht doch noch die fünf Jahre als Ankläger der Stadt für uns arbeiten und geloben jetzt schon, daß er danach Ratsherr wird.«

Alle drei reichten sich die Hand: Es war somit beschlossen und geregelt.

Marthe hatte in der Zwischenzeit zusammen mit Agathe und Mechthild das Landhaus inspiziert. Die Mägde und Knechte bekamen ihre Aufträge, was noch herzurichten war und was nach anschließender Prüfung für gut befunden wurde.

Am Morgen war mit der letzten Fuhre auch der kleine Tisch, an dem Laurentz in Zukunft mit Marthe sitzen wollte, und die wenigen persönlichen Habseligkeiten der beiden hinausgefahren worden.

Auf Karls und Albrechts Frage, ob sie nicht begleitet werden wollten, hatte Laurentz abgewunken, ihnen die Hand geschüttelt und gebrummt: »Ihr könnt uns zu meinem Geburtstag besuchen kommen, im August. Blumen braucht ihr keine mitzubringen, die haben wir dort selber reichlich«, und war dann mit Marthe losspaziert.

An der Wegkreuzung zu den Kirchhöfen hielt er an, drückte Marthes Hand und sagte: »Geh du bitte schon voraus, ich habe noch etwas zu erledigen.«

Auf dem Friedhof ging Laurentz zu Simons Grab. Er kratzte etwas von der Erde unter der großen Grabplatte hervor, betrachtete noch einmal das Medaillon mit dem Frauenkopf, das Simon so wichtig gewesen war, daß er es, für alle anderen unsichtbar, unter seinem Bischofskreuz getragen hatte.

Laurentz murmelte nachdenklich: »Du mußt diese Frau sehr geliebt haben, Simon«, kniete sich nieder und drückte das Medaillon so tief wie möglich unter die Grabplatte. »Seid vereint, bleibt beieinander.« Dann stopfte er die Öffnung unter der Grabplatte sorgfältig wieder mit der Erde zu, klopfte sich die Erdspuren von den Beinkleidern und wanderte zum Landhaus hinüber.

Dort hatte Marthe inzwischen die Truhe ausgepackt und hielt ihm fragend einen Brief entgegen, mit dem sie nichts anzufangen wußte. »Für mein sohn Simon« stand auf dem Umschlag.

Laurentz verharrte kurz, betrachtete nachdenklich das liebe Gesicht Marthes und machte dann lächelnd eine abwehrende Handbewegung. »Tote schreiben keine Briefe.«

Erläuterungen

Bö(h)nhasen: Handwerker in Hamburg, die keiner Zunft angehören und deren Gewerbetätigkeit nur geduldet war. In anderen Städten wurden sie auch als »Pfuscher« bezeichnet. Attacken der Zunft-Handwerker, die Werkstätten der Böhnhasen zerstörten, wurden per kaiserlichem Dekret untersagt.

Begharden / Beginen: Männer/Frauen, ähnlich wie in der kirchlichen Mystik, mit der Sehnsucht nach unmittelbarer Schau und der unmittelbaren Vereinigung mit Gott im intuitiven und ekstatischen Erleben. Da sie die kirchlichen Grenzen nicht beachteten, als Ketzer bezeichnet und verfolgt (vgl. → **Münzer**). Die Brüder und Schwestern des ›freien Geistes‹ waren kompromißlos subjektiv und beugten sich keiner anderen Autorität als ihrer eigenen – aufgrund ihrer Selbsteinschätzung, daß sie die Vollkommenheit erreicht hatten und nicht mehr sündigen konnten. Seit dem Beginn des 13. Jhs. nachgewiesen, existierten sie als Geheimbünde bis Ende des 17. Jhs.

Bürger: Einwohner der Stadt, die der Rechtssatzung unterlagen. Seit 1376 gab es einen Eid der Bürgerschaft; seit 1483 bestand der Bürgereid gegenüber dem Rat als dauerhafte Einrichtung. Im Laufe der Zeit gab es drei Klassen von Bürgern: 1. die mächtigen Ratsherrenfamilien, 2. die **erbgesessenen Bürger** mit Immobilienbesitz in der Stadt (bis 1859Verfassungsorgan) und 3. die sonstigen Bürger (ohne Grundbesitz), die zunehmend durch die Kirchengeschworenen vertreten werden. Etwa 70–80% der Stadtbewohner hatten kein Bürgerrecht, da sie entweder das **Bürgergeld** nicht bezahlen oder nicht die Voraussetzungen erfüllen konnten, um vor dem Rat den **Bürgereid** ablegen zu können (z.B. Adelige oder ohne lutherisches Glaubensbekenntnis).

Bürgerrecht: Bestand bis ins 19. Jahrhundert aufgrund der unterschiedlichen Höhe des gezahlten Bürgergeldes zwischen **Großbürger**recht und **Kleinbürger**recht. Die Großbürger hatten das Vorrecht, die städtische Waage zu benützen (wichtig für Kaufleute) und die Jagd auszuüben (Zeitvertreib). Politisch hatte dieser Unterschied keine Konsequenzen.

Bursprake: Sammlung von Rechtsverordnungen. Ursprünglich im Rahmen der bürgerlichen Selbstverwaltung in Bürgerversammlungen besprochen, wurde es dann der Begriff für die Niederschriften der zu verkündenden Artikel. Als feste Bursprakentermine, zu denen sich alle Bürger versammelten, sind die Tage Thomae Apostoli (21. Dezember) und Cathedra Petri (21. Februar) bekannt. Am 22. Februar (= Ende der Winterpause) endete in Hamburg das bürgerliche Amtsjahr (u. a. Ratsumsetzung, neue Bürgermeister), und die Bürger wurden vormittags durch das Läuten der Glocke am Niedergericht zusammengerufen, die Stadttore geschlossen, und berittene Büttel patroullierten durch die Straßen. Auch wenn die Burspraken vom Rat verkündet wurden, mußte die stillschweigende oder ausdrückliche Zustimmung der Bürger vorhanden sein, die sich lautstark und auch gewaltsam Gehör verschafften, wenn sie mit dem Rat nicht übereinstimmten.

Calvin Johannes (1509–1564): Begründer der ›reformierten‹ Kirche, die allein die Bibel als Quelle christlicher Wahrheit anerkannte und von der doppelten Prädestination ausging: die unbedingte Vorherbestimmung der Gläubigen zur Seligkeit, der Ungläubigen zur Verdammnis. Popularisiert: Wer schon in diesem Leben Erfolg und Wohlstand erwirbt, der ist von Gott auserwählt. Trennender Unterschied zu den Lutheranern in der Abendmahlsfrage.
Calvin selbst errichtete in Genf eine Theokratie (seit 1541), die unbarmherzig gegen Verächter des Gottesdienstes, sittenlose Personen und heterodoxe Meinungen vorging. Die Taten, Worte und Mienen der Genfer Bürger wurden streng überwacht: Allein 1542–46 wurden 58 Personen hingerichtet und 76 verbrannt.

Cathedra Petri: Der 21. Februar eines Jahres und das Ende der Winterpause in der damaligen Schiffahrt. Ursprünglich wohl auch ein Thinstag, an dem sich die Männer versammelten, um vor ihrer Ausfahrt Fragen zu besprechen und zu entscheiden. Auf diese Tradition gehen vermutlich auch die großen Biikenfeuer der Friesen zurück, mit denen das Bettstroh des Winters verbrannt wurde und gleichzeitig alle Bewohner zur Versammlung berufen wurden, bevor die Männer für Monate unterwegs waren.

Drake, Admiral Sir Francis (1543–1596): Einer der berühmtesten englischen Freibeuter und Seehelden. Segelte als erster Engländer in drei Jahren um die Welt. Sein Flaggschiff (vgl. → GOLDEN HIND) blieb als Nationaldenkmal erhalten. 1587 griff er eine spanische

Kriegsflotte in Cadiz an und »versengte dem spanischen König den Bart«, war 1588 an der Vernichtung der spanischen ARMADA beteiligt und starb 1596 auf einem Beutezug gegen die Spanier vor Portobelo (Panama).

Ewer: Offenes, flaches, kleines Segelboot mit einem Mast. *Das* Arbeitsboot für den Güterumschlag und Warentransport.

Fiskal: Öffentlicher Ankläger (nach heutiger Begrifflichkeit: Staatsanwalt). Mit der Herausbildung des Staates als höchste Rechtsautorität verloren die Bürger ihr (germanisches) Recht auf Privatfehden. Das Prinzip »Wo kein Kläger ist, gibt es keinen Richter« veränderte sich dahingehend, daß Offizialdelikte festgelegt wurden, die auf jeden Fall von der Obrigkeit verfolgt wurden. In der Literatur für Hamburg gibt es einerseits Darstellungen, die den Fiskal seit dem 14. Jh. annehmen, andererseits wird 1595 zum ersten Mal ein Ratsherr zum besoldeten Fiskal ernannt.

Freie und Hansestadt Hamburg: Bedeutete die Reichsfreiheit der Stadt, die damit keiner anderen Obrigkeit unterstand als dem Kaiser. Im Unterschied zu anderen Städten, die der Rechtsprechung und Steuergesetzgebung eines Landesherren unterworfen waren.

Gerichtsstab: Das Wahrzeichen der Gerichtsgewalt. (Ähnlich: Zepter des Kaisers, Marschallstab, Offiziersstock.) Wurde der Stab – anfangs Holzstäbe, später Prunkstäbe – auf den Tisch gelegt, war damit die Verhandlung unterbrochen. Nach Verkündung von Todesurteilen wurde der Stab über dem Angeklagten gebrochen.

GOLDEN HIND: Das berühmteste Schiff von Sir Francis Drake (vgl. → **Drake**). Er war beauftragt (1577), die spanischen Goldschiffe aus Südamerika zu plündern, was er sehr erfolgreich tat. Um Drake abzufangen, wurde die Magellanstraße von 23 spanischen Schiffen gesperrt, aber Drake segelte durch den Pazifik, den Indischen Ozean und um Kap Hoorn. Eine ungeheure seemännische Leistung: ohne Seekarten und mit einem 100-Tonnen-Schiff. Als er im September 1580 mit der »GOLDEN HIND« in Plymouth einlief, war die Sensation perfekt: Noch nie war ein englisches Schiff mit solchen Schätzen beladen in England gelandet. Noch an Bord seines Schiffes wurde Drake von Königin Elisabeth zum Ritter geschlagen.

Gotteskasten: Der enteignete Besitz des katholischen Domkapitels in Hamburg wurde an die lutherischen Kirchengemeinden übergeben, die aus den Erträgen nach konfessionellen Kriterien in der Armenfürsorge tätig waren.

Gotteswohnungen: Von der Kirche erbaute Wohnungen, die anerkannten städtischen Armen und bedürftigen Lutheranern zur Verfügung gestellt wurden.

Gottesurteil: Verschiedene Formen der Rechtsfindung, wenn die weltlichen oder geistlichen Gerichtsherren kein Urteil sprechen wollten/konnten. Zum Beispiel ein Kampf zwischen zwei Rittern, von denen dann der Überlebende im Recht war. In heutiger Form: eine Münze werfen, um eine Frage zu entscheiden.

Gut, seemännisch: Alles Tauwerk an Bord eines Segelschiffes. Das stehende Gut dient zur Stützung der Bemastung (unbewegliche Halteseile), das laufende Gut zur Bedienung der Stengen, Rahen und Segel.

Halsgerichtsordnung: Seit dem späten Mittelalter Rechtsordnungen, die das Strafrecht und die Strafprozeßordnung unter dem Einfluß römischer Ideen reformierten. Die berühmteste war die »Constitutio Criminalis Carolina« (CCC) oder peinliche Halsgerichtsordnung Kaiser Karls V., die auf dem Regensburger Reichstag 1532 verabschiedet wurde. Um ihre Gegner zu besänftigen, wurde eine »clausula salvatora« eingefügt, nach der altes Landrecht weiter in Geltung belassen werden konnte. In Hamburg weigerten sich Bürgerschaft und Rat bis weit ins 17. Jh. hinein, dieses Reichsrecht anzuwenden.

Hawkins, Sir John (1532–1595): Freibeuter und Lehrer von Francis Drake. Als Marine-Schatzmeister organisierte er den Ausbau der englischen Seemacht und war Admiral der englischen Flotte, die (1588) die spanische ARMADA besiegte. Er starb während seiner letzten Kaperfahrt gegen die Spanier vor Puerto Rico.

Henker: Als Vertreter eines ehrlosen Berufsstandes hatte der Henker eine spezifische (meist rote) Kleidung zu tragen, damit man ihn nicht aus Versehen berührte. Der Scharfrichter war immer Objekt des Aberglaubens, in dem sich alles vereinigte, was im Zusammenhang mit der Dämonie des Todes gefürchtet wurde. In Hamburg stand er unter dem Schutz des ältesten Gerichtsherrn.
Meist hatten die Henker gute Kenntnisse in der Anatomie, da sie z.B. bei Folterungen dafür verantwortlich waren, daß der oder die Gepeinigten nicht so verletzt wurden, daß sie daran starben, und so die Kenntnisse des Henkers, auch im Anrühren magischer Salben und Tränke – im Geheimen natürlich –, durchaus gesucht wurde.

Hexenhammer, oder Malleus maleficarum (1487): Von den Inquisitoren Institoris und Spengler verfaßt. Einerseits, in der damaligen Zeit, ein Rechtsfortschritt, da für die Prozesse durch Verfahrensregeln die persönliche Willkür des Anklägers, Urteilsfinders und Richters (in einer Person) begrenzt wurde, andererseits ein Mischmasch aus Notwendigkeit eines Geständnisses, was zum ausufernden Gebrauch der Folter führte, und Gottesurteilen und Hexenproben, die insbesondere die Frauen als Hexen im Visier hatten. Der Hexenhammer führte primär zur Denunziation von Frauen, die männlichen Zauberer wurden vernachlässigt.

Huren: Entsprechend dem Regulierungs- und Ordnungsbedürfnis des Mittelalters und der frühen Neuzeit waren die Prostituierten nicht nur in Bordellen organisiert, die sie als »freie Frauen« auch jederzeit wieder verlassen konnten, sondern hatten bestimmte Kleidung zu tragen, die sie äußerlich kenntlich machte. Waren in vielen Städten gelbe Zusätze vorgesehen (Bänder, Säume, Abzeichen), durften sie sich in Hamburg nur in schmuckloser Kleidung ohne jeden Zierat öffentlich zeigen.

Kalender: Seit 46 v. Chr. galt im römischen Europa der Julianische Kalender – von Julius Caesar eingeführt, als der römische Kalender einen Fehler von 67 Tagen gegenüber dem tropischen Jahr aufwies. Durch die Reform kam der 1. Januar auf den 1. Neumond nach dem Wintersolstitium (kürzester Tag) und die Frühjahrs-Tag und Nachtgleiche auf den 24. März. Da aber jeweils 129 Jahre dieses Kalenders um einen Tag zu groß waren, fiel das Frühjahrsäquinoktium 1574 bereits auf den 11. März. Nach den Berechnungen einer von Papst Gregor XIII. eingesetzten Kommission wurde dann der Gregorianische Kalender eingeführt. Um den Kalender dem tropischen Jahr anzugleichen, ließ man 1582 zehn Tage ausfallen, d.h. nach dem 4. Oktober wurde gleich der 15. Oktober gezählt. Diese Änderung wurde unterschiedlich angenommen: im katholischen Deutschland 1583, im evangelischen Deutschland um 1700, in England erst 1752.

Kleiderordnung: Die ständische Gesellschaft des Mittelalters und der beginnenden Neuzeit war durch eine Vielzahl von Verordnungen charakterisiert, die alles und jedes festlegten. Kleiderordnungen dienten einerseits dazu, die Unterschiede des Gesellschaftsstandes, und damit auch die Rechte und Vorrechte, bereits äußerlich sichtbar kenntlich zu machen (wer welchen Stoff tragen durfte, welchen

Zierat, was für eine Mütze oder Haube) und andererseits das ausufernde Prunk- und Protzbedürfnis und damit die Verschuldung aufstrebender Schichten zu begrenzen. Diese Verordnungen bewirkten ihr Gegenteil, da jeder nun bis an die Höchstgrenze des Erlaubten ging. Diese Probleme hörten erst auf, als die Kleiderordnungen abgeschafft wurden.

Kogge: Seetüchtiges Segelschiff mit einem großen Segel. Das typische Schiff der Hansezeit, deshalb manchmal gleichbedeutend mit Hanse-Kogge. Rumpf in Klinkerbauweise, mit überlappenden Planken und mit Achterkastell als Aufbau.

Kraweel(e): Großer Dreimaster und Nachfolger der Kogge; die Planken des Rumpfes stoßen stumpf aufeinander. Auch mit Kanonen bestückt, hat sich dieser Schiffstyp im 15. Jahrhundert schnell durchgesetzt.

Leichter: Kleineres Wasserfahrzeug zur Übernahme der Ladung aus größeren Schiffen (auch: Phram).

Luther, Martin (1483–1546): Mönch, der die katholische Kirche zur spirituellen Reinigung aufforderte und sich gegen jede Hierarchie wandte. Seine Kritik war jedoch so grundsätzlich und wurde von den aufstrebenden Territorialfürsten ins Politische gewendet, daß sie, im Unterschied zu früheren Reinigungsbewegungen innerhalb der katholischen Kirche, nicht mehr integriert werden konnte. Kernelemente von Luthers Lehre sind die persönliche Beziehung des Menschen und die Verantwortung des einzelnen gegenüber Gott (vgl. → Begharden), die Nichtübertragbarkeit christlicher Kategorien auf weltliche Fragen, die Trennung von Staat und Kirche, die Abschaffung der meisten Sakramente.

In den sozialen Gärungsprozessen des 16. Jahrhunderts wurde u. a. seine Lehre zum Treibmittel politischer Bewegungen, von denen sich Luther aber selbst distanzierte (Bauernkriege, Wiedertäufer). In Fortführung von Luthers Lehre entwickelte sich die lutherische Amtskirche nach seinem Tode zu einer orthodoxen Hierarchie, die »päpstlicher ist als der Papst« und das größte Mißtrauen gegen die anderen reformatorischen Glaubensbekenntnisse entwickelte. So konnten in Hamburg z. B. nur Lutheraner das Bürgerrecht erwerben.

Marranen: Juden, die sich unter dem Zwang der Inquisition im Jahrhundert vor ihrer Vertreibung von der Iberischen Halbinsel (1492 – Portugal/Spanien) katholisch taufen ließen (Zwangsgetaufte). Die ersten Marranen in Hamburg (ab 1590) gaben sich als katholische

Portugiesen aus, um vor dem lutherischen Antisemitismus geschützt zu sein.

Mennoniten: Eine im 16. Jh. entstandene evangelische Glaubensgemeinschaft, begründet durch Menno Simons. Sie verwarfen den staatlichen Zwang in Glaubensfragen, verweigerten den Kriegsdienst und den Eid – was zu Verfolgungen in vielen Staaten führte.

Morus, Sir Thomas (1478–1535): Englischer Humanist, Staatsmann und (seit 1935) Heiliger der katholischen Kirche. Erfolgreicher Jurist und Anwalt, Rechtsreformer und Verteidiger der Rechte des Parlamentes. Seit 1529 »Lordkanzler«, widersprachen die Entscheidungen Heinrichs VIII. (Säkularisation, Reformation und königliche Suprematie) seinem Gewissen, und er trat 1532 zurück. Er verlangte nur, Ehescheidung und Suprematie des Königs nicht öffentlich gutheißen zu müssen, dazu schweigen zu dürfen. Als Hochverräter verurteilt, wandelte die königliche Gnade die gesetzliche Strafe des Bauchaufschlitzens in Hinrichtung durch das Beil um.

Münzer, Thomas (1490–1525): Theologe und Revolutionär. Im Gegensatz zu Luther vertrat Münzer die innere Offenbarung durch Gott; die mystische Erfahrung des Kreuzes verdrängte Luthers Rechtfertigung durch den Glauben, sie machte Schriftauslegung und Schriftgelehrte überflüssig und führte alle, egal welchen Standes, zur Gewißheit des Auserwähltseins. Erfüllt von diesem Sendungsbewußtsein, dem Reich Gottes schon jetzt auf dieser Erde den Weg zu bereiten, wurde Münzer zu einem der Wegbereiter des Täufertums und Spiritualismus und zum Führer des Bauernkrieges in Thüringen. Nach der verlorenen Schlacht bei Mühlhausen (in Thüringen) wurde er gefoltert und hingerichtet.

Niedergericht: Hamburgs Gerichtsbarkeit unterstand dem Rat. Das Niedergericht war als erste Instanz zuständig, dessen Gebäude bis zum großen Stadtbrand (1842) direkt an das Rathaus gebaut war. Ihm gehörten zwei Ratsherren als Gerichtsherren, der Vogt und acht bzw. elf Bürger als Schöffen an.

Oberalte: Nach der Reformation geschaffenes oberstes »bürgerliches Kollegium« mit jeweils drei Vertretern aus den vier Kirchspielen der Stadt (Petri, Jacobi, Katharinen und Nikolai) = 12 Oberalte. Ergänzt durch jeweils neun weitere Diakone bildeten sie das **Kollegium der 48er** (12 + 4 x 9), die dann wiederum mit jeweils 24 bürgerlichen Abgesandten (Subdiakonen) aus den Kirchspielen das **Kollegium der 144er** stellten.

Obergericht: Zweite Instanz der Hamburger Gerichtsbarkeit und höchstes Gericht für Kapitalverbrechen. Zusammensetzung nahezu identisch mit dem Rat der Stadt. Für alle Strafsachen und für alle Rechtsstreitigkeiten bis zum Streitwert von sechshundert rheinischen Goldgulden letzte Instanz (Kaiserliches Privileg von 1553). Nur Verfahren mit einem höheren Streitwert konnten dem Reichskammergericht als letzte Berufungsinstanz vorgelegt werden.

Palmsonntag: Der Sonntag vor Ostern (Grüner Sonntag), abgeleitet vom Palmenstreuen beim Einzug Jesu in Jerusalem (Matth. 21). In der katholischen Kirche durch Palmenprozession und Palmenweihe begangen (auch Weidenkätzchen, Buchsbaumzweige, etc. mit denen der Hochaltar geschmückt wurde und die vor Ungemach schützen sollten), in der evangelischen Kirche der Beginn der Karwoche, vielfach Konfirmationstag.

Prätor: Der »älteste« Gerichtsherr. Jeweils für ein Jahr gewählt, unterstand ihm die Leitung des Niedergerichtes und seinem Schutz insbesondere der Henker/Scharfrichter der Stadt.

Procurator: Lateinischer Begriff für die vom Niedergericht bestellten »Anwälde«. Nach der Hamburger Rechtsordnung des 16. Jhs. brauchten Männer unter 18 Jahren und alle Frauen vor Gericht einen Vertreter (als Vormund). Bei Frauen war dieser Vormund der Ehemann. Mittellosen Beklagten und Witwen wurden die Procuratoren vom Gericht beigestellt.

Rat: Seit 1225 ein Kollegium, das die Rechtssatzung und die Führung der Stadtbücher an sich zog. Der Rat ergänzt sich durch Kooptation aus der erbgesessenen Bürgerschaft und grenzte sich zunehmend gegen die übrigen Bürger ab. Die angesehensten und einflußreichsten Mitglieder waren seit dem späten 15. Jh. graduierte Juristen. Seit der Reformation näherte sich der Rat der Ideologie fürstlicher Herrschaft an und verstand sich als von Gott eingesetzte Obrigkeit. Seit dem 17. Jh. nannte sich der Rat dann **Senat**, um diesen herrschaftlich aristokratischen Akzent zu betonen.

Rezesse: Schriftliche Vereinbarungen (Verträge) zwischen Rat und Bürgerschaft, in denen zusätzlich zum Stadtgesetz und den Burspraken strittige politische Themen und Rechtsfragen festgeschrieben wurden.

Wichtige Rezesse waren u.a. 1483: 3. Rezeß (nach aufständischer Gegenregierung der Bürger) aus dem dann das Stadtrecht von 1497 hervorging; 1529: »Langer Rezeß«›, in dem als Abschluß der Reformation in Hamburg genauestens die Rechte von Rat und Bürgerschaft festgelegt wurden (132 Artikel); 1712: »Hauptrezeß«, der bis 1859 die Verfassung der Freien und Hansestadt Hamburg darstellte.

Schabab!: Befehlsform von »abschaben«: geh ab, zieh ab, hau ab!

Schute: Offenes großes Lastboot ohne Segel. Es wurde gezogen (getreidelt) oder mit langen Holzstangen vorwärts geschoben (gestakt).

Sporteln: Bevor die Hamburger Ratsherren (seit 1603) ein festes Gehalt erhielten, bekamen sie nur persönliche Gebühren für eine Amtshandlung: die Sporteln – was ihre Bestechlichkeit ungebührlich erhöhte.

Stalhof (auch Stahlhof, von engl. Steelyard): Das Hansekontor in London. Wurde 1597 vom englischen König geschlossen und seiner Privilegien beraubt. Eines der sichtbarsten Zeichen des Niedergangs der Hanse als Seemacht.

Tridentinisches Konzil: Zur Beseitigung der durch die Reformation verursachten Verwirrungen durch Kaiser Karl V. einberufene katholische Kirchenversammlung in Trient, die in drei Sitzungsperioden tagte (1545–49, 1551–52 und 1562–63). Die 1564 vom Papst bestätigten Beschlüsse legten die Grundsätze des neuen Katholizismus fest, drängten alle Reformbestrebungen innerhalb des Katholizismus zurück und vertieften die Kluft zum Protestantismus. Alle Bestrebungen zur Annäherung (z. B. Gestattung von Laienkelch und Priesterehe) wurden verworfen. Festlegung des Zölibats, Aufstellung eines Index verbotener Bücher, etc.

Unehelichkeit: Ein Makel für das ganze Leben. So konnte ein Unehelicher weder Bürgerrechte erlangen, noch in eine Zunft aufgenommen werden, und er wurde im Erbrecht nicht berücksichtigt. Zur Durchsetzung christlich-monogamer Sitten- und Eheordnungen wurden die Kinder zum Opfer gemacht, um die ledigen Frauen in die Zucht zu nehmen. In der gleichen Logik wurden Frauen, die ein uneheliches Kind zur Welt gebracht hatten und es töteten, nicht angeklagt, da sie niemanden geschädigt hatten.

Vogt: Der Aufsichtsbeamte, der im Auftrag der Obrigkeit die Durchführung und Einhaltung der Gesetze und Verordnungen kontrollierte, in heutigem Sinne etwa: die Exekutive. Als Zeichen seines Amtes trug er in Hamburg eine rote Mütze.

Wullenwever, Jürgen (1492–1537): Als Führer einer radikalen Volksbewegung wurde er 1533 Bürgermeister von Lübeck. Trotz seiner teilweise erfolgreichen Bemühungen, die Vorherrschaft Lübecks in der Ostsee wiederherzustellen, wurde er nach einem Urteil des Reichskammergerichtes auf Wiederherstellung der patrizischen Ordnung und auf Verlangen mehrerer Hansestädte 1535 gestürzt und 1537 nach einem dubiosen Gerichtsverfahren hingerichtet.

Historische Romane: Kelten, Ketzer, Abenteuer

MANFRED BÖCKL
Die letzte Königin der Kelten
Als Nero römischer Kaiser wird, bricht im besetzten Britannien grausame Tyrannei aus. In dieser Zeit verunglückt der Keltenkönig Prasutax tödlich. Nach keltischem Recht tritt seine schöne Witwe die Alleinregierung an. Doch Nero duldet keine Frauenherrschaft und fordert ihre Abdankung. Als die Königin sich weigert, läßt er sie in den Kerker werfen und schänden – doch es gelingt Nero nicht, sie zu brechen. Im Bündnis mit den Druiden der heiligen Insel Môn ruft Boadicea die Keltenstämme zum Freiheitskampf auf.
Roman. 542 Seiten. AtV 1296-9

MANFRED BÖCKL
Die Bischöfin von Rom
Branwyn, eine keltische Seherin im Britannien des 4. Jahrhunderts, soll eine Brücke schlagen zwischen dem alten Wissen der Druiden und den jungen christlichen Gemeinden des Westens. Sie begibt sich nach Rom und wird sogar zur Bischöfin gewählt. Doch sie hat nicht mit dem erbitterten Widerstand der römischen Priesterschaft gerechnet.
Roman. 504 Seiten. AtV 1293-4

GEORG BRUN
Der Engel der Kurie
Rom 1526: Eine Reihe grausamer Morde an jungen Frauen versetzt die Stadt in Angst. Der Kanzler der Kurie beauftragt den unerfahrenen Dominikanermönch Jakob mit den Ermittlungen. Die Spuren führen bis in die Nähe des Papstes. Ein illegitimer Medici-Sproß, zuständig für die Lustbarkeiten im Vatikan, scheint ein gefährliches Netz aus Erpressungen und Intrigen ausgelegt zu haben.
Roman. 330 Seiten. AtV 1350-7

GEORG BRUN
Der Augsburger Täufer
Der Dominikanermönch Jakob muß nach Augsburg, um einen Mord aufzuklären. Die erste Spur weist zu gefährlichen Glaubenseiferern, die gegen den Papst streiten und Unruhe verbreiten. Doch auch die schöne Malerin Ludovica scheint ihre Intrigen zu spinnen. Da geschieht ein zweiter Mord, und Jakob begreift, daß er es mit einer Verschwörung zu tun hat, in die sogar der Papst verstrickt sein könnte.
Roman. 409 Seiten. AtV 1425-2

Mehr unter
www.aufbau-verlagsgruppe.de
oder bei Ihrem Buchhändler

aufbau taschenbuch
AUFBAU VERLAGSGRUPPE